Tydzień ważniejszy od życia

TERESA WIERZEWSKA-WILK

Tydzień ważniejszy od życia

mamiko

Nowa Ruda 2005

Projekt okładki: Agnieszka Wilk
Korekta i skład: Andrzej Różański

Wydawca:
mamiko Apolonia Maliszewska
57-400 Nowa Ruda, ul. Piastów 5/1
tel. 074 872 5364, tel. kom. 0502 420 489
biuro@mamiko.pl
www.mamiko.pl

Druk:
Usługi Poligraficzne Bogdan Kokociński
57-400 Nowa Ruda
ul. Armii Krajowej 15
tel. (074) 872 50 92

mamiko

ISBN 83-920410-5-4

Rok 2008

Lustro było piękne, secesyjne. Kryształową taflę okalała rama z typowymi dla stylu kwiatami i długimi liniami. Emily siedziała przed nim wpatrując się w swe odbicie tępym wzrokiem. Piękna wieczorowa suknia, opadała swobodnie na jej modelowanych kształtach, wokół twarzy fruwały złote loki.

„Komu przyglądam się w tym lustrze?"

„Kto to jest ta obca osoba? – pomyślała – Naprawdę moje są tylko te zmęczone życiem oczy."

Oczy prawie pięćdziesięcioletniej kobiety. Reszta to już tylko dzieło chirurgów plastycznych. No może jeszcze włosy – te też należą naprawdę do mnie i na twarzy jeszcze parę detali. I po co mi to właściwie? Czy jestem szczęśliwsza z tą obcą twarzą? Jestem ponaciąganym, odsysanym, wymodelowanym potworem XXI-go wieku – kontynuowała tok myślowy z obrzydzeniem.

– Kochanie, pośpiesz się, goście czekają! – usłyszała z dołu głos swego młodego kochanka, o którym wszyscy mówili „życiowy partner".

Życiowy partner! Śmiechu warte, gówniarz, gówniarz z którym żyła, bo tak wypadało. Był od niej dużo młodszy, bo przecież tylko trzydziestolatek pasował do jej nowej postaci.

„Można zmienić twarz i figurę, ale zegara nie da się cofnąć. Psychicznie jestem kobietą po czterdziestce i nic tego nie może zmienić. – myślała – Nie mam ochoty na to przyjęcie, już na żadne przyjęcia."

Była zmęczona, zmęczona życiem, sytuacją, tym, że musi ciągle być młoda – wszystkim. Odkąd zabrakło w jej życiu Jego... nic już nie potrafiło jej zainteresować. A przecież osiągnęła to – co osiągnąć chciała! Dlaczego nie jest szczęśliwa? Co to jest szczęście? Czy zgubiła je gdzieś po drodze w pogoni za sukcesem?

Tak właśnie za sukcesem, bo to było kiedyś jedyne co chciała osiągnąć. I osiągnęła. Ale jakim kosztem? Czy życiowy bilans by się zgodził?

– No chodźże wreszcie. – usłyszała zirytowany głos gówniarza. Tak go nazywała zawsze w myślach, a czasem i na głos i tak nie rozumiał. A wytłumaczyła mu, że to polska pieszczotliwa nazwa. Musiała teraz swe rozważania odłożyć na półkę. Teraz musi przybrać głupawy uśmiech na twarz i zejść do gości, do ich gości, bo nie chce kłótni z Gówniarzem.

Na kłótnie też już nie miała siły. Wstała więc z ociąganiem, jeszcze raz rzuciła okiem na całość, ale już taksującym spojrzeniem – czy wszystko w porządku – i udała się w kierunku schodów.

Rozdział pierwszy
Lata międzywojenne

Judith była wielkiej urody i bardzo bogatą Żydówką. Mieszkała w pięknej willi w okolicach Łodzi, bo w tym mieście, rodzice jej mieli fabryki tkanin. Wraz ze swą bliźniaczą siostrą Miriam, odebrały – należyte ich pozycji w świecie – wychowanie i naukę przede wszystkim języków obcych. W czasie jednej z podróży zagranicznych, gdy panny miały po 19 lat, poznały swych przyszłych mężów. Miriam bardzo bogatego amerykańskiego Żyda, z którym to zaraz po ślubie wyjechała do Stanów. Judith zaś Polaka chrześcijanina, także majętnego, tak zakochanego w swej narzeczonej, że zgodził się na ślub w obrządku *Jiddisch*, a także i na to, że przyszłe dzieci będą wychowywane w tej religii. Henryk kochał i rozpuszczał Judith do niemożliwości. Gdy w rok po ślubie na świat przyszła Sarah, natychmiast dał się wysterylizować, aby już nigdy nie narażać swego Maleństwa na tak ogromne cierpienia jak rodzenie dzieci. Mała Sarah – winna przysporzenia tych cierpień – nie znalazła miejsca w sercu ojca, które bez reszty pochłonięte było kochaniem swej pięknej żony. Dziecko od pierwszych dni swego pobytu na świecie, przekazane zostało odpowiedniemu personelowi. Była to mamka do karmienia i niania do opieki.

Zaraz po przyjściu na świat małej Sarah – Lorelay, nadszedł telegram z Kalifornii z zawiadomieniem o urodzinach dziecięcia płci żeńskiej – córki Miriam i Davida. Nie zdziwiło to Judith specjalnie – nawet to, że jej siostrzenica została nazwana imionami Lorelay – Sarah. Dla niej było to oczywiste. Były z siostrą bliźniętami jednojajowymi i zdarzało się im często, od wczesnego dzieciństwa, nawet w oddaleniu od siebie, robić te same rzeczy, lub odczuwać ból, radość czy niepokój.

Mała Amerykanka, urodziła się trzy godziny po swej kuzynce z Polski. Jej rodzice zajęli się wychowaniem sami i dali małej tyle miłości, ile powinno otrzymać dziecko od swych rodziców...

Mała Sarah tego szczęścia nie miała. Zajęci sobą rodzice, traktowali dziecko jak dopust Boży i tak naprawdę nie przejmowali się jej losem. Uważali – jeśli zapewnią jej wszystko, to co potrzebuje do życia, to są usprawiedliwieni z braku miłości do własnego dziecka. Od pierwszych chwil na tej ziemi, nie zaznała matczynego ciepła lub rodzicielskiej miłości. Zdarzało się czasem, że rodzice, gdy akurat przebywali w domu, a nie na kolejnych wojażach – przychodzili wieczorem przed udaniem się na raut, bal, czy inne przyjemności – ucałować ją na dobranoc. Ale ponieważ zdarzało się to bardzo rzadko i prawie nie znała swych rodziców, te wizyty napawały ją raczej lękiem niż radością. Miała wszystkie zabawki o jakich dzieci marzą, piękne ubrania, smakołyki – jednak tego jednego, co najważniejsze dla dziecka – rodzicielskiej miłości nie zaznała nigdy.

I tak wzrastała wśród obcych opiekunek i powoli stawała się odludkiem.

Gdy w Niemczech do władzy doszedł Hitler i wiadomości co się tam dzieje przychodziły codziennie – coraz bardziej niepokojące, Henryk w obawie o swą śliczną żoneczkę, przeprowadził się z rodziną do Szwajcarii. Już od dłuższego czasu swoje dobra przechowywał w bankach szwajcarskich, a teraz sprzedał wszystko co mieli – i wyjechali. Dziecka nie wypadało zostawić, więc zostało zabrane z kolejną nową opiekunką, która znała niemiecki i włoski.

Osiedlili się w kantorze włoskim, w okolicach Lugano. Tam też, Sarah w samotności pokojów ich pięknego domostwa, dorosła do wieku szkolnego. Do szkoły nie została posłana, bo dzieci bogatych rodziców miały swoich prywatnych nauczycieli. Ona też miała. Kolejny sztab obcych ludzi, którzy surowo przeprowadzali szkolenie. Nauczyciele, przychodzili i odchodzili. Sarah przyzwyczaiła się, że nikogo nie należy darzyć jakimkolwiek uczuciem, bo potem boli gdy ten ktoś znika.

Gdy Sarah miała 12 i pół roku, obudziła się pewnego ranka i zobaczyła krew na prześcieradle. Zupełnie na taką sytuację nie przygotowana, wybiegła z łóżka płacząc i krzycząc:

– Umieram, umieram, nie chcę jeszcze umierać – biegała po domu jak oszalała płacząc rozpaczliwie. Pokojówka złapała i zaprowadziła płaczącą do łóżka, a w tym czasie nauczycielka chemii i biologii, która pierwsza zareagowała na rozpaczliwe krzyki dziecka, poszła do Judith. Zapukała grzecznie do jej buduaru – i usłyszała:

– Kto przeszkadza?

– Bardzo Panią przepraszam, że o tak wczesnej porze pozwalam sobie zawracać Pani głowę, ale mam bardzo, bardzo ważną sprawę. – nauczycielka nieśmiało weszła do pokoju i stała skromnie przy drzwiach onieśmielona, ostrym tonem głosu pracodawczyni.

– Cóż takiego ważnego ma mi pani do powiedzenia o tej porze? – spytała Judith niemiłym tonem.

– Nie słyszała pani krzyków córki?– nieśmiało spytała nauczycielka.

– Krzyków, nie... coś się stało?

– Tak, stało się to najważniejsze, co przydarza się w życiu płci żeńskiej – pani córka stała się kobietą. – powiedziała patetycznie nauczycielka.

– No i? – spytała bez zainteresowania Judith, piłując paznokcia.

– Ja myślałam...

– Ewelino – co pani myśli, myślała lub będzie myśleć – interesuje mnie tyle, co zeszłoroczny śnieg. – mówiła Judith już zirytowanym głosem... mimo to nauczycielka weszła jej w słowo:

– Ale Pani dziecko jest przerażone, nie wie co się dzieje, myślała, że umiera! – powiedziała podniesionym głosem.

– Jeżeli tak jest, to co mi Pani tu głowę zawraca, zamiast zająć się dzieckiem!

– Myślałam, że to należy do matki... – zaczęła mówić nauczycielka, ale Judith jej przerwała.

– Już raz powiedziałam pani Ewelino, że to co pani myśli nie interesuje mnie zupełnie, płacę pani, chyba nieźle za to, żeby zajęła się pani moim dzieckiem, a nie pouczała mnie, co ja powinnam, a co nie. Jest pani nauczycielką biologii czyż nie? Kto jej lepiej to wszystko wytłumaczy – jak nie pani? A teraz proszę wyjść, zająć się Sarah i nie zawracać mi już więcej głowy takimi głupstwami, które w gruncie rzeczy do pani należą! – już nie mówiła, a wrzeszczała.

Słysząc podniesiony głos żony, Henryczek już był na miejscu – i dołożył od siebie parę gorzkich słów w stronę nauczycielki, która śmiała od rana denerwować jego Maleństwo!

Ewelina pospiesznie wybiegła z buduaru mrucząc pod nosem... Boże! Co za rodzice, ze sobą miętolą się bez przerwy, szczebiocą do siebie jak nastolatki, a dla dziecka, odrobiny serca, nawet odrobiny.

I tak, cała zdenerwowana, mrucząc pod nosem, weszła do pokoju Sarah. Dziewczynka leżała w łóżku, zwinięta w kłębek i patrzyła na nauczycielkę przestraszonym wzrokiem. Ewelina podeszła, usiadła przy niej i biorąc ją za rękę uśmiechnęła się do niej promieniście. Sarah patrzyła na nią z zainteresowaniem, jeszcze nigdy nie widziała uśmiechu na ustach nauczycielki.

– Posłuchaj Sarah, – zaczęła miłym głosem – postaram się wytłumaczyć, co ci się właściwie dzisiaj przydarzyło. Jest to całkiem normalne w życiu każdej z nas i informuje o tym, że stałyśmy się kobietami.

– Kobietami? –Sarah była niezmiernie zdziwiona – przecież jestem jeszcze mała.

– No wiesz, to nie znaczy, że jutro musisz wyjść za mąż – zaśmiała się Ewelina – ale z biologicznego punktu widzenia, stałaś się kobietą, bo możesz już urodzić dziecko.

– Dziecko? Ja? – teraz Sarah już była całkiem przerażona.

– Zacznijmy może inaczej – wiesz jak kobieta w środku jest zbudowana? Może pokażę ci to najlepiej na rysunku. Ewelina wstała przyniosła książkę do biologii i pokazała Sarah rysunek z częściami rozrodczymi kobiety, potem objaśniła jej szczegółowo na czym polega miesiączkowanie i co ma to wspólnego z dzieckiem.

– Jeżeli do jajeczka dostanie się plemnik, to...

– A co to jest plemnik?

– To jest męskie nasienie.

– A jak ono się tam dostaje? Posyłają je pocztą czy co?

Sarah zauważyła ogromne zmieszanie na twarzy nauczycielki i zorientowała się, że jest to sprawa, o którą lepiej nie pytać.

– No jeżeli chcesz, to ci to wyjaśnię – powiedziała Ewelina jąkając się.

– Nie, nie chcę wiedzieć – zawołała Sarah prędko – to co wiem na razie mi wystarczy, a ile to trwa i jak często?

– Raz w miesiącu – to zależy od kobiety – co 28 dni lub co 30, a trwa od trzech dni do tygodnia – różnie.

– To ja będę miała co 30 i tylko trzy dni – powiedziała Sarah pewnie.

– Tego nie można sobie wybierać, to samo przychodzi – powiedziała Ewelina.

– A ja tak będę miała i koniec – zakończyła Sarah. I miała rację.

Henryk wielokrotnie namawiał Judith, aby przenieśli się do Ameryki do jej siostry.

Czasy stawały się coraz bardziej niebezpieczne. Hitler umacniał swą pozycję w Niemczech. Doszło do aneksji Austrii, nota bene – Wiedeńczycy witali Hitlera jak wybawcę. Na Heldenplatz – czyli Placu Bohaterów, wiwatowali tłumnie, gdy wódz przemawiał.

Dla ludzi bogatych, międzywojenny okres był czasem zabaw i rozrywek. Inaczej się miała sytuacja ludzi, którzy żyli z pracy własnych rąk. Bezrobocie był to temat, który dotykał coraz większą ilość mieszkańców Europy. Dlatego też, wrzeszczący Hitler, który obiecywał nie tylko pracę, a cudowną świetlaną przyszłość bez kłopotów, był wielbiony przez wielu.

O tym wszystkim, wiedział Henryk bardzo dobrze. Wiedział o nastawieniu Hitlera do Żydów. Wiedział, że uważa ich za rasę niegodną życia. I bał się o swą ukochaną coraz bardziej! Ale Judyth, nawet o tym mówić nie chciała. Była bardzo przywiązana do swej matki. Ojciec już nie żył, a matka sama mieszkała w Łodzi, otoczona służbą – w pięknym dużym domu na ulicy Piotrkowskiej. Matka od czasu do czasu odwiedzała ich w Szwajcarii i były to dla małej Sarah maleńkie promyki słońca w jej pozbawionym uczuć życiu. Bo tylko babcia miała dla niej trochę serca, jednak nie na tyle, aby zauważyć jak bardzo to biedne dziecko jest zaniedbywane przez swoich rodziców.

To było jak przekleństwo wiszące nad tą rodziną, każde pokolenie kobiet okazywało niebywały egoizm i brak zainteresowania własnym potomstwem.

Latem 1939 roku, gdy Sarah miała 14 lat, przyszedł telegram z Polski, że matka Judith miała wylew i jest sparaliżowana. Judith nie namyślając się długo zaczęła pakować walizki.

– Kochanie moje, nie możemy tam jechać – przekonywał ją Henryk – nie widzisz co się na świecie dzieje? W każdej chwili może wybuchnąć wojna z Niemcami, a wiesz przecież jaki stosunek ma Hitler do twych rodaków, błagam cię kochanie, zorganizujemy opiekę – dzień i noc – ale zostańmy tu. Tu ze mną jesteś bezpieczna Wróbelku, proszę nie reaguj tak impulsywnie!

– Nie, Henryku, już postanowione, wydałam dyspozycje – jutro rano wyjeżdżamy. Moja matka ma tylko mnie. Przecież zanim Miriam przypłynie z tej Ameryki, to może trwać i trwać, a nasza matka teraz, właśnie teraz nas potrzebuje i żaden Hitler, czy inny mnie nie powstrzyma.

Henryk próbował jeszcze, ale wiedział, że stoi na straconej pozycji. Znał swoją żonę i wiedział, że jak coś postanowi to nie ma takiej siły, która byłaby w stanie ją od tego odwieść.

I pojechali. Spakowali tylko najpotrzebniejsze rzeczy i już byli w drodze. Henryk przezornie wziął większą sumę pieniędzy i spakował trochę biżuterii Judith „na wszelki wypadek".

Nie wzięli szofera z tego względu, że trudno było znaleźć w tym czasie chętnego Szwajcara na podroż do Polski. Henryk prowadził sam.

Był 4 sierpnia 1939 roku.

Podróż była długa, ale nie męcząca. W każdy dzień przejeżdżali nieduży kawałek drogi, robili przerwy na dłuższe posiłki w dobrych gospodach na trasie. Ich samochód z rejestracją szwajcarską, nie budził żadnych zastrzeżeń. Także ich wygląd i perfekcyjny język niemiecki, pozwalały im spokojnie przejechać przez piękną Austrię.

Dla Sarah było to duże przeżycie. Pierwszy raz spędzała tak dużo czasu ze swymi rodzicami. Wprawdzie niewiele z nią rozmawiali, jak zawsze zajęci tylko sobą, ale dla Sarah było to nowe, całkiem nieznane uczucie, być tak długi czas w pobliżu rodziców.

Po czterech dniach jazdy zajechali do Łodzi.

Judith wbiegła po szerokich schodach domostwa na pokoje matki i stanęła przerażona widokiem, jaki miała przed oczyma. Ta niegdyś tak piękna i wyniosła kobieta, zmieniła się w leżące bezwładnie ciało, wychudzone, pomarszczone i nieruchome. Tylko oczy. Duże piękne, gorące oczy patrzyły na córkę z wyrazem wdzięczności i radości. Judith podbiegła do niej i ucałowała jej bezwładne ręce, rosząc je łzami.

– Mamusiu kochana, jestem przy tobie, nareszcie jestem przy tobie, nic się nie martw, teraz już wszystko będzie dobrze, zobaczysz, już niedługo będziemy się z tego śmiały i pojedziemy razem gdzie zechcesz, do Krynicy, nad morze śródziemne lub do Francji, gdzie zechcesz, będziemy chodziły razem na spacer, albo słuchały koncertów, co tylko zechcesz, co tylko zechcesz, tylko wyzdrowiej, jak najszybciej wyzdrowiej kochana. To wsiądziemy na statek i popłyniemy do Miriam, wszystko będzie dobrze, zobaczysz wszystko będzie dobrze – mówiła z taką zaciętością jakby chciała przekonać samą siebie do tych słów, w które już sama patrząc na matkę nie mogła uwierzyć.

Ale chciała, tak bardzo chciała!

Matka patrzyła na nią swymi pięknymi oczyma i z jednego oka popłynęła duża jak groch łza. Potem je zamknęła. Judith jakiś czas stała w milczeniu przyglądając się temu ciału, które nie było jej matką, nie mogło być jej matką. Wtem wzdrygnęła się czując czyjąś dłoń na swym ramieniu.

– Maleńka, nawet się nie przebrałaś po podroży. – za nią stał Henryk i przemawiał zatroskanym głosem – Chodź Wróbelku, kazałem ci przygotować kąpiel, taką jaką lubisz i musisz odpocząć i coś zjeść, tu i tak nie możesz nic zrobić, popatrz mama śpi, no chodź Skarbie – przemawiał głosem jak do małego dziecka.

Judith posłusznie wyszła za nim z pokoju i gdy byli w bezpiecznej odległości, wpadła w ramiona Henryka i gorzko zapłakała. Mąż nie mówił nic, pozwalając jej się wypłakać, tylko tulił ją do siebie i gładził po roztrzęsionych od płaczu plecach.

Sarah z ciekawością rozglądała się po pokoju. Pokojówka rozpakowywała jej rzeczy, przyglądając się jej z zainteresowaniem.

– Panienka pierwszy raz w Łodzi? – spytała Yvonne (naprawdę na imię miała Stefania, ale starsza pani sama nadawała imiona swojej służbie).

– Nie – ja się tu urodziłam, ale byłam bardzo mała, jak stąd wyjechaliśmy. – odpowiedziała Sarah grzecznie. Była nieco zdziwiona, że ktoś na nią zwrócił uwagę i próbuje prowadzić konwersację. Była przyzwyczajona, być traktowaną jak powietrze, nawet przez służbę. Oczywiście, każdy poświęcał jej tyle uwagi, ile wymagało jego stanowisko. Tzn. nauczyciele przekazywali jej wiedzę i kontrolowali wyniki. Służba sprzątała podawała, ale nigdy nikt, nie zapytał ją – jak się czuje. A to właśnie zrobiła ta miła pokojówka.

– Nie jest panienka zmęczona, po tak długiej podroży? Może Panienka chce się położyć, a może przygotować kąpiel?

– Dziękuję, ale jest tak gorąco, że wezmę prysznic i do tego zimny, a potem pójdę odwiedzić babcię.

– To chyba nie dobry pomysł, starsza pani teraz śpi, może panienka coś zje?

– Tak przynieś mi małą przekąskę, a potem pójdę zobaczyć miasto, jestem go bardzo ciekawa.

– To nie wypada, żeby Panienka sama chodziła po ulicach, mnie przydzielono do opieki nad Panienką, to może pójdziemy razem?

– No dobrze, pokażesz mi wszystko – i poszła pod zimny prysznic.

Lato tego roku było piękne i gorące. Tak jakby chciało – przed tym koszmarem, który niebawem miał zawładnąć światem – ucieszyć ludzi, słońcem, pachnącą kwieciem łąką, czy śpiewem ptaków.

Sarah odświeżona prysznicem, przekąsiła to, co przyniosła pokojówka, ubrała się w przewiewną sukienkę i zadzwoniła na Yvonne.

– Jestem gotowa, wychodzimy!

Chociaż słońce kierowało się już ku zachodowi, na ulicach panował skwar. Mimo tego chodniki były pełne przechodniów. Sarah rozglądała się na wszystkie strony z zainteresowaniem. Wszystko dla niej było takie nowe. Te tłumy ludzi przechadzające się po chodnikach, wystawy sklepów, kawiarnie. Wszystko to było takie ciekawe i zachwycające. Sarah mocno trzymała rękę Yvonne.

– Zobacz jak pięknie ubrane są te wszystkie panie i jakie mają świetne fryzury. – powiedziała dziewczynka, patrząc na swe odbicie w szkle wystawy sklepowej.

– Ja wyglądam jak stwór z innej planety, – prawda?

– Tak panienko, sukienka jest wprawdzie śliczna, ale dla dziecka, a nie pannicy takiej dużej jak Panienka i do tego te włosy... ale niech panienka się nie martwi zaraz coś poradzimy.

Chwyciła mocniej rękę dziewczynki i pociągnęła za sobą. Weszły do bardzo eleganckiego sklepu, gdzie trzej sprzedawcy rzucili się od drzwi i już je przed nimi otwierali, zapraszając gestem do wejścia. Yvonne porozmawiała chwilę, a potem przy zimnych napojach, Sarah mierzyła jedną suknię za drugą. Wybrały tuzin przewiewnych sukienek, żakiecików, swetereczków, kapelusików pasujących do każdej i trzy torebeczki, jak i sandałki, cieniutkie pończoszki.

W jedną z sukienek przebrała się zaraz, wsadzając starą do kosza na śmieci. Sprzedawcy w ukłonach żegnali klientki, zapewniając o szybkim przesłaniu zakupionych rzeczy do domu na Piotrkowską. Teraz skierowały swe kroki do fryzjera. Sarah miała bardzo gęste proste włosy w kolorze kasztanowym. Teraz sięgały do pasa i fruwały w różnych kierunkach, stwarzając wrażenie, jakby nigdy nie były czesane. Zamknęła oczy, gdy nożyce fryzjera przybliżyły się do jej głowy. Otworzyła je dopiero gdy fryzjer powiedział – voilá – gotowe! Patrzyła w lustro i nie wierzyła własnym oczom. Przed nią siedziała śliczna dziewczyna z grzywką, sięgającą do grubych czarnych brwi. Z pod grzywki patrzyły na nią ogromne granatowe oczy – podarunek od ojca – a wokół głowy tańczyły przy każdym jej ruchu prosto obcięte do połowy ucha włosy.

– Fantastycznie, po prostu fantastycznie – powiedział fryzjer.

– Fantastycznie – powtórzyła za nim Sarah i musiała mu w duchu przyznać rację.

– Jaka panienka śliczna, to dopiero widać, jak zobaczyłam twarz z pod takiej ilości włosów!!!

Zadowolone poszły dalej ulicą. Dziewczynka z zachwytem przeglądała się w wystawach sklepowych, nie mogąc jeszcze uwierzyć, że to ona tak wygląda!

Nagle Sarah zobaczyła sprzedawcę lodów i podbiegła przynieść dla siebie i Yvonne. Sprzedawca podał jej dwie porcje, a gdy chciała odchodzić złapał ją za rękę i zawołał:

– Hola panienko, a zapłata?

– Zapłata? – zapytała Sarah ze zdziwieniem. Yvonne zauważyła niezręczną sytuację podeszła do sprzedawcy i wręczyła mu banknot.

– Reszty nie trzeba – powiedziała. Sprzedawca cały w ukłonach dziękował za hojność.

– Nie rozumiem, co to było, czego chciał ode mnie ten człowiek? Co to jest zapłata?

– Nie wie panienka co to są pieniądze?

– Pieniądze? – powtórzyła zaciekawiona Sarah – to rodzaj zadość uczynienia za otrzymany towar, pierwszą monetę wymyślili Fenicjanie – wyrecytowała. Tak teoretycznie wiedziała, ale jeszcze nigdy nie zetknęła się z praktyką.

Od dziecka miała wszystko w domu. Nigdy nie była w żadnym sklepie. Zawsze wszystko wokół było. A skąd to się bierze – nie pytała, bo nie było takiej potrzeby. W domu o pieniądzach, nie rozmawiano nigdy. W tych sferach pieniądze się miało, a nie o nich mówiło. Te tuziny nauczycieli, którzy przewinęli się przez jej życie, uczyli ją czytania pisania, matematyki, ale na tyle, aby myśleć logicznie – nie więcej. Było dużo geografii całego świata, bo przecież nigdy nie wiadomo, gdzie los może cię rzucić. Oczywiście trochę historii, mitologii greckiej i języki. Sarah jako obywatelka szwajcarska – musiała znać języki wszystkich kantonów, dlatego niemiecki, francuski i włoski miała perfekt opanowany. Ale wspaniali nauczyciele, zapomnieli powiedzieć dziecku, że tym światem rządzi pieniądz. Dla Yvonne było to nie pojęte, że ta czternastoletnia pannica nie miała pojęcia o istnieniu waluty na tym świecie... Jadły lody nie mówiąc nic.

Potem poszły do parku, usiadły na ławce i Yvonne powoli wytłumaczyła Sarze na czym polega kupowanie.

Oczywiście nie zaczęła od Fenicjan, bo jej wykształcenie tak daleko nie sięgało. O Fenicjanach Sarah wiedziała dobrze, ale nie umiała skojarzyć tych faktów z kupnem czegokolwiek w prawdziwym życiu. Tak więc, w parku na ławce, Sarah poznała po raz pierwszy coś nowego. Umiejętność rozróżnienia pieniędzy, ich wartości i co można za nie kupić. „Kupić" to też nowe słowo, które dziewczynka musiała sobie przyswoić.

Po takiej nauce, poczuła się pewniej. Teraz znała tajemnice tego życia na zewnątrz. Jeszcze parę razy wychodziła z Yvonne na miasto, ale pokojówka dochodziła z nią do pewnych ulic w mieście i nie chciała iść dalej.

– Te dzielnice to już nie dla panienki. – mówiła.

– Ale dlaczego? – Pytała Sarah zaciekawiona.

– Tam mieszka, tylko sama hołota.

– Co to jest hołota?

– Ludzie z marginesu.

– Marginesu?

– No, ludzie z marginesu życia. Bezrobotni, zapijaczeni i temu podobni. Ale dla Sarah były to puste słowa. Chciała zobaczyć sama, co to wszystko znaczy, chciała się przekonać jak wygląda ten inny świat. Z Polski wyjechała jako mała dziewczynka, tak naprawdę niczego nie pamiętała. W Szwajcarii żyła jak ptak w złotej klatce. Mieszkali w dużym domu, zbudowanym w stylu weneckich pałacy z kolumienkami tu i ówdzie, z freskami na ścianach i wspaniałymi balkonikami. Pałacyk położony był nad jeziorem, do którego prowadził ogromny ogród, pełen altanek i pergoli. Zimą biegała po ogrodzie, bawiąc się w śniegu, a latem kąpała w jeziorze, pod czujnym okiem opiekunki. Zawsze pod czujnym okiem, ale zawsze sama. Była bardzo mądrą dziewczynką, przeczytała tyle książek do czternastego roku życia, ile inni ludzie nie zdołają przez całe. Ale to życie znała z książek, tylko z książek. Nie zetknęła się z nim tak naprawdę. I teraz chciała koniecznie zobaczyć ten inny świat.

Wczesnym rankiem, gdy dom jeszcze spał, zeszła do kuchni, zrobiła sobie parę kanapek. Gdy wróciły wczoraj z miasta, zobaczyła gdzie Yvonne, schowała pieniądze, wzięła zwitek i wsadziła do torebki razem z kanapkami i po cichu opuściła dom.

Do czasu otwarcia sklepów – poczytała w parku na ławce książkę, potem udała się do dzielnicy, do której nie chciała z nią pójść pokojówka. Tam w tanim sklepie z odzieżą, kupiła zwykła sukienkę, to samo zrobiła z sandałkami, potem do tego sweterek, swoje rzeczy podarowała sprzedawczyni – ku jej wielkiej radości – i nagle poczuła się wolna, tak wolna jak nigdy w życiu nie była. Było to uczucie dla niej całkiem nowe i opanowało ją jak euforia.

Wyrzuciła ręce w górę i zakrzyczała z radości.

Następnie udała się w swoją podróż w nieznane. W stroju jaki teraz miała na sobie, nie różniła się bardzo od otaczających ludzi. Przeszła w dzielnice, gdzie nie było już tak pięknie, tak czysto, ludzie nie uśmiechali się do siebie. Słyszała wrzask bawiących się na ulicy dzieci, kłótnie dorosłych, śpiewy zapijaczonych. Zewsząd dochodziły bardzo nieciekawe zapachy. Ale to wszystko napawało ją fascynacją. Takiego świata jeszcze nie znała i nie widziała. Wszystko ją ciekawiło. Stawała i patrzyła na bawiące się dzieci. Było ich tu tak dużo! Wisiały na trzepakach, biegały gdzieś z wrzaskiem, jakaś matka wydzierała się przeraźliwie na swą pociechę, czy chłopcy okładali się pięściami. Gdy przystanęła przy grupce bezrobotnych, pijących piwo od rana i wykrzykujących słowa z jakimi nie spotkała się nigdy – jeden z pijaczków zakrzyczał do niej:

– Hej mała, co się gapisz, chcesz to ci majtki przedziurawię!

Sarah nie zrozumiała co miał na myśli, ale instynkt samozachowawczy nakazał jej oddalić się prędko. Weszła pomiędzy brzydkie odrapane domy lub baraki, gdzie ze względu na panujący upał, wszystkie okna były otwarte na oścież. Z ciekawością zaglądała do mieszkań, gdzie matki krzątały się po kuchni przygotowując posiłek, prały, prasowały lub karmiły piersią dziecko. Sarah błądziła wśród tych domów czując się jak na innej planecie. Gdy zgłodniała zjadła zapakowane kanapki i szła dalej.

Pod wieczór, gdy w oknach zaświeciły się pierwsze światła, zaglądnęła do jednego z domów – ukryta przez krzaki rosnące pod oknem. Przy stole siedziała duża rodzina: dziadkowie, rodzice i dzieci. Tych ostatnich było sześcioro. Matka rozlała zupę z dużą ilością kartofli – do wszystkich talerzy. Potem zmówili modlitwę i zabrali się do jedzenia. Do zupy, każdy wziął duża pajdę chleba. Jedli i przekomarzali się. Było miło, serdecznie i wesoło. Sarah nie mogła oderwać oczy od tego obrazu. Stała za oknem, ukryta w dużym krzaku bzu, którego liście zapewniały schronienie. Patrzyła jak na jakiś ciekawy film w kinie, (kinie, którego także nie znała...). A na filmie, który rozgrywał się przed jej oczyma, rodzina po zjedzeniu tej ubogiej kolacji, zabrała się do sprzątania ze stołu. Atmosfera tego domu była taka, że Sarah poczuła dziwne ukłucie w sercu i nagle łzy wypełniły jej oczy. Wiedziała, że już jest późno, bardzo późno, powinna dawno być w domu, jednak nie była w stanie oderwać się od obrazu, który odgrywał się przed jej oczyma.

Ta atmosfera rodzinnej więzi i miłości jaka unosiła się w tym ubogim domu, była dla Sarah tak fascynująca. Uściski i pocałunki na dobranoc, dziecko na kolanach ojca, przytulone, gdy on czytał jakąś bajkę. Rodzeństwo zasłuchane i tulące się do siebie. To wszystko było tak nowe, tak ciekawe, tak przez nią wymarzone. Wreszcie nie zdając sobie z tego sprawy, zasnęła pod oknem ukryta przed ciekawymi spojrzeniami gęstym krzakiem. Obudził ją chłód poranka i gwar na ulicy. Powoli wyszła ze swego schronienia. Poczuła głód, poszła do pobliskiej piekarni i kupiła parę bułek. Siadła na skwerku i zastanowiła się co robić dalej. Jeśli wróci do domu teraz, to koniec z eskapadami. Na pewno zamkną ją znowu w domu i nie pozwolą wychodzić. Nie będzie już miała dostępu do tego ciekawego życia, jakie udało jej się właśnie odkryć. Dobrze – pomyślała, przecież nie muszę wracać od razu, porozglądam się jeszcze trochę. Poznam jeszcze trochę tego nieznanego świata i potem wrócę.

Stan matki pogarszał się z każdym dniem. Judith była tak pochłonięta rozmowami z lekarzem, siedzeniem przy matce, czekając na znak życia z jej strony, że nie pomyślała o tym co robi jej córka. Zresztą, myślenie o tym, nie należało do jej codziennych zajęć. Do tego celu miała personel, który powinien się tym zająć. Nawet nieobecność małej przy posiłkach, nie wzbudziła obaw żadnego z rodziców. Henryk przejmował się tylko stanem w jakim znajduje się jego Maleństwo i troszczył się tylko o nią, jak to zawsze robił... Teraz musiał pilnować, aby przez tę sprawę z matką – jego żoneczce nic nie zaszkodziło... Wreszcie ku rozpaczy Judith, a radości Henryka matka zmarła... Henryk zorganizował wszystko tak, aby pogrzeb mógł się odbyć jak najszybciej. Widział co się dzieje wokół, mobilizacja, groźba zbliżającej wojny – napawała go strachem, strachem o swą żydowską żonę. Po załatwieniu pogrzebu, kupił bilety na pociąg do Dover, skąd mieli odpłynąć statkiem do Ameryki.

Zarezerwował już dwie kabiny jedną luksusową dla nich i drugą dla córki. Tym razem udało mu się przekonać żonę do opuszczenia niebezpiecznej Europy. Nawet neutralna Szwajcaria, wydawała mu się za blisko Niemiec. A krzyki Hitlera słyszalne były coraz dalej. Specjalnie te, o czystości rasy aryjskiej.

Po pogrzebie, gdy wszystkie formalności związane ze sprzedażą domu i umieszczeniem majątku pozostałego po matce Judith na Bank w Nowym Jorku – zaczęto pakowanie. I wtedy wyszła na jaw nieobecność córki. Yvonne od kilku dni próbowała zasygnalizować nieobecność dziecka, ale była zbywana – nie teraz, później, nie przeszkadzaj. Teraz postawiona do odpowiedzialności – wyjaśniła, że Sarah wyszła z domu przed dwoma dniami i nie wróciła.

– Chodziłam po mieście, pokazywałam jej zdjęcie. Byłam nawet u znajomego policjanta, który pomagał mi w szukaniu dziewczynki, jednak bez skutku. Oficjalnie nie mógł tego robić z pomocą kolegów, bo nie było zgłoszenia o zaginięciu. Nie, nie wiem gdzie może być i mam nadzieję, że jej się nic nie stało. Próbowałam Państwu o tym powiedzieć – ale...

– No dobrze, już dobrze, to co robimy?

– Wróbelku, my musimy jechać, statek na nas nie będzie czekał.

– Ależ Henryku, ale co z dzieckiem?

– Nie przesadzaj Maleńka, ona ma już prawie 15 lat – poradzi sobie – ma paszport szwajcarski, a poza tym, Yvonne – zostawiamy ci biżuterię, z pieniędzmi może różnie być, a klejnoty mają niezmienną wartość. Zajmiesz się odszukaniem Sarah i zaopiekujesz się nią. Najlepiej zaraz wyjedźcie do Szwajcarii. Nasz dom stoi do dyspozycji, a z Szwajcarii kupisz bilety na najbliższy statek do Nowego Jorku i przypłyniecie za nami. Dostaniesz moje upoważnienie na konto w banku szwajcarskim, to nie będzie kłopotów.

– Yvonne, moja matka miała do ciebie pełne zaufanie i teraz ja cię nim obdarzam – mówiła Judith z łzami wiszącymi na rzęsach – i powierzam los mego jedynego dziecka – proszę cię nie zawiedź mnie!

– Może Pani na mnie polegać Madam – powiedziała grzecznie Yvonne, a w duchu pomyślała – Boże, cóż to za ludzie, zupełnie bez serca, do siebie mizdrzą się jak zakochane małpy, a własne dziecko zostawiają pod opieką obcych, przecież nie znają mnie zupełnie. Mogłabym wyjechać zaraz do tej Szwajcarii zlikwi-dować ich konto i wyruszyć sama do Ameryki. Ale nie powie-działa nic.

Gdy samochód z kuframi jakie zabierali ze sobą – wyjechał, Yvonne stała w oknie za firanką i patrzyła jak znika za pobliską kamienicą. – Co mam robić, myślała – gdzie szukać tego dziecka?

Był 27 sierpnia 1939 roku. Yvonne chciała od razu udać się na poszukiwanie, ale ochmistrzyni zawołała ją do siebie.

– Musimy wszyscy wyprowadzić się do pierwszego września, bo przychodzi tu nowy właściciel. Dobrze by było zacząć pakowanie i organizowanie transportu, dla ciebie i dla małej, Państwo zostawili jeden samochód z kierowcą, który ma was zawieść do Szwajcarii. Zacznij pakowanie, proszę!

– Ależ ja najpierw muszę znaleźć dziecko!

– Jak to znaleźć?

– Nie zauważyła Pani, że Panienki nie ma już dwa dni?

– Naprawdę? To jak jej pilnowałaś?

– Teraz to nie jest temat do dyskusji, muszę jej szukać – odparła zmartwiona Yvonne.

– Dobrze, a ja wyznaczę służące do spakowania waszych rzeczy. Państwo sobie życzyli, abyście koniecznie wyjechały przed 1 września. Nie rozumiem co jest z tą datą, wszyscy powariowali na tym punkcie. Ochmistrzyni odeszła mrucząc coś pod nosem.

Yvonne przypuszczała, gdzie może być Sarah, dlatego szukała jej na przedmieściach Łodzi. Ale znaleźć małą dziewczynkę w takim dużym mieście – to jakby szukać igły w stogu siana. Gdy padając z nóg wróciła do domu, Sarah już tam była.

– Dziecko na litość Boską, gdzieś ty była? I objęła Sarah i zaczęła ją całować, powtarzając: ty żyjesz, Bogu dzięki, ty żyjesz!! I opowiedziała dziewczynce wszystko, co wydarzyło się w czasie jej nieobecności. Sarah siedziała, patrząc na nią ogromnymi oczyma, jakby nic nie rozumiała.

Tak naprawdę, to nic do niej nie dochodziło, była tak wstrząśnięta tym faktem, że ktoś wziął ją w ramiona, przytulił i całował, było to tak wspaniałe uczucie, że patrząc na Yvonne, uśmiechnęła się do niej, najpiękniejszym uśmiechem jaki miała w repertuarze. Yvonne patrzyła na nią zaszokowana. To dziecko chyba zwariowało z rozpaczy – pomyślała – po takich wiadomościach ona się uśmiecha?

I wtedy Sarah wstała, podeszła do Yvonne, przytuliła się do niej i wyszeptała jej w ucho:

– Yvonne, nikt nigdy jeszcze nie przytulił mnie, tak jak ty to zrobiłaś, to takie piękne jak ktoś kogoś przytula!

I wtedy Yvonne rozpłakała się – pomyślała co to za biedne dziecko – a ja jej zazdrościłam. I jeszcze raz tuląc do siebie wątłe ciało dziewczynki – opowiedziała co zdarzyło się pod jej nieobecność. Ale tylko śmierć babci poruszyła dziewczynkę.

To, że rodzice zostawiają ją samą, było dla niej tak normalne, że nawet się nad tym nie zastanowiła.

Teraz Yvonne przyjrzała się jej i powiedziała:

– Boże święty jak ty dziecko wyglądasz? Przestraszyć się można, tarzałaś się w rynsztokach, ten zapach! Boże jedyny! Szybko do wanny, wyszoruj się porządnie, wyrzuć te rzeczy do śmieci i idź spać, zaraz rano wyruszamy.

Wczesnym świtem ruszyli. Samochód wyładowany był prawie pod dach, zbliżała się jesień i Yvonne zabrała oprócz wszystkich swoich rzeczy, trochę cieplejszych dla Sarah. Gdy zbliżali się do granic miasta, Yvonne poprosiła kierowcę:

– Stachu, jedźmy na południe przez Kraków, nie wiem na jak długo wyjeżdżamy, chciałabym pożegnać się z rodziną. Mieszkają niedaleko Krakowa.

– Dobrze, jest mi obojętnie, jak pojedziemy, byle by przedostać się do Szwajcarii.

I pojechali. Przez okna samochodu, widzieli ogromny ruch na drodze, młodzi ludzie w mundurach – czasem podwozili któregoś – mówili o mobilizacji, samochody wyładowane ludźmi do niemożliwości – jechały w różnych kierunkach krowę. Na drodze przedstawiał się obraz totalnego chaosu. Droga była długa i męcząca. Zajechali, głodni i wymęczeni do rodziców Yvonne.

W czasie jazdy Yvonne, poprosiła Sarah, aby zwracała się do niej jej prawdziwym imieniem, czyli Stenia, bo tak na nią w domu wołano.

Rodzina Steni była mocno zubożałą szlachtą. Z dawnych dobrych czasów pozostało im jedynie domostwo – mały dworek położony głęboko w lasach – które jeszcze udało im się zachować i należały do rodziny. Stenia, musiała iść do pracy, bo rodzicom starczyło tylko na wykształcenie jednego dziecka i był nim oczywiście pierworodny syn.

Sprzedali na to duży kawałek lasu. Przed wojną skończył psychologię na Uniwersytecie Jagiellońskim w Krakowie, zrobił doktorat i teraz był już asystentem. Siostra Steni chodziła jeszcze do szkoły i była o rok starsza od Sarah. Obaj z ojcem otrzymali już powołanie do jednostki i mieli się tam udać świtem. Stenia cieszyła się, że zobaczyła ich jeszcze.

Mimo późnej pory, zjedzono wspólną kolację. Ojciec z bratem, któremu na imię było Artur, odradzali dalszą podróż.

– Nasz rząd uciekł już do Rumunii, granice na pewno będą zamknięte i do tego musicie jechać przez Rzeszę. Jest to najniebezpieczniejszy pomysł jaki można sobie wyobrazić.

– Ale przecież Sarah ma paszport szwajcarski, to ją przepuszczą bez problemu, a nazwisko po ojcu ma też bardzo polskie.

– A panieńskie nazwisko matki? Goldstein?

– No, to brzmi z niemiecka!

– Nie z niemiecka, tylko jest to typowe nazwisko żydowskie, nie wiesz o tym?

– To co mamy robić? – spytała płaczliwym głosem Stenia.

– Zostaniecie tutaj. U nas będzie bezpiecznie. A jak się wszystko uspokoi pojedziecie dalej – powiedział spokojnie Artur. Nie chcesz chyba narażać takiej ślicznej panny na niebezpieczeństwo – mówił to patrząc na Sarah tak intensywnie, że dziewczynka zaczerwieniła się jak piwonia i wstydliwie spuściła głowę.

– Ależ ja dałam słowo jej rodzicom, – protestowała Stenia – że dowiozę ją do Szwajcarii, tam powinna być bezpieczna.

– Tu na razie też jest, a zanim dojedziecie do Szwajcarii, może się dużo złego wydarzyć po drodze. Na razie chodźmy spać. A jutro się zastanowimy.

Kierowca Staszek przysłuchiwał się temu z zainteresowaniem, potem powiedział do Steni – No to, dobranoc – i poszedł spać do przydzielonej kwatery.

Sarah nie mogła zasnąć z wrażenia. Czuła się jak w bajce. Jeszcze niedawno podglądała takie życie o jakim marzyła, a teraz przeżywała to sama. Była w rodzinie, gdzie wszyscy uśmiechali się do siebie. Każdy z nich wziął ją w ramiona na powitanie i na dobranoc – jakby do nich należała. A szczególnie, gdy mówiąc jej – dobranoc – Artur przytulił ją do siebie i pocałował w usta, to przez jej ciało przeszedł dreszcz jakiego jeszcze nie znała, a serce waliło jak opętane. Musiała się za nie złapać, bo miała wrażenie, że wyskoczy jej z piersi. Jeszcze coś do niej mówił, ale nic nie słyszała, bo to serce tak głośno waliło. On patrząc na nią, pocałował jeszcze raz w usta i powiedział – śpij dobrze Maleńka – tak jak ojciec często mówił do matki. Ale to porównanie nie przywołało tęsknoty za rodzicami, bo nigdy nie nauczyła się ich kochać, nie było na to czasu, aby ich poznać, a jak można kochać obcych ludzi? Poczuła tęsknotę za tym mężczyzną, którego widziała w życiu po raz pierwszy i którego pokochała swą pierwszą dziewczęcą miłością.

Gdy wreszcie udało jej się zasnąć – śniła tylko o Arturze. I rano obudziła się szczęśliwa – pierwszy raz w swym krótkim, życiu szczęśliwa...

Rano, gdy Stenia otworzyła oczy – Ojca i brata już nie było. Ale nie tylko ich. Nie było też samochodu i kierowcy Stacha. Ulotnił się jak kamfora. Ich rzeczy pięknie poukładane leżały pod dachem...

„Ulotnił się. Drań, ulotnił się! Wziął samochód i ulotnił się! Teraz to już nie mam wyjścia, musimy tu zostać. Tylko jak zareaguje na to panienka?".

Sarah właśnie wstawała, gdy Stenia po cichutku weszła do jej pokoju.

– O, Panienka się już obudziła, to dobrze, bo mam z Panienką coś do omówienia. Siadła na brzegu łóżka i zmartwionym wzrokiem patrzyła na dziewczynkę.

– Stenia, nie panienkuj mi tak, mów mi, zwyczajnie po imieniu!

– No tak, ale jak to wypada?

– Nie jesteśmy jeszcze w Szwajcarii, u mojej zarozumiałej rodziny, to możesz mi mówić, po prostu Sarah. Jesteśmy przecież przyjaciółkami, no nie?

– Jak panienka, uuuu, przepraszam jak sobie życzysz...

– A co chciałaś mi powiedzieć?

– No właśnie, muszę z tobą porozmawiać o Szwajcarii – powiedziała Stenia niepewnie, a Sarah patrzyła na nią ufnie ogromnymi granatowymi oczyma.

– Chyba z Szwajcarii na razie nic nie będzie – powiedziała prawie szeptem.

– Jak to? Nie jedziemy? – spytała Sarah i w jej głosie było więcej zdziwienia niż niepokoju.

– No, jak ci to powiedzieć. Widzisz, kierowca uciekł z samochodem, zachował się na tyle przyzwoicie, że wyładował nasze rzeczy. Do Szwajcarii trzeba jechać przez Rzeszę i z twoim paszportem i dla mnie też, było by niebezpiecznie, nawet pociągiem. Zresztą widziałaś co się na drogach dzieje.

– To zostajemy tutaj?

– Na razie, to będzie najrozsądniejsze rozwiązanie.

Na te słowa, Sarah rzuciła się na szyję Steni i zaczęła ją całować po twarzy.

– Steniu kochana, naprawdę mogę tu u was zostać, naprawdę?

Na taką reakcję, Stenia nie była zupełnie przygotowana. Liczyła na łzy rozpaczy, lub smutek dziewczynki, ale nie taką radość.

– Puść mnie wariacie, bo mnie udusisz – mówiła do Sarah, a z serca spadł jej kamień, na taką reakcję dziewczynki – i powiedz mi, co cię tak cieszy, że tu zostajemy w tej głuszy?

– Co mnie cieszy – jeszcze pytasz? – tu u Was pierwszy raz w życiu poczułam się jak członek rodziny. Twoi bliscy przyjęli mnie jak swoją – nigdy tego nie zapomnę – dla ciebie jest to może normalne – ale dla mnie nie. Ja nigdy nie miałam rodziny tylko obce osoby, które za pieniądze troszczyły się o mnie. A wy pierwsi okazaliście mi serce.

Stenia, nie powiedziała już nic więcej. Przytuliła mocno Sarah i znowu pomyślała, to biedne, biedne, dziecko.

Rozdział drugi
Wojna

Następnego dnia (był pierwszy września 1939 roku) matka przybiegła do stajni, gdzie stała jedyna krowa, jaką posiadali Państwo na Grzybowie (taką nazwę nosił majątek) Grzybowscy i Stenia pokazywała Sarah jak się to stworzenie doi.

– Dzieci kochane wojna!

– Mamusiu, co ty mówisz?

– Tak kochanie, wojna. Niemcy napadły na Polskę, właśnie podali w radio.

Wszyscy tzn. Matka Emilia z Komorowskich – Grzybowska, jej dwie córki Stenia i Jadwisia, Sarah i chłopiec który przychodził ze wsi pomagać przy gospodarstwie, słuchali tego jak skamieniali.

Tu na razie jesteśmy bezpieczni, ale musimy wzajemnie sobie pomagać – aby przetrwać. Wszyscy mówią, że ta wojna nie potrwa długo. Jak wróci ojciec, wszystko też wróci na swoje miejsce.

Ale wojna trwała, a ojciec nie wrócił już nigdy.

Natomiast Artur, niedługo po kampanii wrześniowej zawitał do domu, by powiedzieć, że żyje. I znowu zniknął.

I tak na dojeniu krowy, szukaniu jajek, plewieniu warzywnego ogródka i czytaniu książek z domowej biblioteki, zszedł Sarah pierwszy rok okupacji.

W drugim roku, pojawił się tak wyczekiwany przez Sarah – Artur. Odkąd wyjechał marzyła o nim dniem i nocą. Chciała zapomnieć i to jak najszybciej, to co wydarzyło się w drugim dniu jej ucieczki z domu. I liczyła, że przy nim zapomni!

Banda w sztok pijanych łachudrów, złapała ją i zaciągnęła do jakiejś obskurnej meliny. Tam rzucili ją na brudny siennik, śmierdzący potem i moczem i jeden z pijanych położył się na niej, próbując ją rozebrać, czuła jego śmierdzący oddech na swojej twarzy i drżała na całym ciele ze strachu. Nie wiedziała co ją czeka. Chociaż nie miała pojęcia o sprawach seksualnych i nie wiedziała do czego dąży pijany mężczyzna, jednak instynktownie czuła, że to coś strasznego. Ale mężczyzna był zbyt pijany, by móc ją zgwałcić, poszamotał się z nią trochę i zasnął – przygniatając swym ciężkim cuchnącym cielskiem. Leżała cicho czekając, aż reszta uchlanych mężczyzn pogrąży się w pijanym widzie i powoli zaczęła wysuwać się z pod chrapiącego pijaka. Trwało to jeszcze pół nocy, ale się udało. Potem już skradając się cicho jak kotka, wymknęła się z meliny i uciekała co sił w nogach.

W domu myła się całe dwie godziny, szorując zawzięcie, jakby chciała to całe zdarzenie zetrzeć ze swej skóry. Wtedy jeszcze nie wiedziała, jakie właściwie miała szczęście, że nie doszło do czegoś gorszego. To zdarzenie prześladowało ją, aż do momentu poznania Artura i jego pocałunku. Było to dla niej, jak lekarstwo, jakby tym pocałunkiem zmazał tę straszą noc. Od tej pory przestały ją prześladować sny upiory, a zaczęła śnić wyłącznie o Arturze. Nie tylko śnić, ale i we dnie o nim marzyć.

Artur mówił im o getcie w Krakowie i o potrzebie załatwienia dla Sarah nowych papierów.

– Jak masz na drugie imię? – Spytał.

– Lorelay

– Dobrze, od dzisiaj mówimy do ciebie Lori, a ja załatwię jakiś lewy paszport i będę przyjeżdżał dwa razy w tygodniu, dawać tobie i Jadwisi lekcje. Jak obie trochę podgonicie materiał, pojedziecie ze mną do Krakowa, zamieszkacie u ciotki Eugenii jako moje siostry i będziecie się uczyć na tajnych lekcjach. A teraz dziewczyny do roboty...

Sarah, a raczej już Lori, zrozumiała z całej przemowy Artura tylko jedno. Będzie go widywać! Zabrała się do roboty i przy jej zdolnościach dogoniła w nauce Jadwisię i mogła razem z nią przygotowywać się do matury.

W trzecim roku okupacji, Artur zabrał obie panny do Krakowa. Zamieszkały u ciotki Eugenii w pięknym mieszkaniu przy ulicy Grodzkiej. Ciotka była już stara i schorowana, i obie dziewczyny zajęły się nią serdecznie. Codziennie po południu, odbywały się lekcje w salonie ciotki. Przychodzili inni młodzi ludzie, w wieku obu panienek. Uroda Lori – już siedemnastoletniej wybijała się wśród innych dziewczyn. Wielu młodych chłopców podkochiwało się w niej, lecz jej oczy zwrócone były tylko w kierunku Artura.

A on od pierwszego wieczoru, gdy ujrzał panienkę, którą miała zająć się jego siostra – zakochał się po uszy. Ale był starszy i umiał nad tym uczuciem panować. Do tego Stenia widząc co się dzieje, kategorycznie zabroniła mu zbliżania się do Sarah.

– Przecież wiesz, że przyrzekłam jej rodzicom – dałam słowo, że ją dowiozę do Szwajcarii i gdy skończy się to szaleństwo wojenne – zrobię to, dlatego nie mogę pozwolić na to, abyś mi pannę zbałamucił!

Przez cały czas spędzony w Krakowie, Lori prawie nie wychodziła z domu, a jeśli to tylko na targ i z powrotem, zawsze ubrana w chustkę na głowie. Było to polecenie Artura. Zdawał sobie sprawę z nieprzeciętnej urody dziewczyny i bał się by nie wpadła w łapankę, lub by jakiś gestapowiec nie zwrócił na nią uwagi i wylegitymował.

Był już zakochany po uszy i bardzo przejmował się jej losem.

Lato dziewczynki spędzały w lesie. Matka Artura, Steni i Jadwisi zmarła w trzecim roku okupacji, nie doczekawszy się powrotu ojca i panią na gospodarstwie została Stenia. Gdy przyjeżdżał Artur pilnowała tych dwoje, że o sam na sam nie było mowy. Dopiero w Krakowie...

Stenia została na gospodarce, a oczy Lori lśniły tak świetliście gdy na nią patrzył, że po urodzinach, gdy skończyła 18 lat – miała świetnie zdaną maturę, Artur zapomniał o przyrzeczeniu danym Steni. Zaczęło się, gdy wszyscy już wyszli z tych skromnych urodzin. Ktoś przyniósł ze sobą bimber, który mocno szumiał w głowie.

I gdy na pożegnanie całował pełne usta Lori, a ona wczepiła się w niego i oddając pocałunki szeptała mu w ucho: „Nie zostawiaj mnie dzisiaj samej". Artur wziął dziewczynę na ręce i zaniósł do swej sypialni. Położył powoli na łóżku i spytał:

– Czy chcesz tego, tak samo jak ja?

– O, tak, od tego momentu jak cię ujrzałam, to chciałam już na zawsze być z tobą!

Powoli zaczął ją rozbierać, całując każdy rozebrany kawałek ciała, Lori pojękiwała cicho z rozkoszy, jego ręka powędrowała dalej do małego pulsującego i mokrego gniazdka i doprowadziła dziewczynę do orgazmu, gdy Lori szczytowała wszedł w nią bardzo powoli i zaczął delikatnie się poruszać. Dziewczyna cicho jęknęła, a potem leżąc cichutko pozwalała mu poruszać się coraz szybciej, mimo że czuła trochę bólu. W zachwycie obserwowała jego twarz tak bardzo zmienioną. Potem Artur zawył jak zranione zwierzę, trochę się przestraszyła, ale zobaczyła jak uśmiech zadowolenia rozlewa się na jego twarzy i przytuliła się do niego.

Bardzo bolało Maleńka? – zapytał czule, ale Lori zareagowała inaczej niż się spodziewał. Usiadła nagle, odpychając go od siebie i powiedziała złym głosem:

– Nigdy do mnie tak nie mów!

– Jak? – zupełnie zdziwiony spytał Artur.

– Nigdy nie mów do mnie „Maleńka, skarbeczku, wróbelku czy słoneczko”, lub coś do tego podobnego. Przysięgnij mi, że nigdy nie będziesz mnie tak nazywał, przysięgnij!

– Dobrze, już dobrze, przysięgam, ale jak mam do ciebie mówić?

– Mam przecież imię nie? Sam mi je nadałeś, to teraz mów tak do mnie – Lori.

– Ale dlaczego?

Spuściła głowę i dwie wielkie łzy spadły na jego obejmujące dziewczynę ręce.

– Bo tak nazywał ojciec moją matkę!

– Iiiiii?

– Mój ojciec kochał i kocha tylko moją matkę, a ja dla tych dwojga całe życie byłam przeźroczysta, nawet do Ameryki pojechali sami, bez matki ojciec nie zrobił by kroku, a beze mnie pojechali na drugi koniec świata! Dlatego nie chcę o nich myśleć, ani nic słyszeć, co mi o tym przypomina rozumiesz?

– Tak, moje biedne dziecko, moja kochana Lorelay – i całował ją czule.

– Nie chcę myśleć o przeszłości, teraz jestem szczęśliwa i to jak szczęśliwa.

Artur przysięgnij mi, że mnie nigdy nie opuścisz, że zawsze zostaniesz ze mną!

– Tak kochanie moje, przysięgam!

Tego samego dnia popołudniu, Artur zamknął się w pokoju z ciotką i długo z nią dyskutował. Potem ciotka otworzyła sejf ukryty za serwantką, którą Artur odsunął od ściany i wyjęła pudełko z biżuterią, podała go siostrzeńcowi i wybrał śliczny pierścioneczek z dużym szafirem, okolonym małymi brylancikami.

Wieczorem – a był to 17 stycznia 1945 w towarzystwie wszystkich najbliższych i przyjaciół, poprosił Sarah – Lorelay o rękę.

– Twoje oczy mają kolor tego szafiru – stałaś się dla mnie najważniejszą osobą na świecie – chcesz zostać moją żoną?

– Czy chcę Arturze? O niczym więcej nie marzę!

Na następny dzień, wojska radzieckie, zaskakując Niemców, którzy nie zdążyli wysadzić zaminowanego Krakowa w powietrze – wyzwoliły Kraków.

Rozdział trzeci
Lata powojenne

9 maja 1945 roku, w dniu w którym zapanował pokój na świecie – Sarah – Lorelay z domu Mostowska – powiedziała „tak" Arturowi Konradowi Grzybowskiemu w kościele Dominikanów w Krakowie.

Czasy nastały socjalistyczne, dyktowane przez czerwonego brata zza Buga i Stenia, chociaż bardzo chciała, nie mogła wywieść już swojej bratowej z kraju.

Zresztą Sarah już nie chciała jechać. Biżuterię razem z upoważnieniem na konto oddała bratowej. Sarah to wszystko schowała w sejfie w mieszkaniu ciotki, gdzie zamieszkali po ślubie. Ciotka, niedługo po zakończeniu wojny zmarła.

Artur zaczął pracować na Uniwersytecie Jagiellońskim, zapisał się do partii i po niedługim czasie został docentem i pierwszym sekretarzem uczelnianym.

Sarah natomiast skończyła studia dziennikarskie. Znała biegle język włoski, niemiecki, francuski. Nie znała niestety rosyjskiego i nie chciała się go uczyć. Miała za złe Arturowi, że jest jak chorągiewka i że nie tylko przytakuje nowej władzy, ale dla niej owocnie pracuje, że dla kariery zrobi wszystko. I było niestety, w tym dużo prawdy.

Po pierwszych uniesieniach miłosnych, zaczęło się między nimi psuć. Sarah za żadne skarby nie chciała mieć dziecka. W tym czasie o środkach zapobiegawczych można było tylko marzyć. Były tylko prezerwatywy, których nie chciał używać Artur, ponieważ marzył, by ukochana żoneczka urodziła potomka – jedynego zresztą dziedzica nazwiska. Ale Sarah dokładnie zapamiętała lekcję pani Eweliny na brzegu swego łóżka, kiedy są dni płodne, kiedy nie i przy jej regularnej miesiączce nie było trudno, kierować sytuacją. W płodne dni, po prostu bolała ją głowa, albo była potwornie zmęczona. Była w połowie żydówką i w tej połowie posiadała tyle temperamentu, że starczyłoby na cztery. W niepłodne dni zaspakajała Artura na wszystkie możliwe sposoby. Tak, że się nie skarżył. Ale do czasu. Był od Sarah o całe piętnaście lat starszy i dorósł już psychicznie do posiadania potomka. Ale Sarah ciągle mówiła – nie.

Jak to zwykle bywa – szewc bez butów chodzi – to on psycholog nie zauważył, że z jego żoną pod względem psychicznym niedobrze się dzieje. Gdyby zamiast chodzić na zebrania partyjne, lepiej przyjrzał się żonie – zobaczyłby że, przeszłość zaczęła ją dopadać coraz częściej: nieszczęśliwe dzieciństwo zawładnęło jej umysłem. Przechodziła od euforii do depresji, a on tego nie zauważał. Tym bardziej, że skończył czterdziestkę i naszedł go typowy dla mężczyzn w jego wieku „midlife crisis”.

Zawsze był przystojnym mężczyzną. A czym starszy – robił się coraz ciekawszy. Na jego kierunku przeważały kobiety i odkąd pamiętał, zawsze był adorowany przez studentki. Niemniej do tej pory był tak zakochany w swojej pięknej żonie, że inne go nie interesowały. Lecz gdy pewnego dnia, zobaczył w lustrze swą podstarzałą twarz, posiwiałe na skroniach włosy, nagle zaszła w nim jakaś przemiana. Zdał sobie sprawę, że coś się kończy, że coś przemija bezpowrotnie. Ogarnął go strach, strach przed starością. Gdyby popatrzył na siebie z boku jako psycholog, zorientował by się, że to co się z nim dzieje, to najnaturalniejsza sprawa w życiu. No tak, normalna u innych. Ale tu chodziło o niego! Nie może się poddać jest jeszcze młody i to udowodni.

Kupił modne spodnie, zaczął grać w tenisa, a przede wszystkim spojrzał inaczej na otaczające go kobiety. Jego żona była jeszcze młoda i piękna, ale ją już miał. Musiał spróbować, jak reagują całkiem młode dziewczyny na jego męskość. Nie musiał długo szukać. Jedna z jego studentek Weronika, o długich gładkich blond włosach, szarych dużych oczach – zupełne przeciwieństwo jego żony – na wszystkich wykładach intensywnie wpatrywała się w niego. A po nich, zawsze szukała pretekstu, aby z nim o czymś porozmawiać. Przedtem zbywał ją, a teraz postanowił się z nią umówić.

Dziewczyna była córką jakiegoś bonzy partyjnego z Warszawy. Przyjechała do Krakowa, aby nieco uciec spod skrzydeł rodzinki i wtykanego we wszystko nosa matki. Tatunio załatwił córeczce, piękne mieszkanko na okres studiów. I w tym to mieszkanku, potwierdzał swą jurność, podstarzały Arturek. Weronika nie była święta, już z niejednym spała, na sztuce miłosnej znała się nieźle i pan docent rozsmakował się w młodej dziewczynie, zaniedbując małżonkę całkowicie.

Sarah pracowała w radio jako redaktor, przygotowując audycje, pisząc reportaże do których musiała często zbierać materiały i jeździć po kraju. Przed poznaniem Weroniki, Artur po jej powrocie, kochał się z nią zwykle tak zapalczywie, jakby się nie widzieli lata całe. A ostatnio Sarah wracała po tygodniu, a on był zmęczony.

– Kochanie miałem tak ciężki dzień, daj mi się wyspać, jutro, jutro na pewno będę w formie. Ale przychodziło jutro i Artur wymyślał nową wymówkę, lub kochał się z nią byle jak.

Sarah głupia nie była, poczuła że coś się święci. A gdy ktoś z redakcji powiedział, że widział jej męża z jakąś bardzo młodą blondynką, postanowiła się przekonać co jest grane. Na następny dzień poszła do jego biura. Sekretarki akurat nie było, więc bez zapowiedzi weszła po cichu do jego gabinetu. I zatkało ją z wrażenia!

Na kolanach męża, siedziała do niej tyłem – kobieta. Widziała tylko długie blond włosy, ręka tej blondyny znajdowała się w rozpiętych spodniach jej męża. A jego twarz w rozchylonej bluzce dziewczyny. Słyszała tylko jak głośno mlaska, ssąc jej pierś i postękuje z zadowolenia. Przez chwilę przyglądała się tej scenie, a potem niezauważona wybiegła z gabinetu. Co robić, co robić – myślała.

Jeśli powiem mu co widziałam i on zechce do niej odejść? To co zrobię, nie dam rady go zatrzymać. Co robić, co robić – myślała. Już od dawna nie chce ze mną sypiać – bo mu z nią lepiej!

Dziecko! Urodzę mu dziecko! Wtedy będzie musiał przy mnie zostać! To jedyny sposób, tak, dziecko. Muszę obmyślić plan. I obmyśliła. Zaczekała na swe płodne dni i każdego ranka po czwartej, budziła się. Wiedziała jak twardy sen ma Artur.

Wchodziła pod kołdrę i zaczynała swoje misterium miłosne. Znała każdy punkt jego ciała, na który reaguje i całowała, lizała i podniecała tak długo, aż był gotowy, wtedy wchodziła na niego, wsadzała jego pulsującego gotowością członka w siebie i doprowadzała do orgazmu. Czasem mruczał, całując ją – Weronika kochanie moje, ale jej to nie przeszkadzało, w duchu mówiła sobie, już niedługo zapomnisz o wszystkich Weronikach świata. Artur budząc się rano mówił czasem:

– Wiesz miałem bardzo miły sen,

– A doprawdy, a co ci się śniło?

– Wiesz nie pamiętam, ale coś miłego – odpowiadał zmieszany, a Sarah mruczała do siebie, aha nie pamiętasz, ale niedługo się dowiesz!

Starała się schodzić mu z drogi, żeby przed czasem nie podjął jakiejś brzemiennej w skutki decyzji i nie chciał ją o niej poinformować.

Po paru tygodniach poszła do lekarza, aby zrobić test ciążowy. Wtedy jeszcze nie było z tym tak łatwo. Mogli go wykonywać tylko lekarze, posiadający króliki hodowane w tym celu. Mocz przyszłej matki wstrzykiwano królikom i po paru dniach było wiadomo. Sarah otrzymała swą odpowiedź, tak właśnie – i do tego pozytywną.

Była zachwycona, nie, nie tym, że mała istotka rośnie w niej, że będzie miała dziecko – nie – cieszyła się że ma argument w ręce. Teraz Artur nie może jej opuścić, teraz nie. A razie nie mówiła mu nic. Czekała, aż on zacznie, albo będzie widać.

I pewnego dnia stało się. Sarah była już w piątym miesiącu i cierpiała bardzo, bo Artur tego nie zauważał.

Był piękny słoneczny zimowy dzień, właśnie wróciła z kontroli od ginekologa, który zapewnił ją, że wszystko odbywa się właściwie. W domu czekał na nią Artur i był bardzo poważny.

– Sarah proszę cię bardzo, usiądź, musimy porozmawiać.

Sarah starała się wysunąć brzuch, jak najdalej przed siebie, aby zauważył. Była bardzo szczupła i brzuch jak na piąty miesiąc nie był za duży.

– Słucham cię Arturze, ale jak skończysz, mam dla ciebie bardzo radosną nowinę. Szczerze mówiąc jestem bardzo rozczarowana, że tego wcześniej nie zauważyłeś.

Ale Artur nie patrzył na nią tylko kontynuował.

– Posłuchaj mnie Sarah, bardzo mi przykro, ale chciałem cię prosić o rozwód, zakochałem się, no wiesz zdarza się, nic na to nie można poradzić i chciałem cię prosić, abyś nie robiła trudności i dała mi go szybko.

– Zanim zaczniesz mówić dalej, popatrz na mnie Arturze i przeczytaj to proszę! – powiedziała Sarah już zdenerwowanym głosem.

Artur przeczytał najpierw podsunięty przez Sarah papier, a potem przerażonym wzrokiem popatrzył na nią.

– Piąty miesiąc? I teraz mi to mówisz? Weronika jest też w ciąży w drugim miesiącu!

– Weronika? Kto to jest?

– To kobieta którą kocham i która jest w ciąży z moim dzieckiem!

– To może ją przerwać, ja jestem twoją żoną – ja, nikt inny tylko ja.

Zabawiłeś się. Jak widzisz nie przeszkadzałam ci, ale teraz czas na powrót do domu, do twojej rodziny. Czas zająć się żoną, o której przez pół roku nie myślałeś wcale..

– A jaką mam pewność, że to moje dziecko?

– A jaką masz pewność, że dziecko Weroniki jest twoje?

– Bo z nią spałem, a z tobą nie.

– Ach nie? Mój drogi przed pięcioma miesiącami, spałeś ze mną po dwa razy na noc i nie pamiętasz tego? A te twoje cudowne sny? To nie były sny, to byłam ja! I jak śmiesz mówić do mnie, że to nie twoje dziecko, do mnie wiernej ci jak pies, to ty się pieprzyłeś z tą młodą partyjną suką – i wymierzyła mu policzek z taką siłą, że jego głowa odskoczyła do tyłu i się zatoczył. Z odbitymi palcami na twarzy i już z nienawiścią w oku mówił do Sarah, sącząc słowa przez zęby.

– Przykro mi moja droga, ale już cię nie kocham i nie chcę tego bachora, co go masz w brzuchu. Bóg mi świadkiem chciałem, całe lata chciałem mieć z tobą dziecko, ale ty nie i nie, teraz chcesz, bo to dziecko jest dla ciebie kartą przetargową. Już mi żal tego stworzenia, które cię w ogóle nie interesuje, tylko wykorzystujesz je, aby mnie przy sobie zatrzymać!

– To będzie także twoje dziecko! A ty mówisz o nim jak o rzeczy! – krzyczała teraz Sarah.

– Bo cię już nie kocham, zrozum to wreszcie, jakże mogę kochać to co wzrasta w tobie? – powiedział to i pożałował swoich słów. Stał przed Sarah i pierwszy raz się jej przyjrzał. Jej drobne ciało zaczęły szarpać wstrząsy, brzuch sterczał z tej chudej postaci, a po pięknej twarzy spływały łzy.

Wstrząsy zaczęły szarpać jej ciałem coraz bardziej, upadła na ziemię, złapała go za nogi i zawyła:

– Artur nie zostawiaj mnie samej, proszę, nie zostawiaj mnie, nie zostawiaj mnie – skamlała już jak zbity pies. Przysięgałeś mi kiedyś, że mnie nie zostawisz, pamiętasz przysięgałeś.

Poczuł się nieswojo. Był przecież psychologiem, znał przeszłość swojej żony z detalami, wiedział jak grzechy dzieciństwa każą za siebie płacić w dorosłym życiu. Wiedział, że to co przed sobą widzi jest typowym załamaniem nerwowym, a nie może dać żadnych środków uspakajających, bo przecież jest w ciąży. W ciąży z jego dzieckiem. Był tego pewny, że dziecko jest jego. Wyraził swą wątpliwość – chcąc ją zranić.

Poczuł się podle, wziął jej wątłe ciało na ręce, zaniósł do ich sypialni, położył ją na łóżku i przytulił do siebie. Długo tulił, przemawiał spokojnym miłym głosem:

– No już dobrze, kochanie, zostanę z tobą, nic się nie bój, zostanę. Nie będziesz sama, zobaczysz zostanę przy tobie. Głaskał jej plecy i powoli jej nerwowe podrygiwanie stało się wolniejsze, aż uspokoiło się zupełnie. Sarah wyczerpana atakiem spała.

Artur został z nią dopóty, dopóki się nie obudziła. Sprawdził jej puls. Wszystko wracało do normy – teraz. Ale nie może sobie pozwolić na zostawienie jej, może się to źle skończyć. Dla niej i dla dziecka. Zadzwonił telefon. Podniósł po pierwszym dzwonku, bał się drażnić żonę. Przy telefonie była Weronika.

– Załatwiłeś wszystko pomyślnie? – zapytała pewna siebie.

– Niestety, skarbie są komplikacje.

– Nawet mi nie mów – weszła mu w słowo – ojciec był u mnie przed chwilą. Lepiej go nie denerwować. Już i tak jest wściekły, że jestem w ciąży ze „staruchem" – tak się wyraził. Wybacz, ale jesteś od niego o dwa lata starszy.

– Dziecinko, to nie ma teraz nic do rzeczy, nie mogę rozmawiać, jak tylko będę mógł zadzwonię lub przyjdę. Teraz nie mogę. Całuję Was. – i położył słuchawkę zanim zdążyła cokolwiek odpowiedzieć.

Wiedział, że jego przyjaciółka jest młoda, rozpuszczona i chce dostać wszystko to, co zapragnie, że jest apodyktyczna i kłótliwa, ale był tak zakochany, że mimo życiowego doświadczenia, nie umiał z niej zrezygnować.

– Artur jesteś tu? – usłyszał słaby głos Sarah i pobiegł do niej.

W tej chwili nie był kochankiem, mężem był psychologiem, dobrym psychologiem i wiedział co jego pacjentce potrzeba.

– Jestem kochanie, oczywiście, że jestem, nie wstawaj zaraz zrobię ci pysznej herbatki i parę kanapek, musisz się odżywiać.

Przyniósł na tacy kanapki i herbatę i karmiąc ją, przemawiał do niej spokojnym głosem.

– Musisz jeść – jesteś teraz skóra i kości. Znam cię, nie będziesz pewnie chciała zrezygnować z pracy, ale pozwól, że zaangażujemy gospodynię, która będzie codziennie gotowała coś pożywnego i świeżego, dobrze?

Sarah tylko pokiwała głową – wiedział, że jest wykończona atakiem, ale jadła, jadła.

Potem cichym głosem spytała:

– Nie zostawisz mnie Arturze prawda? Nie zostawisz?

– Nie kochanie, nie zostawię, ale przyrzeknij mi, że parę dni zostaniesz w łóżku.

– Przyrzekam.

– To dobrze, przygotowałem kąpiel, posiedź chwilę w wannie, potem mnie zawołaj to pomogę ci wyjść i położymy się spać.

Gdy Sarah już mocno spała po usypiającej kąpieli, Artur zadzwonił do Steni, przedstawił jej całą sytuację, niczego nie ukrywając. Stenia była oburzona jego postępowaniem i oczywiście wzięła stronę Sarah.

– Dobrze braciszku, namotałeś, a ja jak zwykle muszę to wszystko odmotać. Jutro jestem u was i zajmę się Sarah – odpowiedziała Stenia krótko.

Artur liczył na to. Wiedział jaki stosunek obie kobiety mają do siebie i widział dla siebie w tym szansę. I miał rację.

Następnego dnia rano zawitała Stenia z plecakiem jedzenia „prosto od krowy". Zanim Sarah się obudziła, stół był nakryty z białym serkiem, świeżymi jajkami i masełkiem, świeżym soczkiem z marchwi. Stenia pocałunkiem obudziła Sarah. Był pisk, radość, całusy i śniadanie w miłej atmosferze. Artur przypatrywał się żonie. Po wczorajszym ataku pozostały tylko sińce pod oczyma, nic więcej. Uspokojony, po śniadaniu opuścił mieszkanie i udał się do Weroniki.

Czekała – naładowana jak bateria. Nie pozwoliła się pocałować, tylko wyskoczyła na niego jak furia.

– Jak mogłeś, jak mogłeś po prostu odłożyć słuchawkę – draniu!

– Po pierwsze usiądź i się uspokój. Wrzaski, nerwy to bardzo niedobre dla naszego dziecka, prawda Dziecino? No już dobrze, usiądź i posłuchaj co mam ci do powiedzenia.

Naburmuszona, ale uspokojona jego łagodnym, kojącym głosem usiadła i rzekła:

– Słucham.

– Moja żona ma psychiczne problemy, muszę tak długo zostać z nią, aż ją nie ustabilizuję.

– A co z rozwodem?

– Załatwię to po urodzeniu dziecka.

– Naszego dziecka?

– Nie jej dziecka.

– To ona jest w ciąży?

– Tak w piątym miesiącu.

– Z kim?

– Ze mną.

– Coooooo? Mówiłeś, że z nią nie śpisz, że kochasz tylko mnie – rzuciła się na niego z pięściami.

– To nie takie proste. Bo mówiłem prawdę i nie. Prawda jest taka, że tylko ciebie kocham, a, a, wtedy – pamiętasz?

Opowiadałem ci, że śnię co noc, że się z kimś kocham i nie wiem z kim, pamiętasz?

– Tak.

– No, widzisz, to nie był sen, to było naprawdę, kochałem się z nią, nie zdając sobie z tego sprawy.

– Jak to w ogóle jest możliwe?

– Bardzo prosto, nigdy nie przespałaś ze mną nocy, to możesz nie wiedzieć. Ja tak twardo śpię i tak trudno mnie obudzić. Właściwie nie powinienem ci tego zdradzać, o czym Sarah niestety dobrze wiedziała. W pół śnie jestem zawsze bardzo podniecony...

– No dobrze, to mogę zrozumieć, ale jak dotychczas nie zauważyłeś, że jest w ciąży?

– No, wiesz ona jest taka drobna. A poza tym, nie przyglądałem się jej już od dawna. Lub przychodziłem do domu, gdy spała. Właściwie to jestem drań, nawet nie zauważyłem, że ma psychiczne problemy. To dziecko nie interesuje ją w żadnym calu, chce je urodzić, by zatrzymać mnie przy sobie.

– I pozwolisz jej na to?

– Na co?

– No, urodzić to dziecko!

– Weronika, ona jest w piątym miesiącu, w piątym miesiącu, rozumiesz?

– No to co z tego?

– A to, że nie można już nic przeciwko temu zrobić, ona to dziecko urodzi, a ja muszę z nią zostać do tego momentu.

– Jak to musisz?

– Zrozum, studiujesz psychologię, to też powinnaś wiedzieć. Ona jest słaba psychicznie, nie mogę jej ustawić przez lekarstwa, bo zaszkodzi dziecku, a wczoraj, gdy powiedziałem, że ją zostawię i chcę rozwodu, dostała ataku nerwowego.

– To co teraz będzie? Pamiętaj, że ja ciebie nie wyrzeknę się nigdy, a jak mnie zostawisz, to mój tatuś cię zniszczy, zdajesz sobie z tego sprawę, prawda? Nie będziesz już docentem i pierwszym sekretarzem na uczelni, będziesz pracował w Koziej Wólce jako gryzipiórek!

Mówiła to do niego, zbliżając się kocim krokiem, szlafrok, który miała na gołym ciele rozsunął się i jedna pierś mała krągła i jędrna wysunęła się. Artur patrząc na nią przełykał głośno ślinę i jeśli w tym momencie cokolwiek myślał to było: Boże, nie mogą się jej oprzeć. Weronika podeszła do niego zrzuciła szlafrok i rozpięła mu spodnie, złapała delikatnie za przyrodzenie. W tym momencie docent Artur przestał myśleć, już był tylko samcem, spragnionym samcem, a Weronika dobrze o tym wiedziała.

Gdy zaspokojony opuścił jej mieszkanie, złapała za telefon i zadzwoniła do ojca.

– Tatusiu musisz coś zrobić – i opowiedziała mu rozmowę z Arturem.

– Nie bój się mała, tatuś coś wymyśli. Zaczekaj niech ta jego urodzi tego bachora, a potem weźmiecie ślub i docencik nie zobaczy jej więcej. Będzie wszystko jak ty chcesz, dopóki twój tatuś niejedno może!

W radio, gdzie Sarah pracowała – mniej więcej przed rokiem, przyjęto młodego chłopaka zaraz po studiach (slawistyka), który studiował dziennikarstwo zaocznie i chciał w radio zebrać doświadczenie do przyszłego zawodu dziennikarza. Przydzielono go do Sarah – doświadczonej reporterki i reżyserki radiowej – jako asystenta. Marek – bo tak miał chłopak na imię – od pierwszego wejrzenia zakochał się w swej szefowej.

Sarah, jeśli w ogóle zdawała sobie z tego sprawę, nie dawała tego po sobie poznać. Traktowała go jak kolegę, choć wiedziała, że ta róża, którą codziennie znajdywała w szufladzie biurka z miłosnym poematem, ciągle nowym – jest od młodego asystenta. Uważała, że jest bardzo przystojnym chłopcem, ale tylko chłopcem. Sama z braku ojca w swym życiu, przedkładała starszych mężczyzn nad żółtodzioby. A Marek był cierpliwy, był zawsze pod ręką. Gdy była smutna to ją rozweselał, gdy potrzebowała mężczyzny to ją pocieszał. Dla Sarah był kołem ratunkowym w wielu sytuacjach. Wielokrotnie miała ochotę na przygodę z nim, ale miała plan.

Odzyskać męża. I do tego potrzebna jej była ciąża i to w 100% od Artura. Dlatego też trzymała Marka na odległość. Teraz gdy dowiedziała się tak brutalnie, że jej mąż już jej nie kocha, że chce rozwodu za wszelką cenę, nie zrezygnowała z planu odzyskania go, ale psychiczna podpora jaką był dla niej Marek, była jej teraz niezbędna. Marek, gdy dowiedział się o jej ciąży, upatrzył dla siebie szansę. Tajemnicą poliszynela było, że pan docent pragnie jak najszybciej wywikłać się z małżeństwa, bo córeczka ważnego dostojnika partyjnego upatrzyła go sobie na przyszłego.

Tak więc, dla Sarah ostatnie miesiące ciąży przebiegły w harmonii i miłości. W domu Stenia dbała, by Sarah miała wszystko czego przyszłej matce trzeba.

Artur troszczył się o jej zdrowie, chodził z nią do lekarza i rozmawiał, aby sprawdzić stan jej psychiki. A miłość, miłość dostawała od Marka. Marek miał małą, ale ładną garsonierę, do której zapraszał codziennie Sarah po pracy w radio. Tam robił jej herbatę kładł na swym kawalerskim łóżku, przytulał głaskał, całował jej twarz, potem piersi teraz duże i nabrzmiałe, potem głaskał i całował wystający brzuch. Marek zdołał przekonać do tego Sarah, tłumaczył jej, że jest to najlepsza terapia rozluźniająca, a ponieważ miał rację, Sarah pozwoliła mu, by tak ją pieścił. Marek był młodym, zdrowym mężczyzną, pełnym temperamentu i oczywiście nie wystarczał mu ten – seks nie do końca – jak to nazywał w duchu. Ale ciągle liczył, że to się zmieni zaraz po urodzeniu dziecka. Na razie, zadawał się od czasu do czasu z dziewczętami, poznanymi przygodnie, nie dawał nigdy żadnej swego telefonu, ani adresu. Spotykał się zawsze u nich tłumacząc się brakiem warunków. No i oczywiście zawsze używał prezerwatywy.

Gdy Sarah była w siódmym miesiącu – odważył się i poprosił ją o rękę. Odmówiła. Powiedziała mu, że ciągle liczy, że gdy Artur weźmie na ręce ich dziecko, to na pewno z nią zostanie.

– Marku, ty na zawsze zostaniesz moim przyjacielem, nigdy nie zapomnę jak mi pomogłeś w czasie dla mnie najcięższym, gdy miłość mojego męża ukradła mi ta, ta, czerwona wiedźma. Ale on się nawróci, zobaczysz, on się nawróci, gdy tylko zobaczy dziecko. Jeśli będzie chłopiec to dam mu imię jego ojca Konrad, a jeżeli dziewczynka to Emilka, tak jak jego matka, gdy weźmie je w ramiona na pewno pokocha mnie znowu, zobaczysz...

Marek słuchał tego z przerażeniem. Gdy mu to mówiła, to jej oczy były niewidzące, nieprzytomne. Był tak zaniepokojony, że zadzwonił do Artura, aby z nim porozmawiać.

Artur wytłumaczył mu, na czym polega psychiczne zachwianie Sarah, że dlatego z nią jeszcze zostaje, aby nie zaszkodzić zdrowiu jej i dziecka. Ze ma nadzieję po porodzie wróci wszystko do normy. Będzie można przeprowadzić terapię i zastosować środki uspakajające.

– To znaczy, pan nie ma zamiaru do niej wrócić?

– No, wie pan, zakochałem się i ona też jest w ciąży...

– A co będzie z dzieckiem Pana i Sarah?

– Oczywiście będę płacił alimenty itd. Ale nie chcę żadnych emocjonalnych więzi Pan rozumie, z tego wyniknęłyby tylko komplikacje.

Marek, bez słowa podał mu rękę i się oddalił. W duchu pomyślał: ależ to sukinsyn, a ta biedna chora kobieta ciągle ma nadzieję. Postanowił coś zrobić w tym względzie.

Każdego dnia, gdy się z nią widział, starał się przekonać ją, że Artur to ostatni sukinsyn i powinna o nim zapomnieć. Gdy to nie pomagało, porozmawiał ze Stenią. Stenia była całkowicie po jego stronie. Spędzała z Sarah każdy dzień i widziała co się z nią dzieje. Próbowała rozmawiać o tym z bratem, ale było to jak rozmowa ze ślepym o kolorach. On miał przed oczami tylko karierę. Profesura była mu za mało. Stenia nie wiedziała co chciał jeszcze osiągnąć, do czego dążył. Był tak zaślepiony, że żadne argumenty do niego nie docierały. Ważne tylko było, co powie, jak zareaguje tatuś Weroniki.

Po tych rozmowach z bratem, Stenia zapewniła Marka, że mu pomoże, przekonywać Sarah. I chyba tym dwoje powoli się udawało.

W Sarah płynęła krew ojca, przesadnego romantyka, która powodowała czepienie się przemijającej miłości, ale też krew matki żydówki – mającej spryt i głowę do interesu.

Któregoś dnia, siedzieli na kanapie u Marka w garsonierze i odpoczywali po swych oralnych igraszkach miłosnych. Marek gładził czule jej śniady, wypukły brzuch.

Siedzieli zadowoleni w milczeniu. W pewnym momencie Sarah spytała:

– Marek, mogę z tobą poważnie porozmawiać?

– Oczywiście kochanie, zawsze rozmawiam z tobą poważnie.

– Ale tym razem, tak bardzo poważnie, to ma znaczenie dla całego naszego przyszłego życia.

– To znaczy skarbie, że jednak widzisz nasze wspólne życie?

Sarah nie odpowiedziała na to, tylko spytała patrząc mu w oczy:

– Marek, jesteś pewny, że mnie kochasz?

– Cóż za pytanie, niczego nie jestem tak pewny jak właśnie tego!

– I mogę w 100% na ciebie liczyć?

– Nie wiem dlaczego mnie o to wszystko pytasz, ale zapewniam najdroższa moja, nie ma na świecie osoby, sprawy, rzeczy, która by była ważniejsza od ciebie.

– Dobrze, no więc posłuchaj. Niestety muszę zacząć od Adama i Ewy, abyś pojął całą sytuację. Urodziłam się jak wiesz przed wojną w Łodzi w bardzo bogatej rodzinie. Moja matka jest żydówką i do jej rodziny należało dużo fabryk w tym mieście. Mój ojciec wprawdzie nie był tak bogaty jak matka, ale wystarczająco, był w niej – a może jeszcze jest – małpio zakochany, do tego stopnia, że nie widział świata poza nią.

– To tak, jak ja w tobie – odezwał się Marek.

– O nie, po pierwsze nie przerywaj mi, a po drugie, gdy usłyszysz wszystko to sam nie będziesz chciał się do tego przyznać!

– Dobrze, już siedzę cicho.

– Gdy ja się urodziłam, oddano mnie na wychowanie niańkom, mamkom, itp. rodziców prawie nie znałam, bo nie interesowali się mną. Gdy Hitler dochodził w Niemczech do władzy, ojciec w obawie o swą żydowską żonę wywiózł nas do Szwajcarii. Tam wychowałam się do czternasego roku życia, sama jak w złotej klatce. W 1939 roku zachorowała babcia i pojechaliśmy do Łodzi. Ja zachwycona wolnością, bo nikt na mnie nie zwracał uwagi, ulotniłam się z domu na dwa dni. W tym czasie zmarła moja babcia, zrobili szybki pogrzeb, ojciec sprzedał wszystko i wypłynęli ostatnim statkiem udającym się do Ameryki. W tej Ameryce mieszkają do dzisiaj. Tego wszystkiego nie mogli do-konać w ciągu tych dwóch dni, myślę, że ojciec zrobił to wcześniej i był na wszystko przygotowany. Nawet jestem pewna, że pomógł mojej babci w szybszym zejściu ze świata, żeby tylko móc swą ukochaną żoneczkę wywieść z zagrożonej wojną Europy. Dziecko było nieważne. Nie było jej w domu, to pojechali sami. Chcesz teraz potwierdzić, że kochasz mnie tak samo jak mój ojciec – matkę?

Marek nie odpowiedział, tylko spuścił głowę, a w duchu pomyślał, co ta biedna kobieta w życiu przeszła, nic dziwnego, że czepia się tego małżeństwa jak kotwicy.

Muszę ją przekonać, że bez Arturka będzie jej lepiej.

– Ale to tylko wstęp – ciągnęła dalej Sarah – teraz przejdę do właściwej opowieści. Gdy wyjechali zostawili szofera z samochodem i Stenię z biżuterią matki i jej zapewnieniem, że mnie zawiezie do Szwajcarii do naszego domu. Stenia dostała także upoważnienie na konto w banku szwajcarskim – ja miałam dopiero 14 lat. Potem miałyśmy popłynąć następnym statkiem do Ameryki. Ale dojechałyśmy tylko do rodziców Steni koło Krakowa. Tam też poznałam Artura. Kierowca uciekł z samochodem, a potem wybuchła wojna. Po wojnie wyszłam za mąż za Artura. Moi rodzice szukali mnie przez Czerwony Krzyż, ale to było bardzo trudne, bo w czasie wojny dostałam lewe papiery i z tymi papierami wyszłam za mąż. Ale odnaleźli Stenię i tak doszli do mnie. Otworzyli mi konto w PKO i przekazali ogromną sumę pieniędzy. O tym wie tylko Stenia i ja. Najpierw nic nie chciałam o tych pieniądzach słyszeć. Uważałam, że moi rodzice w ten właśnie sposób usypiają swoje nieczyste sumienie i że gdy wezmę te pieniądze, to im w tym pomogę. Potem chciałam opowiedzieć o nich Arturowi, ale Stenia znając go lepiej, nie pozwoliła mi na to. Dzisiaj jestem jej za to bardzo wdzięczna. Pomyśl te pieniądze wylądowały na koncie, gdy byliśmy już małżeństwem. Wprawdzie są na moje panieńskie nazwisko (mój paszport szwajcarski Stenia zachowała do dzisiaj), ale ja byłam skłonna dać mu na konto upoważnienie i teraz, w razie rozwodu – dupa zbita.

– Pani redaktor – cóż za słownictwo!

– Przepraszam, ale słuchaj dalej. To mieszkanie, gdzie jeszcze mieszkamy z Arturem, należało do ciotki i ona przepisała na niego, nie na nas, a więc w każdej chwili mogę się znaleźć na ulicy. Koło Lasku Wolskiego widziałam piękną willę, trochę trzeba ją wyremontować, ale jest do kupienia. Mieszkają w niej Żydzi, którzy wyjeżdżają do Izraela i chcą ją jak najszybciej sprzedać. Ale tylko za gotówkę – i to już. Dużo interesantów nie ma, bo kto ma teraz w kieszeni taką sumę pieniędzy, a jeśli nawet ma, to musi się tłumaczyć skąd, więc chcą sprzedać nawet jakiejś instytucji na biura, czy coś innego. Teraz słuchaj uważnie, bo to jest ta część opowiadania, która ciebie dotyczy. Ja mam pieniądze, ale nie mogę jej kupić teraz, bo gdy dojdzie do rozwodu, to muszę połowę oddać tej wydrze czerwonej z którą zapewne zechce Artur się ożenić. Muszę przyznać, że ja ci wierzę bezgranicznie. Ale mój adwokat uważa, że musimy spisać małą umowę miedzy nami. A więc do rzeczy. To wszystko ma wyglądać mniej więcej tak. Ja biorę pieniądze z banku.

Sarah napisała na karteczce sumę. Marek przeczytał i osłupiał, ale nie powiedział nic.

– Podpisujemy umowę, cichą u notariusza tylko między nami, że pieniądze są moje. Potem dokonuję oficjalnej darowizny na ciebie – kosztuje to kupę pieniędzy, ale mam ich tyle, że to nie gra roli. Ty bierzesz pieniądze i kupujesz tę willę, za resztę, dokonujesz remontu, jeśli możliwe to szybko, aby była w razie czego. Jeśli Artur nie rozwiedzie się ze mną, zamieszkamy tam, tam też dostaniesz ładne mieszkanko – gratis – i będziemy niby ci płacili czynsz. Jeśli jednak rozwiedzie się ze mną i ożeni z tą dziwką, to zamieszkamy tam razem. Co ty na to?

– Prrrrrr, westchnął głęboko Marek. Oczywiście zrobię wszystko co zechcesz, a to wszystko co mi mówiłaś jest do przeprowadzenia?

– Marek, znasz mnie, jeśli coś mówię to sprawdziłam wszystko pod każdym kątem, skąd bym wiedziała?

Ma rację. Ta kobieta jest niesamowita, tu ciąża załamanie psychiczne, małe zranione zwierzątko, a z drugiej strony całą gębą redaktorka – wszystkie wiadomości sprawdzone co do najmniejszej – pomyślał Marek z uznaniem.

Rozdział czwarty
Narodziny Emilki

Emilka ujrzała światło dzienne w maju 1960 roku. Sarah była tak drobnej budowy, że musiano zrobić cesarskie cięcie. W szpitalu na narodziny czekali Stenia, Artur i Marek. Niemowlę było śliczne, bo nie zmęczone trudami porodu. Prawdziwy ojciec gdy dowiedział się, że wszystko poszło dobrze, opuścił szpital, wręczając Markowi obrączkę ze słowami:

– Proszę ją oddać Sarah, zawiadomię ją o terminie rozwodu.

– Nie chce pan nawet zobaczyć własnego dziecka?

– Lepiej nie, tak będzie lepiej dla wszystkich zainteresowanych. Nie chcę rozwijać w sobie emocji do dziecka, którym i tak się nie będę zajmował. A zauważywszy wzrok Marka na sobie, poprawił się – oczywiście fizycznie, bo finansowo będę dziecko wspierał, to się rozumie. Marek popatrzył na niego takim wzrokiem, że Artur – się cofnął.

– W swym życiu, spotkałem różne gnidy docencie, ale takiej jak pan jeszcze nigdy – muszę się powstrzymywać, aby panu nie dowalić. Wie pan, że ta biedna kobieta, która przed chwilą urodziła pana dziecko, do końca wierzyła że pan z nią zostanie, a pan nie jest na tyle uczciwy, aby jej to powiedzieć w oczy – skurwysyn!

– Mimo że jesteś moim bratem, podpisuję się pod tym – powiedziała Stenia, a Artur po prostu odwrócił się na pięcie i odszedł.

Jak bardzo Sarah liczyła na przemianę uczuciową Artura okazało się, gdy dostała papiery rozwodowe. Podpisała je natychmiast, ale to co potem nastąpiło, miało dla małej Emilki ogromne znaczenie. Mieszkali już w dużym domu koło lasku Wolskiego.

W tym czasie obowiązywał idiotyczny z dzisiejszego punktu widzenia przepis, ile ludzi może mieszkać na ilu metrach. Gdy ktoś budował nowy dom, to był metrażowo ograniczony. Sarah o tyle miała szczęście, że dom już stał. Po zameldowaniu (na papierze Marek był właścicielem) Sarah z dzieckiem i Steni z mężem (wyszła za mąż po wojnie, jej oblubieniec był leśniczym, dzieci nie mieli). Mąż Steni – Władysław, został oczywiście na wsi, cóż leśniczy może mieć do roboty w mieście? To był kolejny absurd tamtego systemu, zameldowanie największej ilości osób, by metraż się zgadzał.

Jeszcze przed porodem Stenia w tajemnicy przed bratem zabrała wszystkie kosztowności jak i upoważnienie do banku w Szwajcarii ze sejfu mieszkania. Potem już spokojnie mogli się przeprowadzić. Sarah podpisała papiery rozwodowe i załamała się kompletnie nerwowo. Pogotowie zabrało ją na oddział psychiatryczny. Rozwód przeprowadzono bez jej obecności. Adwokat Sarah, zrzekł się wszystkiego na rzecz Artura (a było tego niewiele, mieszkanie na Grodzkiej i parę sprzętów). I zrezygnowano z alimentów Artura.

Zupełnie prawnie to nie przebiegało, ale mocno partyjny bonza – czyli tatuś Weroniki postarał się, aby wszystko załatwiono szybko i bez bólu. Bez bólu dotyczyło tylko jego córeczki i starszawego zięcia. Mocno czerwony, nie tylko politycznie, ale i na twarzy (towarzysze lubili wypić) tatuś załatwił posadę swemu nowoupieczonemu zięciowi na palcówce w Nowym Jorku, potem wyżej wymieniony zięć, mógł się starać o posadę profesora na uczelni, gdy jego angielski będzie na tyle dobry, by prowadzić wykłady. Z nimi pojechała oczywiście mamusia.

Ślub miał się odbyć po urodzeniu dziecka, bo kapryśna panna młoda nie chciała iść do ślubu z brzuchem. I tak to z pola widzenia zniknął tatuś Emilki.

Sarah spędziła na oddziale psychiatrycznym trzy lata. Przez ten czas małą zajmowali się na zmianę Stenia i Marek. Sarah wróciła do domu na własną prośbę, prawie wyleczona, jednak musiano na nią uważać, by zażywała środki uspakajające.

Do dziecka nie zbliżała się w ogóle. Lekarze myśleli na początku, że proces wyleczenia może spowodować odpowiedzialność za dziecko, lub po prostu instynkt macierzyński. Ale widocznie Sarah odziedziczyła po matce obojętność w stosunku do własnego potomstwa, bo lekceważyła małą Emilkę kompletnie.

Zaraz po przyjściu Sarah ze szpitala, Stenia przyprowadziła do niej małą, dziecko nie chciało iść do matki, bo to była dla niej obca osoba. Zaczęła płakać. A Sarah popatrzyła na własną córkę i zasyczała przez zęby:

– Weź ode mnie to nasienie twego brata – zdrajcy – było to powiedziane z taką nienawiścią, że Stenia przeraziła się na dobre.

Zadzwoniła do prowadzącego Sarah psychiatry i opowiedziała mu zdarzenie. Zaproponował, aby dziecko bawiło się zawsze w pobliżu matki, ale żeby nie zmuszać do zbliżeń – żadne z tych dwojga. I tak zostało. Sarah powoli wracała do zdrowia. Czasami nawet bawiła się z dziewczynką, tylko mała mówiła do niej po imieniu. Stenia patrząc z boku jak budują coś, lub bawią się lalkami jak koleżanki z trwogą w sercu myślała – i następne pokolenie rośnie bez rodziców. Do mnie mówi Stenia, do Marka i matki także po imieniu. Czy to dziecko kiedyś pozna znaczenie słów mama, tata, czy rodzice?

Ale na razie Emilka rosła i nie brakowało jej niczego. Była miłym uśmiechniętym dzieckiem, przepadała za Stenią i Markiem i tolerowała obecność Sarah. Czasami mówiła tylko: niech ona sobie już pójdzie, nie chcę się z nią bawić, bo na mnie krzyczy i burzy mi klocki!

Gdy Emilka skończyła cztery lata, Sarah w pełni wróciła już „do siebie" i do pracy.

Marek ponownie poprosił ją o rękę. Tym razem otrzymał pozytywną odpowiedź. Wzięli ślub w urzędzie Stanu Cywilnego. Był rok 1964.

Pojechali na urlop do Jugosławii. Jechali samochodem zatrzymując się u znajomych dziennikarzy. Na przykład w Budapeszcie u Istvana na kolacji, gdzie zebrało się dużo znajomych z „branży". Marek nie tylko w Polsce i nie tylko przez dziennikarzy nazywany był najpiękniejszym głosem radia, który – jak napisał jeden z krytyków pieści uszy słuchaczy nie tylko kobiecych. Marek po ukończeniu tzw. „dziennikarki" właśnie przez ten głos pozostał na stałe w radio...

Potem pojechali do Złotych Piasków, odpoczywali tam przez tydzień kąpiąc się w Morzu Czarnym, aby następnie udać się do Jugosławii do Opatji, znanego kurortu nad Adriatykiem. Tu w pięknym pałacyku dziennikarze Jugosłowiańscy mieli swoją wypoczynkową siedzibę. Opatija za czasów Monarchii Austro-Węgierskiej, była ulubionym miejscem cesarzowej Sisi. Z tego też czasu pochodziły piękne pałacyki położone na wzgórzach wokół Adriatyku. Tam też wśród przyjaciół, spędzili jeszcze dwa tygodnie. Sarah przy swej śniadej cerze, opalała się szybko i wkrótce wyglądała jak murzynka.

W opalonej twarzy świeciły szafirowe oczy. Marek nie mógł się napatrzyć na żonę. Mimo tak dużej różnicy wieku, mówiono o nich – piękna para – Marek uprawiający dużo sportów był umięśniony, a w jego ciemnych włosach na skroniach pojawiły się pierwsze siwe włosy, a Sarah po dziecku jeśli to jeszcze możliwe, wypiękniała. Podróż poślubna była bardzo udana. Sarah powoli przyzwyczajała się do Marka. Uczyła się go kochać.

Od chwili powrotu ze szpitala nie wymieniła imienia Artura.

Teraz powoli, zaczynała rozmawiać o nim bez emocji. Marek, kochał ją tak, że w czasie jej pobytu w szpitalu, zrobił kurs u jej psychiatry – jak mam postępować, aby wróciła do zdrowia – i stosując się do rad specjalisty rozmawiał z nią w ten sposób, że nabierała do niego coraz większego zaufania.

Wrócili z podróży, szczęśliwi, wypoczęci i zadowoleni. Zaczęło się codzienne życie Sarah, Marka, Emilki i Stenii – we czworo. Stenia jeździła do męża w odwiedziny tylko wtedy, (bywało to bardzo rzadko) gdy oni w trójkę wyjeżdżali na narty, lub w lecie nad morze. Problemy zaczęły się, gdy Emilka poszła do szkoły. W pierwszy dzień, gdy Sarah zostawiła ją tam, dziecko wróciło całe spłakane.

– Dlaczego płaczesz? – pytała Stenia

– Bo wszystkie dzieci mają, tatusia i mamusię a ja nie.

– Ależ masz, masz!

– Jak to?

– Twoją mamą jest Sarah.

– Dlaczego Sarah, a nie ty?

– Bo ona cię urodziła.

– Ale ja bym wolała ciebie za mamę! – odparła naburmuszona Emilka.

– Tego nie można sobie wybierać kochanie – mówiła ciepłym głosem Stenia.

– A dlaczego nie mówię do niej mama?

– Oj, czasami tak dzieci mówią do swych rodziców.

– A tata. Mój tata?

– To już bardziej skomplikowane.

– Co to znaczy skomplikowane?

– Skomplikowane – to znaczy, że nie tak łatwo wytłumaczyć – próbowała wyjaśnić spokojnie Stenia.

– To spróbuj – prosiła Emilka.

– Twój prawdziwy tatuś, mieszka w Ameryce i jest moim bratem.

– A gdzie jest Ameryka?

– Za bardzo dużą wodą.

– A dlaczego jest za wodą, a nie ze mną?

– To już ci wytłumaczę jak będziesz większa.

– Ale dlaczego muszę być większa?

– Bo to bardzo trudno zrozumieć, wiesz ja już jestem stara i trudno mi zrozumieć, a co dopiero takiemu małemu ziemniaczkowi jak ty.

Wieczorem, gdy Sarah i Marek wrócili do domu, Emilka już spała.

Stenia siadła z nimi do kolacji i opowiedziała problemy dziecka.

– Musisz jej powiedzieć Sarah, że może do ciebie mówić mamo.

– Dobrze załatwię to jutro przy śniadaniu, obudź mnie Steniu proszę jak mała będzie jadła.

– Może dobrze by było, abyśmy pomyśleli o adopcji? – powiedział Marek nieśmiało.

– Adopcji, a po co? Ona ma przecież ojca – odparła Sarah niegrzecznie.

– Ale go nie ma, fizycznie go nie ma, nawet nigdy jej nie widział – próbował dalej Marek.

– Nie zgadzam się! Ma ojca i koniec! – odpowiedziała Sarah z uporem.

– Ależ nie chcesz, kochanie, aby nazywała się tak jak my? Zobaczysz jeszcze będą kłopoty z tego tytułu. Jak zada nam to pytanie, dlaczego nazywa się inaczej niż jej matka, to ty będziesz jej to tłumaczyć. – próbował jeszcze Marek.

– Koniec dyskusji, nie zgadzam się i już – a poza tym jestem zmęczona idę spać – i wyszła.

Jak zawsze wszystko musi postawić na swoim – pomyślała Stenia.

Nazajutrz przy śniadaniu, Sarah usiadła obok Emilki i położyła dłoń na maleńkiej rączce dziewczynki. To był jedyny rodzaj pieszczoty na jaki umiała się zdobyć.

Nigdy małej nie pieściła, nie całowała. To zadanie przejęli za nią Stenia i Marek.

Nie umiała, po prostu nie umiała. Gdy Emilka była jeszcze malutka i wyglądała jak aniołeczek, złote loczki (dziedzictwo po ojcu) i ogromne ciemne oczy – te dostała w spadku po babce, Sarah starała się czasem przemóc i wziąć dziecko na ręce, czy pocałować, ale nie udało jej się to nigdy.

– Posłuchaj Emilka, myślałam, że wiesz, że jestem twoją mamą?

– A skąd to miałam wiedzieć, mówiłam przecież zawsze do ciebie Sarah.

– No tak się złożyło, a chcesz do mnie mówić mamo?

– No pewnie że chcę, wszyscy mają mamy, tylko ja nie – powiedziała to skarżącym się głosem.

– Przecież masz, tylko mnie tak nie nazywałaś – tłumaczyła Sarah.

Do kuchni ziewając wszedł Marek, usłyszał ostatnią część rozmowy, wziął Emilkę na kolana, pocałował w rumiany policzek i powiedział:

– A do mnie możesz mówić „tato" – i uśmiechnął się do niej szeroko.

Zanim Emilka zdążyła odpowiedzieć, Sarah krzyknęła wściekłym głosem.

– Nie! Ona nie będzie do ciebie mówiła tato, bo nie jesteś jej ojcem. Ona ma już ojca. Emilka przestraszonym wzrokiem popatrzyła na matkę, a Marek nie przejmując się jej krzykiem powiedział:

– To twoja decyzja Króliczku – jak chcesz, możesz do mnie mówić „tato".

Ale Emilka widząc zły wzrok matki, spuściła głowę i powiedziała:

– Nie, nie chcę, będę ci mówić – Marek.

W 1968 roku, po tak zwanej „praskiej wiośnie" w Czechosłowacji, Sarah i Marek zostali wysłani (ze względu na znajomość językową Marka) jako dziennikarze w podróż do Jugosławii. Chcąc powtórzyć swą podróż poślubną – wybrali się samochodem.

W Czechosłowacji stały jeszcze czołgi wojsk radzieckich i zaprzyjaźnionych armii. Pojechali samochodem który kupili za franki szwajcarskie z konta Sarah. Był to nowy Ford Taunus w kolorze czerwonym. Zaopatrzeni byli w wkładki paszportowe i wizy do Jugosławii (w tym czasie Jugosławia była prawie zachodem dla Polski i istniała konieczność wiz).

Podróż przez Czechosłowację była bardzo trudna. Nie było prawie w ogóle drogowskazów, a gdy pytali o drogę napotkanych ludzi dostawali zawsze mylące odpowiedzi.

Zanim dojechali do Budapesztu, pozwiedzali trochę polnych dróg Czeskiej ziemi.

W stolicach wszystkich „demoludów" mieli zaprzyjaźnionych dziennikarzy. Gdy opowiedzieli jakie przejścia mieli po drodze, jak ich obrzucano kamieniami, jak musieli omijać wioski i małe miasteczka w trosce o własną skórę – Istvan ich węgierski przyjaciel – który w szkole też uczył się rosyjskiego jak wszyscy z tego „Bloku" starał się nauczyć także polskiego z sympatii do Sarah i Marka – powiedział:

– Czecha jest gupia, dumajet że Polaka, Madziara i Bugara winowata, że u nich tanki. Kak by było abarotno, to Czecha też by u nas była – nie? Ze śmiechem musieli mu przyznać rację.

Gdy Emilka skończyła 11 lat, stawała się coraz bardziej podobna do swej babki. Sarah musiała przed sobą przyznać, że nie umie kochać swego dziecka. Starała się jak najmniej przebywać z małą, tłumacząc się nawałem pracy, lub bólem głowy.

Sarah żywiła do swej matki jedynie żal. Było to jedyne uczucie na jakie była zdolna się zdobyć. A jej córka patrzyła na nią, oczami niekochanej matki. Poza tym wokół Emilki, unosiło się coś takiego, czego Sarah nie mogła zrozumieć, a co denerwowało ją w dziecku okrutnie.

Stenia wiedziała co to jest i Marek też. Dziewczynka nie miała urody matki, nie była tak piękna, nie była nawet ładna, ale miała coś takiego w sobie, co przyciąga mężczyzn jak magnez. Na razie objawiało się to tym, że chłopcy z klasy ciągnęli ją za jej śliczne loki, rzucali w nią budyniem, czy piórnikiem, chowali jej buty czy pantofle, lub na gimnastyce podkładali nogę. Stenia musiała ciągle osuszać łzy małej, zaszywać dziury, wywabiać plamy i tłumaczyć dziecku, że to głupie zaloty smarkaczy.

Któregoś dnia, gdy Emilka miała 14 lat – po przyjściu ze szkoły, weszła do pokoju matki. Sarah akurat była w domu, bo przeglądała gotowy do druku artykuł.

– Mamusiu możemy porozmawiać?

– Nie mam czasu – odparła Sarah ostro.

– Nigdy nie masz czasu, a ja muszę z tobą o tym porozmawiać! – upierała się dziewczynka.

– To może jutro – odparła matka zniecierpliwionym głosem.

– Nie może być jutro, tylko musi być dzisiaj, mam napisać zadanie z polaka czym zajmują się moi rodzice, a ja nie wiem nic o moim ojcu.

– To idź do Steni, to jego siostra opowie ci co zechcesz.

– Ale właśnie Stenia odesłała mnie do ciebie, powiedziała, że nie ma prawa o tym ze mną rozmawiać, że to możesz zrobić tylko ty.

– Ale ja nie mam czasu, muszę zanieść ten artykuł zaraz do redakcji – krzyknęła Sarah.

– Oczywiście, ty nigdy dla mnie nie masz czasu, wszystko jest ważniejsze niż twoja własna córka prawda?

– Boże znowu to samo, dzieje ci się jakaś krzywda? Inne dzieci...

– Inne dzieci – przerwała jej Emilka – mają normalną rodzinę, a ja nie. Nic nie wiem o moim ojcu, nigdy go nie widziałam, nic mi nie chcesz powiedzieć!

– A więc dobrze, sama tego chciałaś – krzyczała Sarah – twój tatunio, niby kochał mnie nad życie, a jak byłam z tobą w ciąży to mnie zostawił – już wiesz?

– Podobno był z tobą, aż do porodu?

– Tak oczywiście, wielki mi bohater, został ze mną, ale z litości, nie mówmy o miłości, sukinsyn znalazł sobie nową panienką i ją nadmuchał, to nas już nie potrzebował rozumiesz! – krzyczała Sarah dalej.

– Nie.

– Nie? To czego nie rozumiesz? Nie rozumiesz że miałaś sukinsyna za ojca?

– Nie rozumiem co znaczy, nadmuchał panienkę – powiedziała Emilka ponuro.

– Ile ty masz lat dziewczyno! – To znaczy, że gdy mieszkał ze mną, spał z inną i jej też zrobił dziecko, ale ta inna była młodsza i miała wpływowego tatusia – rozumiesz teraz?

– Ale jeżeli mój ojciec mnie nie chciał, dlaczego ty też mnie nie kochasz?

– Ja ciebie? To ty, już jako niemowlę mnie nie znosiłaś, darłaś się gdy tylko cię wzięłam na ręce – odpowiedziała zmieszana Sarah.

– Niemowlęta płaczą, nie wiesz o tym? Co z ciebie za matka!

– Ty mnie nie ucz smarkulo, jaka powinna być matka!

– Muszę, bo nie masz o tym pojęcia – teraz Emilka też krzyczała.

– Wynoś się w tej chwili, nie chcę cię widzieć na oczy, mała żmija, nieodrodna córeczka tatusia! – wrzeszczała już Sarah.

Emilka z płaczem wybiegła od matki. Wpadła do swego pokoju, padła na łóżko i zaniosła się płaczem. Za nią wbiegła

Stenia, wzięła dziewczynkę w ramiona i klepiąc uspakajająco po plecach mówiła:

– No dobrze już dobrze Ziemniaczku, nie płacz, już nie płacz...

– Ona jest dla mnie taka niedobra, taka niedobra, nie lubię jej, nie lubię jej, nie lubię – zaniosła się płaczem.

– Posłuchaj mnie Ziemniaczku, twoja matka miała trudne dzieciństwo, wiem że to banał, tak wszyscy mówią, ale w jej wypadku to prawda. Nikt nie nauczył ją kochać i jestem pewna, że gdyby potrafiła, to by cię pokochała, ale nie potrafi.

– A mój tata, dlaczego mój tata mnie nie kocha? – mówiła Emilka przez łzy.

– Twój tata, to oddzielny rozdział. Jest moim bratem to powinnam go bronić, ale nie umiem i nie chcę. Artur jest psychologiem i dobrze wiedział co robi rozkochując twoją matkę w sobie. Był pierwszym człowiekiem, którego pokochała naprawdę i ją zawiódł. Muszę przyznać, że nie chciał abyś się urodziła – od początku. Został z Sarah do końca ciąży, bo miała załamanie nerwowe jak się dowiedziała o jego zdradzie. Cały czas liczyła, że gdy cię zobaczy i weźmie cię w ramiona, to wróci do niej. Ale pozostał z nią tak długo, dopóki się nie urodziłaś i potem nie chciał cię nawet widzieć, rozwiódł się z Sarah i wyjechał do Ameryki z tą nową i jest z nią i ich dzieckiem.

Emilka słuchała tego wszystkiego w milczeniu. Łzy już wyschły, patrzyła przed siebie tępym wzrokiem.

– Idź spać kochanie, jutro nie pójdziesz do szkoły, napiszę ci usprawiedliwienie i wyłgasz się jakoś z tego wypracowania. Już nie myśl o tym. Życie bywa czasem niesprawiedliwe, bo dorośli popełniają błędy, a za nie płacą ich dzieci. Połóż się Króliczku, ja cię bardzo kocham i Marek też.

– To dlaczego mnie ostatnio unika?

– Pewnie ma dużo roboty, nie unika cię na pewno – powiedziała Stenia, a w duchu pomyślała, gdybyś ty dziecko wiedziała dlaczego, lepiej nie, lepiej nie.

Gdy Stenia wyszła, Emilka usiadła na łóżku i zastanowiła się na tym co przed chwilą usłyszała. – A więc byłam kartą przetargową dla mojej matki. Urodziła mnie, bo chciała zatrzymać przy sobie ojca. Karta przetargowa nic więcej, dlatego mnie tak nie znosi. – To od dzisiejszego dnia – ja ją nienawidzę, nienawidzę – powtarzała to słowo, jakby sama jego wymowa sprawiała jej ogromną przyjemność. I tam w cieniu zapadającego zmierzchu, poprzysięgła swej matce zemstę. Jeszcze nie wiedziała jak – ale była pewna, że znajdzie sposób na sprawienie jej bólu.

Sarah chcąc załagodzić kłótnię z dzieckiem, postanowiła, że pojadą w trójkę z Markiem na narty. Zadzwoniła do znajomej gaździny na Bukowinę i zaklepała ich stały pokój z łazienką. W tych czasach był to luksus co niemiara, bo nie każda chałupa w Zakopanym i okolicach mogła się tym pochwalić. Pojechali w trójkę.

Sarah jak gdyby nigdy nic, Marek trochę nerwowy i udająca zadowolenie Emilka.

Zważywszy na wiek Emilki, Gaździna wstawiła do pokoju parawan, aby odgradzał łóżko rodziców od dziewczynki. Cały dzień szaleli na nartach, pogoda była cudowna, jeździli do pierwszego zmroku.

Potem głodni, przyszli na swojską domową kolację, przyrządzoną im przez Gaździnę. Zaraz po kolacji, poszli do łóżek, bo dzień był męczący.

Emilka leżała z otwartymi oczyma i nie mogła zasnąć.

Nie wiedziała jak długo to trwało, ale po pewnym czasie usłyszała szepty i chichot dochodzący z sąsiedniego łóżka. Natężyła słuch:

– Słonko daj spokój, nie można przecież – Emilka – to był głos Marka.

– Na pewno już śpi, była taka zmęczona, no chodź, mam taką ochotę na ciebie.

– Nie, nie, daj spokój, nie, nie, o Boże, Sarah – to głos Marka mówił – nie, ale w głosie było przyzwolenie.

Emilka delikatnie odchyliła materiał parawanu. Łóżko rodziców stało bliżej okna i w świetle księżyca widziała jak na dłoni, co tam się dzieje. Zobaczyła że matka leży na Marku i całują się namiętnie, następnie, oderwała się od jego ust i całowała jego szyję, potem klatkę piersiową, potem brzuch, z ust Marka wyszedł jęk, a matka wsadziła głowę pod kołdrę i tam zaczęła się poruszać. Słysząc jęki Marka i obserwując tę scenę, Emilka poczuła jak zasycha jej w gardle, coś dziwnego zaczęło dziać się w jej żołądku, a potem zeszło niżej do podbrzusza. W pewnej chwili matka odrzuciła kołdrę, Emilka zobaczyła, że są nadzy, a członek Marka sterczał do góry i był olbrzymi – znowu to dziwnie przyjemne uczucie w dole brzucha. Ale nie mogła o tym myśleć, tak była pochłonięta tym, co się odbywało przed jej oczyma. Już oboje nie myśleli o niej, bo zaczęli zachowywać się coraz głośniej. Matka weszła na Marka, potem zaczęła poruszać się szybciej i szybciej, jej piersi skakały na boki, a oni trzymali się kurczowo za ręce, sapiąc coraz szybciej, coraz głośniej, aż oboje zaskomleli, jakby ich coś bolało i matka padła na Marka, a Emilka instynktownie dotknęła ręką swego krocza, poczuła, że jest bardzo wilgotna i że gdy porusza je ręką, wprowadza się w dziwnie błogi stan. Czym prędzej poruszała palcami, tym większą sprawiało jej to przyjemność. Wreszcie poczuła, że zalewa ją taka rozkosz o jakiej istnieniu nie miała pojęcia. I zrozumiała. Wiele zrozumiała. To co opowiadały koleżanki, to co sprawia przyjemność w życiu i za czym tak wszyscy gonią i to – w jaki sposób, może zemścić się na swej matce – Już wiedziała.

Od tej pory stawała czasem przed lustrem w pokoju – naga. Wiedziała co ma i co może z tym zrobić, aby pozyskać władzę nad mężczyznami. Ta wiedza uzyskana w małym pokoiku na Bukowinie, towarzyszyła jej już przez całe życie.

Na drugi dzień wstała, szczęśliwa i zadowolona, jeszcze większym powodem do szczęścia, było to, że wezwano matkę do Krakowa do redakcji.

– Pojedziemy z tobą – mówił Marek i już teraz wiedziała, dlaczego to mówi.

– Ależ nie kochanie, zostańcie jeszcze przez te dwa dni, taka piękna pogoda naprawdę szkoda by było.

– Pewnie – zapewniała Emilka – ja wcale nie chcę jeszcze wracać.

– No widzisz kochanie, zostańcie i bawcie się dobrze – powiedziała Sarah.

A Emilka machając jej ręką na pożegnanie, uśmiechała się słodko i niewinnie myśląc przy tym, ale jesteś głupia Sarah. Zaczął się pierwszy akt mojej zemsty.

Cały dzień jeździli jak szaleni na nartach... Emilka zachowywała się jak przystało na małą dziewczynkę, przewracała go do śniegu, rzucała śnieżkami. Chciała uśpić jego czujność. Wieczorem gdy już byli po kolacji, Emilka poszła do łazienki wykąpać się.

Za chwilę zawołała Marka:

– Możesz przyjść na chwileczkę?

Marek nie był tym zachwycony, po długich: po co? Na co? itd., zdecydował się wejść tłumacząc sobie – na pewno siedzi w wannie i chce żebym umył jej plecy.

Gdy wszedł do łazienki, Emilka stała w wannie goluśka jak ją Pan Bóg stworzył.

Wyciągnęła rękę z gąbką w jego stronę i z niewinną minką powiedziała:

– Możesz mnie umyć?

Marek starał się patrzyć w bok, ale mimo to widział cały czas, wspaniale wyrzeźbione ciało młodziutkiej dziewczyny. Wziął od niej gąbkę i powiedział:

– Odwróć się umyję ci plecy – jesteś już na tyle dużą dziewczynką, że możesz myć się sama, a poza tym – mówił dalej, mydląc okrągłe pośladki Emilki – nie powinnaś już pokazywać się goła mężczyznom.

– No, wiesz Marek, nie musisz mi tego mówić sama o tym wiem.

– To czemu stoisz przede mną naga?

– Bo ty dla mnie nie jesteś mężczyzną.

– Tylko czym?

– Markiem – powiedziała niewinnie.

Marek dalej patrząc w bok oddał jej gąbkę i pospiesznie wyszedł z łazienki. Emilka uśmiechnęła się pod nosem zwycięsko. Plan zemsty funkcjonował.

Marka przeraziło to, jak reaguje na dziewczynę. Gdy wyszła z łazienki długo stał pod lodowatym strumieniem wody, aby zgasić swe podniecenie. Dobrze, że jutro wyjeżdżamy – pomyślał. Po wyjściu z łazienki ubrany w piżamę, szybko położył się do łóżka i udawał że śpi. Czuł że Emilka położyła się koło niego, ale oboje byli zmęczeni i szybko zasnęli.

Od powrotu do domu Marek unikał Emilki jak ognia. A po miesiącu oznajmił Sarah, że dostał miejsce w Belgradzie jako polski reporter telewizyjny. Sarah załatwiła sobie reportaże w tych okolicach i wyjechali. Emilka chodziła już do liceum, to nie mogła z nimi jechać. Zresztą na miejscu była Stenia, która tak czy tak, zajmowała się nią.

Krzyżowało to nieco plany Emilki, ale postanowiła poczekać. Sprawdziła już jak działa na Marka, więc plan zemsty został jedynie przesunięty w czasie, ale nie zaniechany.

Marek doskonale prezentował się na ekranie telewizyjnym i jego pobyt przedłużono.

Gdy przyjeżdżali w odwiedziny do kraju, przywozili zawsze prezenty, kupione w Wiedniu, bo w stolicy Austrii zatrzymywali się zawsze na jeden dzień.

W ten sposób Emilka stała się posiadaczką ciuchów na czasie, a przede wszystkim włoskich jeansów Rifle – oczywiście dzwonów – tak modnych wtedy w Polsce.

Marek dokonywał zawsze zakupów, na Mexikoplatz, gdzie rezydowali żydzi polskiego pochodzenia i u nich wszystkie te towary kosztowały połowę ceny w porównaniu ze sklepami w śródmieściu.

Za każdym razem, gdy byli w domu, lub gdy Emilka odwiedzała ich w Belgradzie, udało jej się sprowokować Marka swą golizną. Z tego zadowoleni byli wszyscy: Emilka, że dalej działa, Sarah nie miała już od dawna z Markiem tak wspaniałego seksu i Marek, któremu zaczął się podobać ten sposób mobilizacji seksualnej ciała. Gdy tylko zobaczył goły biust, lub inną część ciała małej, był tak podniecony jak nigdy.

I tak minęły dwa lata. Emilka uczyła się świetnie. Jej charakter zmuszający ją do osiągania we wszystkim perfekcji, pomagał w dostawaniu świetnych ocen w szkole.

Poza tym urodziła się na szefa. Zawsze wszystko musiało być tak, jak ona sobie życzyła. A ponieważ miała tupet, pewność siebie i język tak ostry jak brzytwa dowodziła wszędzie tam, gdzie były co najmniej dwie osoby do podporządkowania.

Zawsze znalazła chętnych do noszenia jej tornistra, do pisania za nią zadania, lub wykonanie czegoś tam, na prace ręczne. I było to obojętne, czy to dziewczyna, czy chłopiec. Wykorzystywała obie płci jednakowo. Zawsze była przewodniczącą klasy i przewodziła kliką klasową. Nie było siły, nikt nie mógł się jej oprzeć. Jedni poddawali się z podziwu, drudzy po prostu się jej bali. A raczej jej ostrego języka. Posmakowała władzy i stwierdziła, że jest to najsłodsze uczucie. Nie miłość, nie. Nie kochała jeszcze nikogo – oprócz Steni i postanowiła, że nie pokocha. Widziała po matce do czego zdolna jest kobieta, gdy kocha. Miłość to nie szczęście, to ból, zazdrość i rozpacz. Władza i sukces – te dwa słowa były słodsze niż najlepsza czekolada. W miłości interesował ją tylko seks.

Poznała już rozkosz orgazmu i z tego nie chciała rezygnować. Ale seks można mieć nie kochając się. Pozwalała się zapraszać różnym chłopakom, pozwalała im dotykać piersi, doprowadzać do orgazmu na różne sposoby, ale pozostawała dziewicą. Dziewictwo zatrzymała dla Marka. To on musi być tym pierwszym, inaczej zemsta nie będzie tak słodka. Marek nie był jej ofiarą, lubiła go, miała żal że gdy była mała, nie przeciwstawił się matce i nie zaadoptował jej. Ale teraz, to było jej na rękę. Bo przecież jako ojciec, chociaż tylko na papierze, na pewno nie dałby się uwieść.

A tak, sprawa była prosta.

Gdy Emilka kończyła siedemnaście lat, zaprosiła swoje najlepsze koleżanki do Cracovii. W tym czasie był to najmodniejszy i jedyny nowo wybudowany hotel w Krakowie. Opowiadano o nim cuda, kto tam nie był i nie spał, tak że dziewczyny postanowiły przekonać się jak to wygląda naprawdę. Emilka która w szkole na własne życzenie nazywana była Emi, jej damy dworu (jak je nazywali inni uczniowie) Małgośka zwana Ritą i Jolka, ubrane dość wyzywająco, tzn. bardzo obcisłe jeansy i bluzeczki o dwa numery za małe, oczywiście wszystkie bez stanika, aby lepiej było widać piersi. Złote loki Emi spadały jej na ramiona, do tego mocno wymalowane ciemne oczy i czerwone usta postarzały ją o parę lat. Jej damy dworu wyglądały też nie lepiej. Rita miała długie, aż po pupę włosy, które normalnie zaplecione były w warkocz, teraz pokrywały ją jak płaszcz, a Jolka swoje nijakie włosy myła pracowicie w Hennie i nabrały rudawego połysku. Krótko przystrzyżone sterczały na boki przez dużą ilość żelu. Wielkie kolczyki w uszach i makijaż podobny do pozostałych.

Zamówiły Campari soda. Piły z wielkim obrzydzeniem, bo nie wiedziały, że to takie gorzkie. Ale robiły dobrą minę do złej gry. Potem zamówiły słodki wermut, który smakował im dużo lepiej, jednak ta mieszanina zaszumiała im w głowach.

Przy barze siedział starszy już mężczyzna o siwych, niemniej gęstych, kręconych włosach, stalowoniebieskich oczach, przykrytych okularami w ogromnych tak modnych oprawkach. Ubrany był w brązowy garnitur i jedwabny golf w tym samym kolorze – szalenie elegancki. Cały czas im się przyglądał, a dziewczęta chichrały się głupawo – alkoholowo. Wreszcie Emi jak na przywódcę przystało, powiedziała do przyjaciółek:

– Pójdę do tego starucha i spytam co się tak gapi, nie?

– Pewnie że idź, tu nie teatr, żeby się tak przyglądał – poparły ją przyjaciółki.

– I wygarnij mu, co myślimy o starych satyrach – zarechotały pijacko.

Emi lekko chwiejąc się na nogach, udała się w kierunku faceta, który cały czas obserwował jej wyczyn utrzymania się na okropnie wysokich szpilkach.

Podeszła do niego i stukając palcem w jego pierś – powiedziała:

– Mogą wiedzieć, czemu się pan tak gapi, jak nieprzymierzając ciele na malowane wrota? – i roześmiała się perliście z tego co sama powiedziała.

Dżentelmen dalej przypatrywał się jej badawczo i odpowiedział:

– Bo mam cały czas wrażenie, że skądś panią znam, chociaż to chyba niemożliwe – niedawno wróciłem z Ameryki i mieszkam z rodziną w Warszawie.

– To wszystko bardzo ciekawe, co pan mi tu opowiada, ale nie życzymy sobie, aby się nam tak przyglądano – powiedziała Emilka wyniośle i już chciała się odwrócić i odejść – gdy dżentelmen, powodowany jakimś odruchem złapał ją za ramię.

Emilka popatrzyła na jego rękę z oburzeniem.

– Przepraszam, przepraszam, niech pani nie odchodzi, chciałem z panią chwilkę porozmawiać, jestem tylko do jutra w Krakowie i czuję się tu tak samotnie.

– Nie ma pan znajomych w tym mieście? – z ciekawości spytała Emilka.

– Ooooo, mam i to dużo, ale nie wiem czy akurat dzisiaj chcę ich widzieć, wie pani wyjechałem przed siedemnastu laty z Krakowa i nawet z nikim się nie pożegnałem.

– A co, uciekał pan przed czymś?

– No, można tak powiedzieć, uciekałem – zamyślił się – mam tu nawet siostrę, ale jestem pewny, że zamknęła by mi drzwi przed nosem.

– O, to widzę, że nieźle pan tu narozrabiał przed wyjazdem!

– Można też tak to ująć – ale przepraszam, nudzę tu panią moimi historiami... – i w tym momencie podszedł do nich recepcjonista i zapytał:

– Przepraszam bardzo, że przeszkadzam – Profesor Grzybowski? Profesor Artur Grzybowski? – zapytał.

– Tak, a o co chodzi?

– Telefon do Pana, proszę odebrać w recepcji.

– Już idę – powiedział do recepcjonisty, a do Emilki – ale zaraz wracam i proszę bardzo Panią o zaczekanie tu na mnie.

Emilka patrzyła na niego i wytrzeszczyła oczy tak, że stały się ogromne i stała tak z otwartymi ustami.

Profesor wyciągnął rękę i wziął ją delikatnie pod brodę, zamykając jej tym ruchem, otwarty otwór gębowy.

– Co na pani zrobiło takie wrażenie? Moje pospolite nazwisko, czy mój tytuł naukowy? – powiedział ubawiony i z nonszalancją – proszę zaczekać, za minutkę jestem z powrotem!

Emilka już doszła do siebie po przeżytym szoku, tylko spokojnie, tylko spokojnie – myślała – zaraz ci przejdzie tatuniu ta nonszalancja.

Koleżanki zaniepokojone jej długą nieobecnością i korzystając z tego, że Emi stała sama podeszły do niej i spytały:

– Emi, kochanie, czy ten stary satyr cię nie molestuje?

– Ten satyr moje drogie, to mój ojciec – powiedziała do nich na ucho – znikajcie ja już to załatwię. Gdy dziewczyny zdziwione odeszły od baru Artur wrócił.

– Bardzo przepraszam, o czym to mówiliśmy?

– Że pan jest z Krakowa...

– Ach, tak, tak.

– Gdy znam już pana nazwisko i tytuł – powiedziała z ironią w głosie – to ja dobrze wychowana panienka z dobrego domu, powinnam zrobić to samo – nieprawdaż?

– Prawdaż – powiedział ze śmiechem w głosie Artur i uśmiechnął się do niej uroczo.

– Emi – wyciągnęła do niego rękę. Uścisnął ją – patrząc jej w oczy.

– Emi? A dalej?

– Może na razie tylko Emi.

– A zostanie pani ze mną przez ten wieczór, bo czuję się taki samotny? powiedział głosem rozkapryszonego dziecka.

– Ja? – a dlaczego nie któraś z moich koleżanek, proszę popatrzeć jakie są śliczne, ładniejsze od mnie – powiedziała Emilka kokieteryjnie.

– Może rzeczywiście są ładniejsze, ale pani ma to coś – czego im brakuje.

– Co?

– To trudno wytłumaczyć – to się czuje. To tak jakby feromony krążyły wokół pani wiotkiej postaci – zapewniam żaden mężczyzna się temu nie oprze.

– Pan też?

– Ja przede wszystkim!

– A nie uważa pan, że jest trochę dla mnie za stary?

– Uwierz mi dziecino, dla tak młodej jak ty osoby, najlepszy doświadczony mężczyzna – powiedział uśmiechając się lubieżnie.

– Hej kelner – szampana francuskiego, najdroższego jakiego macie – oczywiście całą butelkę – ten pan stawia – zawołała Emilka.

Kelner niedowierzająco popatrzył na Artura, a on przyzwalająco kiwnął głową. Gdy kelner przyniósł szampan i rozlał do płaskich kieliszków, Artur odezwał się szeptem:

– A może zabierzemy tę butelkę na górę – pokażę pani mój pokój...

– Dobry pomysł – pochwaliła Emilka i udała się za nim do windy.

Gdy weszli do pokoju, Artur postawił butelkę i kieliszki na stoliku.

– Zaczekaj chwilę, muszę tylko do łazienki – powiedziała Emilka.

Weszła tam, stanęła przed lustrem i patrząc na swe odbicie, powiedziała: Trzymaj się Emilka, musisz przez to przejść dziewczyno, wzięła głęboki oddech i wróciła do pokoju. Gdy popatrzyła na ojca zamurowało ją, ale tylko na chwilę. Artur tylko w slipach w których było widać jego gotowość, stał przed nią i uśmiechał się lubieżnie:

– Myślałem, że się rozbierzesz, ale widocznie lubisz jak cię mężczyźni rozbierają! No co Mała poznamy się lepiej?

– Z przyjemnością – powiedziała dziewczyna, podeszła do niego i z całej siły kopnęła kolanem w krocze.

Artur zawył zwinął się w kłębek, jęcząc leżał na łóżku i mamrotał: a to głupia dziwka. Emilka usiadła koło niego i przypatrywała mu się z zadowoleniem.

– Jeżeli myślisz, że to dobry żart, to się mylisz – wynoś się w tej chwili – francuski szampan – głupia dziwka – mamrotał.

Emilka tylko się uśmiechała i nie ruszała się z miejsca.

– Wynoś się już, głupia dziwko! – powiedział Artur już mniej zbolałym głosem.

– Spokojnie ojczulku i bez wyrazów, bo zaraz będzie ci głupio.

– Wyniesiesz się wreszcie, czy mam zawołać portiera?

– Możesz ojczulku zawołać całą gwardię portierów, tylko pozwól że się przedstawię.

– Wątpliwa przyjemność – mruknął Artur.

– Z tym się akurat zgadzam – a więc, nazywam się Emilia – imię odziedziczyłam po swej babce z domu Komorowskiej po mężu Grzybowskiej – córka Artura Grzybowskiego profesora do niedawna Uniwersytetu Nowy Jork, a ostatnio Warszawskiego i Sarah z domu Mostowska. Właśnie jutro kończę

17 lat i obchodziłam urodziny z koleżankami ze szkoły. Przed chwilą drogi ojczulku przeżyłam szok, bo mój nieznany ojciec, który nie chciał mnie nigdy widzieć – jak już mnie zobaczył – to nie tylko stwierdził, że jestem pociągająca dla wszystkich mężczyzn, ale w dodatku chciał mnie przelecieć.

– Boże, dziecko nie wiedziałem, przepraszam za wszystko...

– Za wszystko, to znaczy za całe życie, czy za ten podryw przed chwilą...

Artur leżał na łóżku, nagi i zmieszany, nie wiedział co ma zrobić lub powiedzieć, zaczerwieniony próbując zakryć swą nagość – wymamrotał:

– Wszystkiego najlepszego moje drogie dziecko...

– Skończ ojczulku z tymi pierdołami, jako ojciec powinieneś wiedzieć, że urodziny mam jutro i nie wyjeżdżaj mi z tym gównem teraz, jak serdeczności rodzinne, bo jeżeli dziecko przez przypadek spotyka ojca w barze hotelowym w wieku siedemnastu lat to, to rodzinne szczęście jest do dupy – nie uważasz?

– Od kogo nauczyłaś się takich ordynarnych słów?

– Gówno cię to obchodzi, pierdolony tatusiu, chyba nie chcesz mnie wychowywać?

Artur nie odezwał się słowem, tylko siedział dalej skulony na swym łóżku...

– Masz szczęście, że jestem w dobrym humorze, bo pierwszy raz w życiu piję alkohol i jestem wesolutka, nie piję, nie palę, nie używam słów, te przed chwilą były wyłącznie na twoją cześć. Wiesz dlaczego jestem taką grzeczną dziewczynką? Bo odebrałam wspaniałe wychowanie. Nie, nie, od rodziców, matki nigdy nie ma i nigdy za mną nie przepadała. Marek na początku był wspaniałym ojcem, ale odkąd urosły mi piersi, omija mnie szerokim łukiem, bo wiesz, staje mu na mój widok – tobie nie stanęło jak się tak do mnie dobierałeś?

Artur w duchu musiał przyznać, że był bardzo podniecony w pobliżu własnej córki, gdy to sobie uzmysłowił, zabił tę myśl w zarodku...

Chciał odpowiedzieć, ale Emilka nie dopuściła go do głosu. Mówiła tak, jakby chciała, każdym słowem uciąć mu głowę:

– Ale na szczęście, miałam opiekunkę – najwspanialszego człowieka na świecie. Przejęła w pełni opiekę nade mną i zastępowała mi całe lata ojca i matkę. Jest to jedyna osoba, od której zaznałam nieco miłości (gdy to mówiła jej ton zmienił się, jej głos pieścił każde słowo, które teraz wymawiała). Moja opiekunka to Stefania z Grzybowskich – Kubałowa. Zostawiła swego męża na gospodarce i poświęciła się wychowaniu dziecka, którego nie chcieli własni rodzice. Znasz ją chyba, to, ta siostra, którą nawet nie chcesz odwiedzić, do której nie napisałeś nawet kartki przez całe lata. No co tatuniu? Twój gówniarz miał mamusię, tatusia i babcię i dziadka prawda? Więc nie opowiadaj mi tu sentymentalnych pierdołów. Od ciebie chcę usłyszeć tylko twoją wersję dotyczącą moich urodzin.

– Dobrze, co chcesz wiedzieć? – spytał.

– Wszystko – odpowiedziała Emilka twardo.

– Jak chcesz – Sarah zobaczyłem po raz pierwszy, gdy Stenia przywiozła ją do nas bo były w drodze do Szwajcarii – ten wątek mogę opuścić, bo znasz go na pewno bardzo dobrze. Była trochę młodsza niż ty teraz, ale tak nieprawdopodobnie piękna, że zakochałem się w niej od pierwszego wejrzenia. Ona także we mnie, jak mnie później zapewniała. Wiesz jakie miała dzieciństwo i ja byłem pierwszym, którego naprawdę pokochała. Miałem mieć inne zadanie w podziemiu, ale ze względu na Sarah zgłosiłem się do nauczania. Załatwiłem jej też lewe papiery, dla pewności, bo sama wiesz, twoja matka nie wygląda na żydówkę. Jak wojna się skończyła, to pobraliśmy się. Jestem od Sarah znacznie starszy, to chciałem od razu mieć dziecko, namawiałem ją do tego przez całe lata, a ona nie chciała. Po prawie piętnastu latach małżeństwa, znowu ją zacząłem naciskać, powiedziała, że boi się mieć dziecko, bo nie potrafi je kochać, tak samo jak jej rodzice ją. Może teraz nie uwierzysz w to, ale kiedyś byłem bardzo przystojnym mężczyzną. Wiele studentek kochało się we mnie, ale nie zwracałem na nie uwagi, bo miałem przecież w domu tak śliczną żonę, którą w dodatku kochałem bezgranicznie. Ale po latach nawet najpiękniejsza zabawka znudzi się, w dodatku jak nie chce bawić się z tobą razem. Uległem jednej studentce, która zapewniała mnie, że kocha bez granic i udowadniała to po kilka razy dziennie. Poczułem się znowu pożądany i młody. W dodatku jej marzeniem – jak mi mówiła – jest urodzić mi dziecko. Zatraciłem się zupełnie w tym związku. Przychodziłem do domu późno, często wychodziłem i Sarah się zaniepokoiła. Przestraszyła się, że od niej odejdę, szpiegowała mnie i zobaczyła, że się spotykam z inną i zaczęła chcieć nagle ze mną sypiać. Ale ja już nie chciałem. Podeszła mnie podstępem, wiedząc, że nad ranem mam erekcję – głupio mi o tym mówić z własną córką, ale niestety taka była prawda i bez nadmienienia tego nie będziesz jej całej znała... A więc, wiedziała i wiedziała kiedy dokładnie ma płodne dni. Wykorzystała moje ranne podniecenie, znając mnie, że rano jestem nieprzytomny i nie bardzo sobie zdaję sprawę co robię. Byłem pewny, że to codzienny poranny sen. I byłem pewny, że w tym śnie kocham się z Weroniką (tzn. tą studentką która jest teraz moją żoną). Gdy Twoja matka powiedziała mi, że jest w ciąży była już w piątym miesiącu.

– Nie rozumiem, nie zauważyłeś tego wcześniej?

– Niestety nie. Przychodziłem do domu jak twa matka spała. Poza tym jak osiągnęła cel, znowu sypialiśmy w oddzielnych pokojach. Jak wychodziłem to spała jeszcze, a potem już w ogóle do domu wracałem sporadycznie. Gdy mi o tym powiedziała, zobaczyłem od razu jak okropnie wygląda, nic nie jadła była jak kościotrup i tylko ten brzuch wystawał. Porozmawiałem z Weroniką, która także już była w drugim miesiącu o przerwaniu ciąży. Wtedy pojawił się tatuś z Warszawy, był ważną czerwoną szychą i powiedział mi, że jeśli nie ożenię się z jego córeczką, to skończę jako terapeuta w Pcimiu, a jeśli wezmę rozwód, to załatwi mi karierę, o jakiej nie marzyłem, a na razie pojadę do Nowego Jorku, bo Kizia, tak nazywał swoją córkę tylko w NY może rodzić, a nie tu w byle jakim szpitalu. Jedyne co udało mi się załatwić z nim, to to, że do porodu zostanę z twoją matką. A Weronika pojedzie na całą ciąże do swej matki do Warszawy. Byłem człowiekiem sukcesu, kariera była dla mnie wszystkim (aha, to po nim to mam – pomyślała Emilka, ale nie powiedziała nic). Wróciłem więc do domu i przywiozłem Stenię. Ona zajęła się Sarah, aby jadła i nie zrobiła sobie coś złego, bo miała tendencje do depresji. Zostałem więc do porodu, twoja matka błagała mnie, żebym z nią został, zresztą ona cię urodziła tylko po to, żeby mnie przy sobie zatrzymać. Nawet nazwała cię imieniem mojej matki, bo ciągle liczyła, że przy niej zostanę.

– A ty sprytnie ją wykołowałeś i zarezerwowałeś jej wariatkowo, prawda?

– Nie rozumiem – powiedział Artur zmieszany.

– Ach, nie rozumiesz, biedny wykorzystany i zgwałcony mężczyzno, nie rozumiesz, bo szybciutko zwinąłeś manatki i wyjechałeś nie zobaczywszy nawet produktu tego męskiego gwałtu.

– No...słyszałem, że córka i matka zdrowe, to nie było obaw, a nie chciałem cię zobaczyć by nie wiązać się uczuciowo z kimś kogo nie będą wychowywał mówił zmieszany Artur, a Emilka ciągnęła dalej cynicznym głosem:

– Piękna egoistyczna teoryjka i pan profesor psychologii zostawia pacjentkę zagrożoną depresją, która do tego jest jego żoną, rozwodzi się nie wiedząc w jakim ona jest stanie, bo taki uczuciowy biedaczek. A ta była żona, dostaje załamanie nerwowe, bo ten jej jedyny ukochany mężczyzna, dla którego pokonała swój lęk macierzyństwa, mimo wszystko zostawia ją i wyjeżdża, a robi to tylko dla kariery. Po prostu rzygać się chce, jak pomyślę o mych wspaniałych rodzicach! Ty głupi dupku, karierowiczu, zabrałeś mi moje dzieciństwo. Twój gówniarz, a co to właściwie jest – jaka płeć?

– Syn.

– Aha syn – miał matkę, ojca i dziadków, ja miałam tylko Stenię, i matkę w domu wariatów, która nie nauczyła się mnie kochać. Nie cieszę się, że cię spotkałam i nie chcę cię już nigdy widzieć na oczy. A na zakończenie tej pięknej historii, powiem ci, że jesteś potwornie głupi, bo moja matka ma taką kasę, o jakiej ci się nie śniło. Gdybyś został z nami, nie byłbyś wycieraczką do dupy jakiegoś czerwonego goryla, tylko byłbyś panem. Zegnam. I żałuję, że cię poznałam, bo straciłam nawet złudzenia.

Artur chciał coś odpowiedzieć – ale Emilki już nie było.

Stenia chodziła z kąta w kąt i nie mogła sobie znaleźć miejsca. Już prawie dwunasta, a Emilki nie ma. Na pewno coś się stało myślała. Usłyszała samochód i wybiegła przed dom. Z taksówki wysiadła Emilka z rozmazanymi oczyma. Wyglądała okropnie.

– Na litość Boską – dziecko, gdzieś się ty podziewała tak długo i jak ty wyglądasz!

Emilka nie powiedziała nic, tylko z płaczem rzuciła się w ramiona ciotki. Stenia głaskała jej plecy i mówiła:

– Tak wypłacz się, wypłacz się, to będzie ci lżej. Obejmując się weszły do domu.

– Wskakuj do wanny zaraz i opowiadaj mi tu, co się stało. A może jesteś głodna, jadłaś coś?

– Tak, tak nic się nie martw – były już w łazience, Emilka zdejmowała ciuchy, a Stenia nalewała wody do wanny i sypała pachnące sole. Potem usiadła na taboreciku obszytym misiem, różowego koloru w jakim była i cała łazienka Emilki.

– Zanim zaczniesz mi opowiadać, ja też ci muszę coś powiedzieć. Otóż dzwonili twoi rodzice, że przyjeżdżają jutro – już na stałe. A dlatego jutro, bo chcą obchodzić twoje siedemnaste urodziny. Powiedziałam im, że tu w sklepach puste poły, to pojadą przez Wiedeń i kupią jedzenie na jutro. A teraz słucham co się stało i gdzie na miły Bóg siedziałaś do tej pory?

– Mówiłam ci, że chcemy już bardziej dorośle spędzić z przyjaciółkami moje urodziny i postanowiłyśmy pójść do Cracovii, bo byłyśmy ciekawe jak tam jest.

– Bój się Boga dziewczyno, słyszałam, że tam się spotykają panienki z obcokrajowcami!

– No właśnie i chciałyśmy to poobserwować, ale nie my obserwowałyśmy, tylko byłyśmy obserwowane, przez starego faceta, który stał przy barze. Elegancki nie powiem, przystojny jak na starucha nie powiem i wkurzyłam się i podeszłam do niego i spytałam co się tak gapi, a on na to, że mu kogoś przypominam i że przyjechał z Ameryki i mieszka w Warszawie. A potem zawołali go do telefonu po nazwisku – zgadnij jakim?

– No mów że, skąd mam wiedzieć?

– Profesor psychologii – teraz Uniwersytet Warszawski – Artur Grzybowski we własnej osobie!

– Nie!

– No jak ci mówię!

– I co zrobiłaś?

– Też mu się przedstawiłam i kazałam mu opowiedzieć jego wersję moich narodzin.

– I co jesteś zadowolona?

– Kosztowało mnie to dużo, ale teraz wiem kogo i za co mam nienawidzić.

– Kochanie, nienawiść jest uczuciem destruktywnym – zapomnij go, nie warty tego nawet by go nienawidzić.

– Masz rację, ale zemsta, zemsta jest słodka. I powoli wiem na kim i jak.

– Emilka, przerażasz mnie! – zobaczywszy jej wzrok – powiedziała Stenia.

– Ciociu kochana, już się o mnie nie bój, już nigdy się o mnie nie bój, teraz broń jest w moich rękach i godzina zemsty wybiła.

– Dziecko co ty mówisz, co ty mówisz – nie strasz mnie proszę...

– Kochana moja, ty się o nic nie martw, tylko się o nic nie martw – Wyszła z wanny owinęła się szlafrokiem, wzięła Stenię w ramiona i ucałowała ją serdecznie.

– Dobranoc najukochańsza Cioteczko – śpij dobrze.

Gdy w następny dzień Emilka przyszła ze szkoły, Sarah i Marek już byli w domu. Po chłodnym jak zwykle przywitaniu, Emilka poszła się przebrać do swego pokoju, a oni czekali przy zastawionym stole. Przyszła w spódniczce mini, takiej że wystawała jej pupa i przeźroczystej bluzce, pod którą nic nie miała.

– Zapomniałaś się ubrać – powiedziała Stenia ze śmiechem.

– Nie znasz się Ciociu – teraz taka moda. – powiedziała Emilka z przyjemnością kontestując, że Marek nie może oderwać wzroku od jej biustu. Sarah jak zwykle nie zauważyła niczego. Zasiedli do stołu. Było 100 lat i tort z siedemnastoma świeczkami. Emilka zdmuchnęła, rozpakowała prezenty, pozachwycała się z umiarem, podziękowała i zabrali się do jedzenia.

Wtem ktoś zadzwonił do drzwi.

– Zapraszałaś kogoś? – spytała Sarah.

– Nie, nikogo.

– To kto to może być?

– Zobaczę – powiedziała Emilka i wyszła.

Stenia z Sarah i Markiem nadsłuchiwali głosy z przedpokoju, słyszeli niegrzeczny ton głosu Emilki i męski niepewny głos. Po chwili weszła Emilka wzburzona, a za nią Artur, trzymając w ręce pięknie zapakowaną paczkę.

– Poznajecie tego faceta – krzyczała Emilka – podstarzały podrywacz nieletnich panienek.

Artur stał zmieszany, nic nie mówiąc.

– Co ty dziecko opowiadasz – spytała Stenia zdziwiona, a do Artura powiedziała – Witaj bracie, dawno cię nie widziałam.

– Co ja opowiadam? Ten stary satyr powiedział mi, własnej córce że – posłuchajcie – że wokół mnie fruwają feromony, zaprosił mnie do pokoju i chciał mnie przelecieć!

– Na miłość Boską Emilka, co ty opowiadasz i jak się wyrażasz! – zawołała oburzona Stenia.

– Powiedz jej czy kłamię – zawołała w kierunku ojca dziewczyna – i miałam okazję oglądnąć tatusia na golasa w gotowości bojowej!

– Przecież nie wiedziałem, że jest moją córką – powiedział na swoją obronę Artur nieśmiało.

– Ze ty się Boga nie boisz Arturze, już się bierzesz za tak młode dziewczyny? – zapytała Stenia z oburzeniem.

– A ty poszłaś za nim do pokoju? Co robiłaś w ogóle w hotelu? – Włączyła się Sarah.

– Zapominasz, że mam urodziny i oprócz wątpliwej rodziny, także przyjaciółki, byłam na kolacji w restauracji z nimi – odparła grzecznie Emilka.

– I poszłaś z obcym facetem do jego pokoju? – powiedziała już oburzona Sarah.

– Po pierwsze nie z obcym, bo wiedziałam już, że to mój ojciec, a po drugie chciałam mu przywalić w jaja, a tego nie mogłam zrobić przy barze – dobre wychowanie Steni – niestety – z niewinną miną odrzekła córka. Stenię i Sarah zatkało, tylko Marek uśmiechnął się pod nosem. Artur stał dalej nieporadnie z paczką w rękach.

– Mogę usiąść? – zapytał nieśmiało.

– Nie – powiedziała Emilka twardo – mówiłam ci, że nie chcę cię widzieć, możesz przyjrzeć się mojej mamusi, czyż nie wygląda pięknie?

– Tak muszę przyznać Sarah, jesteś śliczna jak zawsze – podpisałaś cyrograf z diabłem, że czas się ciebie nie ima? – zachwycił się Artur.

– Prawda? Nie dopuściła nikogo do głosu Emilka – przyglądnij się dobrze co straciłeś, czy ta twoja czerwona, też tak dobrze wygląda po siedemnastu latach? I macie też taki piękny dom jak my, kupiony za pieniążki twojej byłej żony? – rozglądnij się – już nie długo, nie będzie wstydu mieć pieniążki, a my je mamy. A teraz zjeżdżaj podstarzały playboyu! Swój prezencik zabierz dla czerwonej rodzinki, bo niedługo wyciągną im stołek z pod dupy, to im się wszystko przyda! I pokazała mu ręką drzwi. Nikt nie powiedział słowa nawet się nie oburzył na wulgarność słów Emilki. Artur nieporadnie popatrzył po wszystkich, a potem położył paczkę w przedpokoju i wyszedł. Emilka podniosła prezent otworzyła drzwi i wyrzuciła go za ojcem.

– No, ulżyło mi – powiedziała – a teraz nie życzę sobie słowa na ten temat.

Wieczór upłynął już normalnie.

W następnym czasie Emilka miała dużo nauki, była w przedmaturalnej klasie, a ambicje jej nie opuszczały nigdy. Musiała byś najlepsza. Zawsze musiała być najlepsza w tym co robiła. Plany zemsty musiały być odłożone na czas późniejszy.

Do tego doszła jeszcze jedna osoba, która musiała być ukarana. Upokorzenie ojca przed dawną żoną, jej nowym mężem i siostrą to nie była wystarczająca zemsta.

Wiedziała już co może zrobić, aby go zabolało, ale odłożyła to na później.

Uwiedzenie Marka także odsunęła na lato. Mieli pojechać w trójkę do Szwajcarii do rodzinnego domu Matki. Emilka cieszyła się na te wakacje podwójnie. Wiedziała wszystko o miejscu gdzie stoi dom matki – jak zawsze do wszystkiego była doskonale przygotowana, I chciała ten dom i okolice, zobaczyć na własne oczy. A drugą sprawą było uwiedzenie Marka. Nowy dom, brak na co dzień czujnych oczu Steni to były idealne warunki.

I tak minął rok szkolny na nauce, lekcjach angielskiego, tenisa (mamusia kazała), licznych randkach z chłopakami od których nie umiała się wykręcić. Ale dziewictwo dalej chowała dla Marka. Tak bardzo zaślepiała ją chęć zemsty, że nawet gdyby zjawił się ten właściwy wymarzony, to by tego nie zauważyła.

Poza tym uważała, że jest ponad to. Wszystkie koleżanki były według niej głupie kozy, które myślą tylko o miłości seksie i małżeństwie. Ona miała cele wyższe.

Razem z latem przyszedł koniec roku szkolnego. Świadectwo jak zawsze pełne było świetnych ocen – nikogo w domu to nie zdziwiło. Przyjęto je jako normalne wydarzenie.

Gdyby było inaczej, byłby to powód do rozmów, ale tak – normalka.

W kraju była zawierucha – działo się dużo – w sklepach puste półki. Uzyskanie paszportu nie sprawiało dużych trudności. Do Włoch jak i do Szwajcarii potrzebowali wizy. Z Włoską, poza staniem w kolejce nie było kłopotu. Normalnie największe problemy wizowe robili Szwajcarzy. Ponieważ Sarah miała jeszcze swój stary paszport przedwojenny, podziałało i szybko otrzymali i tam wizy.

Wyjechali. Tym razem polecieli samolotem do Mediolanu, wynajęli samochód, którym dojechali na miejsce.

Okolica były przepiękna. Emilka nie mogła się nazachwycać. Pierwszy raz w życiu nie panowała nad swymi uczuciami i w pełni je wyrażała głośno.

Sarah też była bardzo szczęśliwa. Gdy byli te dwa lata poza domem, zainteresowanie Marka, tak zwanym życiem seksualnym spadło prawie do zera. Nie czuła się jeszcze starą kobietą, a młody mąż odmładzał ją jeszcze bardziej. Byli dobrymi przyjaciółmi, było im dobrze z sobą, jednak w łóżku Marek był zmęczony, lub odwalał obowiązki małżeńskie byle jak. Odkąd wrócili do kraju, zainteresowanie Marka życiem seksualnym wróciło ze zdwojoną siłą. Sarah przypisywała to ich domowi. Tu Marek czuje się dobrze i dlatego jest taki aktywny.

Prawda była inna, i Sarah nawet przez sekundę nie zaświtała w głowie.

Nie przypuszczała że sama obecność jej córki w pobliżu Marka powodowała jego pobudzenie i chęć do igraszek nocnych. Sarah nie wiedziała i była szczęśliwa. Bała się tylko, że w Szwajcarii w nowym otoczeniu znowu tak będzie jak w Jugosławii – ale się myliła. Ich życie seksualne rozkwitło od pierwszej nocy w nowym dla Emilki i Marka domu – jeszcze intensywniej. Sarah nie rozumiała tego, ale nie chciała się nad tym zastanawiać, bo po co?

Dom był dobrze utrzymany, przez cały czas, gdy stał pusty – w ogrodzie w małym domku mieszkali tzw. dozorcy jeszcze zaangażowani przez rodziców Sarah. Teraz mieszkali tam: córka byłych dozorców z mężem i dzieckiem. Młodzi tak samo dobrze zajmowali się pielęgnacją domu i ogrodu jak nieżyjący już rodzice. Pensje mieli bardzo dobre i do ich obowiązków należało od czasu do czasu robienie generalnych porządków w domu, lub zlecenie koniecznych remontów i opiekowanie się ogrodem. Pensja ich była przesyłana przez bank z konta rodziców Sarah. Na potrzebne remonty pobierali pieniądze ze specjalnie dla tego celu otwartego konta w banku prowadzonego przez zarządcę z ramienia rodziców Sarah.

Rodzice zmarli w Kalifornii jedno po drugim, przed dwoma laty, gdy Sarah była w Jugosławii. Oczywiście na pogrzeb nie pojechała, chociaż jej kuzynka z Kalifornii bardzo nalegała. Rodzice przed śmiercią chcieli zobaczyć się z Sarah, bo dręczyło ich przeświadczenie, że zostawili dziecko na pastwę losu. Ale Sarah nie dała im tej satysfakcji. Ciągle miała jakieś przeszkody.

Była bardzo uparta i nie potrafiła przebaczyć. Z niepokojem zauważała, że jej córka, w tym jest do niej bardzo podobna, ale nie zdawała sobie sprawy, że u córki te cechy charakteru były zwielokrotnione.

Ten dom dla Sarah oznaczał trudne, samotne, dzieciństwo. Teraz miała nadzieję, że Marek i córka, zmażą te przykre wspomnienia i będzie mogła pokochać go.

Pierwsze dni przekonały ją o tym, że miała rację. Marek nie tylko kochał się z nią co nocy, ale często też w ciągu dnia. Robił to inaczej niż kiedyś, szybciej i brutalniej, ale ona była już dojrzałą kobietą i taka zmiana w życiu seksualnym nawet jej się podobała. W każdym razie wychodziła na swoje.

Marek stał przy oknie i obserwował opalającą się Emilkę. Robiła to specjalnie, albo nie zdawała sobie z tego sprawy jak na niego działa. Dziwił się nawet, że nie ma stałego przyjaciela, bo wiedział i widział jak działa na wszystkich mężczyzn, obojętnie w jakim wieku. Ale Emilka gdy pytał zawsze odpowiadała – ta dziedzina życia mnie nie interesuje, chłopaki – ci których znam są idiotami.

Obojętnie czy leżała na brzuchu i pokazywała okrągłą pupę, czy na plecach opalając się bez góry bikini, gdy patrzył na jej duże jędrne piersi – wiedział – tylko zimny prysznic, albo Sarah wybawią go z kłopotu. Kochał Sarah i nie chciał jej sprawiać przykrości, ale niestety nic nie mógł poradzić na ten „apetyt na Emilkę". Na szczęście Sarah nie zdawała sobie sprawy z jego pożądania skierowanego w niewłaściwym kierunku.

Teraz stanęła za nim i przytulając się do niego powiedziała:

– No co kochanie, marzymy, czy podziwiamy widoki?

Odwrócił ją od okna, żeby nie widziała komu się tak przygląda i zaczął ją całować.

– Może pójdziemy popływać – odezwała się Sarah miedzy jego pocałunkami.

– Mam lepszy pomysł – powiedział tym męskim głosem, za który kochało go tysiące Polek – i wziął Sarah na ręce, była lekka jak piórko i zaniósł na łóżko i wziął szybko i brutalnie, mając przed oczami pupę Emilki.

Emilka udawała, że nie widzi, jak Marek obserwuje ją z każdego kąta. Wiedziała, że gdziekolwiek jest, to Marek stoi za jakimś rogiem czy oknem i obserwuje ją.

Słońce rozgrzewało ją tak samo jak Marka, nie chciała dłużej czekać. Postanowiła przystąpić do dzieła. Dzisiaj.

Dom był remontowany na ich przyjazd, ale nie skończono wszystkiego. Gotowe były dwa piętra. Cały parter, gdzie była ogromna kuchnia i jadalnia, salon przechodzący w taras w kierunku jeziora. Na pierwszym piętrze było parę pokoi, ale tylko jedna łazienka z prysznicem przy sypialni Emilki. Na drugim piętrze była sypialnia Sarah i Marka z ogromną łazienką z wanną. Gdy ktoś z nich chciał wziąć prysznic musiał przejść przez przedpokój Emilki. Tak było tego wieczora – Sarah była już w łóżku, a Marek poszedł pod prysznic. Nagle usłyszał za swymi plecami głos Emilki.

– Umyć ci plecy? – i już stała za nim w stroju Ewy i myła go gąbką. Była coraz bliżej i czuł dotyk jej piersi na plecach. Musiał się powstrzymywać, by nie odwrócić się do niej i nie wziąć jej w ramiona. Ale Emilka już odłożyła gąbkę i poszła do swego pokoju, zostawiając drzwi uchylone. Obserwował ją jak idzie do łóżka i kładzie się golusieńka na nim. Nie zastanawiając się co robi, wytarł się pobieżnie i wpadł za Emilką do pokoju, usiadł przy niej na łóżku, chwilę patrzył na nią i... zaczął całować.

Powoli, najpierw usta, potem całą twarz, szyję, piersi i schodził coraz niżej napawając się jej ciałem centymetr po centymetrze...

Sarah nie mogła zasnąć, nie wiedziała dlaczego. Normalnie kładła się do łóżka i nigdy nie miała problemów z zaśnięciem. Ale dzisiaj tak, i nie znała przyczyny swej bezsenności.

Może, że Marka tak długo nie było w łóżku. Pewnie ogląda telewizję, albo czyta w kuchni przy piwie. Zejdę i zobaczę i napiję się wody – pomyślała. Zeszła na pierwsze piętro.

W domu panowała kompletna cisza. Nie słychać było telewizora z dołu. Pewnie czyta, pomyślała Sarah. Ale przechodząc koło pokoju córki, usłyszała jakby jęki. Pewnie jej się coś śni – pomyślała – a ponieważ drzwi były uchylone, zaglądnęła przez szparę.

Widok jaki zobaczyła – zamurował ją! Odchyliła drzwi szerzej i trzymając się framugi stała i patrzyła i nie mogła oderwać wzroku. Na łóżku leżała jej córka – goła jak ją Pan Bóg stworzył. Jej ciało napięte było jak łuk, a z jej ust wychodziło miłosne pojękiwanie. Jej nogi były szeroko rozstawione, a między nimi była głowa jej męża! Obiema rękami obejmował Emilkę za pośladki, a ona miała ręce w jego gęstych ciemnych włosach.

W pewnym momencie Emilka odwróciła głowę w jej stronę, otworzyła oczy i... uśmiechnęła się do matki zwycięsko. Był to uśmiech triumfu, ale zaraz zamknęła je i oddała się całkowicie tej miłosnej grze. Stało się to tak szybko, że Sarah nie była pewna, czy jej się to nie przewidziało. Ruszyła się wreszcie, jakby odzyskując władzę w nogach, ale nogi były jak z gumy. Oparła się plecami o framugę drzwi i zjechała po niej do pozycji w kucki. Ukryła głowę w kolanach i zapłakała.

A więc tak wygląda zemsta mojej córki! Smarkata wie jak mnie uderzyć! Sarah była przerażona – urodziłam potwora, urodziłam potwora – powtarzała szeptem. Potem pozbierała się jakoś, trwało to nie dłużej jak dwie minuty i pobiegła do sypialni. Nie mogła zebrać myśli. Najbardziej irytowało ją w tym wszystkim, że ta scena podnieciła ją okropnie. Ale nie czekała długo. Do sypialni wpadł Marek i bez żadnych gier wstępnych, rzucił się na nią i zaczęli się kochać. Oboje byli tak podnieceni, że po paru sekundach było po wszystkim. Marek wyczerpany padł na swoją poduszkę i natychmiast zasnął. A Sarah leżała długo z otwartymi oczyma. Podniecenie zostało zaspokojone, mogła wreszcie pozbierać myśli. A więc, jej córka mści się na niej.

Była pewna, że jest to rodzaj zemsty.

Zrozumiała też, że to nie dom podniecał tak Marka, a obecność Emilki. Zrozumiała wreszcie, dlaczego chciał wyjechać na te dwa lata. Bał się, by nie stało się to, co się teraz działo. W jakiś sposób ta smarkata, budziła w nim samca. Co mam robić żeby go nie stracić? Jak wezmę ich na rozmowę i postawię przed faktami – to Marek może pójść za Emilką. Już jeden mnie zostawił dla młodszej. Jeszcze raz – nie przeżyłabym tego. A co by powiedziało środowisko? Mąż pani redaktor, prezenter taki a taki, porzuca ją dla jej córki, którą wychowywali razem. Z niej zrobili by sutenera, a z Marka satyra. Nie, nie może do tego dopuścić. Musi milczeć i korzystać z tego co może od życia dostać. Była już prawie 50-letnią kobietą, wprawdzie wyglądała dużo młodziej i wiedziała o tym, ale przecież Marek nie patrzył na żadną oprócz niej.

Wiedziała, że jest to opętanie i musi minąć, tylko muszę być cierpliwa, muszę być cierpliwa.

I taka sytuacja trwała aż do końca urlopu. Marek zadowalał Emilkę, a potem siebie i żonę. Sarah była zadowolona, że wie o wszystkim po zachowaniu Marka.

Skoro do niej przychodzi, to jeszcze z Emilką nie doszło do najgorszego. I tak wszyscy troje korzystali z urlopu.

Sarah wreszcie poznała kraj w którym wyrosła.

Jeździli po okolicy jak i pojechali do Włoch, zwiedzając po drodze Florencję i Sienę, piękną Toskanię aż do Rzymu.

Zwiedzili Watykan, wzięli przewodnika na cały Rzym, obejrzeli Forum Romanum i każdy ważniejszy kościół i Bazylikę. Wypili jedną z najdroższych kaw w swoim życiu na placu Navona, wrzucili monety do Fonntany di Trevi. Potem inną drogą z powrotem na północ Włoch do Wenecji, która oczarowała ich tak jak oczarowuje każdego przybysza.

Przejechali się gondolą – tylko gondolier i oni. Marek w środku i dwie kobiety po boku.

Wszyscy byli dla siebie mili, nie było nieporozumień między nimi. Po prostu mała kochająca się rodzina. Z boku. Ale tak naprawdę, każde z nich odłożyło na bok topór wojenny i starali się, naprawdę się starali, być miłym jeden dla drugiego. Ta ich jedyna podróż jaką w życiu razem odbyli, była harmonijna i miła.

Po powrocie do Polski, od pierwszego dnia szkoły, Emilka zabrała się do roboty. Była bardzo zdolna, ale i pracowita. Poza tym jej chorobliwa ambicja gnała ją cały czas na przód. Postanowiła zdawać maturę ze wszystkich przedmiotów po angielsku. Nie było to łatwe, nie tylko ze względu na ilość nauki, ale w szkole do której uczęszczała było to niemożliwe, nie mieli nauczycieli, odpowiednio do tego wykształconych.

Ale Sarah znalazła szkołę z wykładowym angielskim i przeniosła tam Emilkę.

Emilka pracowała pilnie, a w przerwach, aby się odreagować zawsze miała Marka pod ręką. Sarah sądziła, że sprawa ta, rozpłynęła się już w czasie, ale niestety myliła się bardzo. Jej córka postanowiła że jeżeli ma już stracić dziewictwo, to musi to czemuś służyć. A więc w rachubę wchodził tylko Marek, bo jak widać pierwsza część zemsty za słabo podziałała. Marek miał na początku straszne opory moralne. Ale gdy był w pobliżu Emilki, o niczym nie marzył jak zapomnieć się do końca.

I stało się. Sarah musiała wyjechać na reportaż do Gdańska. Stenia była już tydzień w swoim domu, bo mąż zaniemógł. Dostał grypy z powikłaniami i zadzwonił po żonę.

A więc zostali sami. Oboje byli zdenerwowani już od południa. Emilka zarzuciła naukę. I tak by z tego nic nie wyszło, myślała tylko, jak to będzie z Markiem. A on przyszedł z telewizji wcześniej niż oczekiwała. Coś tam pomruczał pod nosem o zastępstwie.

Też nie mógł się skupić. Wiedział że właśnie dzisiaj są sami, i że to musi stać się teraz. Między nim, a Emilką, odbywało się wszystko zawsze bez słowa. Bali się słów. Jedno i drugie bało się wypowiedzieć coś, co by uniemożliwiło przeżycie tego, czego tak oboje pragnęli.

Emilka słyszała jak wszedł. Był chwilę w swoim pokoju, potem usłyszała strumień prysznica. Ona leżała już w swoim łóżku naga. Marek, też nagi, wszedł do pokoju, popatrzył na Emilkę, nie powiedział słowa, nawet przywitania, tylko położył się na niej i zaczął całować. Emilka czuła jego podniecenie i oddając pocałunki, sama była już bez tchu. Marek zaczął jak zawsze całować jej ciało od ust po podbrzusze. Gdy Emilka zaczęła skomleć z rozkoszy, wszedł w nią.

Mimo że zabolało, to orgazm wstrząsnął jej ciałem tak, że Marek musiał ją do siebie mocno przytulić, bo aż drżała na całym ciele. Zaczekał chwilę by przeżyła to do końca, a potem powoli zaczął się poruszać.

Emilka skrzywiła się lekko, bo to bolało, a potem z zaciekawieniem przypatrywała się jego twarzy.

Wykrzywiał się robiąc różne grymasy z których nie zdawał sobie sprawy, a potem zaczął krzyczeć. To było dla niej nowe. Bo nigdy z ich sypialni, nie słyszała takiego krzyku. Marek opadł na nią jak po strasznym wysiłku i całując jej szyję szeptał „Boże, dziewczyno, nigdy jeszcze czegoś takiego nie przeżyłem". Potem oboje, mimo że to było popołudnie zasnęli. Późnym wieczorem obudził ich głód. Nago zeszli do kuchni, przygotowali coś do jedzenia, ale nawet jedząc Marek pieścił piersi Emilki. Wypili butelkę dobrego wina przywiezionego jeszcze z Włoch. Potem Marek wziął dziewczynę na ręce i znów bez słowa, umyli się razem pod prysznicem, pieszcząc się nawzajem. Potem kochali się całą noc z przerwami.

Na drugi dzień obowiązkowa Emilka nie poszła do szkoły, a Marek zadzwonił do TV że jest chory. Cały dzień upłynął im na miłości, przekąszeniu czegokolwiek i znowu miłość. Bez słów. Wieczorem miała wrócić Sarah. Marek zanosząc na rękach Emilkę do jej łóżka, powiedział tylko całując ją na dobranoc:

– Czym częściej się z tobą kocham – tym więcej cię pragnę!

Emilka tylko uśmiechnęła się pod nosem.

Sarah wróciła do domu o dwudziestej trzydzieści. Marzyła by zjeść z nimi kolację, pokochać się z mężem i zasnąć w jego ramionach. Gdy weszła do domu, poczuła zapach seksu. O tak, ona miała nos jak pies myśliwski. Weszła do kuchni – jej oczom ukazał się obraz jak po bitwie.

Wszędzie walały się kawałki jedzenia, talerze, pusta butelka po winie, brudne kieliszki. W łazience mokre ręczniki leżały na ziemi... Poszła do pokoju Emilki i aż się bała, co tam zastanie. Pokój przesycony był zapachem seksu, ale jej córka spała spokojnie sama. Na szyi miała ślad po pocałunku. Sarah, uchyliła okno i wyszła. Nigdy w życiu nie parała się sprzątaniem. Zawsze ktoś za nią to robił. Ale teraz nie mogła patrzeć na to spustoszenie w kuchni. Posprzątała wszystko w kuchni i w łazience, wykąpała się i poszła do sypialni. Marek spał na brzuchu pochrapując lekko. Spał goły i na plecach widoczne miał ślady paznokci. Więcej dowodów nie potrzebowała, i nie chciała już widzieć, była tak przerażona, że o niczym nie marzyła jak znaleźć się w ramionach męża. Do tego miała jeszcze powód, dlaczego tak bardzo chciała właśnie dzisiaj, żeby Marek się z nią kochał.

Na tym głupim reportażu w Gdańsku, przylepił się do niej jeden taki.

Sarah nigdy, poza Stenią, nie miała dobrego kontaktu z kobietami. Nigdy nikomu się nie zwierzała, a teraz tak bardzo chciała, porozmawiać o tym, co dzieje się u niej w domu.

Może ją ktoś zrozumie i poradzi co ma robić. A ten co się do niej przylepił dolewał jej do kieliszka.

A ona piła, a on udawał że słucha, co ona opowiada. Mówiła bez ładu i składu (na szczęście, pomyślała) bo jak by ten człowiek wykorzystał to kiedyś, co od niej usłyszał, to ładnie by wyglądali jako rodzina. A potem zaprowadził ją do pokoju i tak pocieszał, bo upiła się na smutno, że wylądował w jej łóżku. Sarah miała w swym życiu tylko dwóch mężczyzn tzn. Artura i Marka. Artur był bardzo dobrym kochankiem, a Marek świetnym. A ten pocieszyciel w łóżku, był nie tylko obcy, ale do niczego. Sarah przez alkohol i to co opowiadała podnieciła się bardzo i czekała na rozładowanie. Facet położył się na niej, a Sarah spragniona powiedziała – wejdź we mnie – a na to jej niedoszły kochanek odpowiedział – przecież już jestem w środku!

Pijacko wściekła, zrzuciła go z siebie i kazała się wynosić, krzycząc za nim na pożegnanie, że jak nic nie ma w spodniach, to niech się nie dobiera do niej.

Krzyczała tak głośno, że z innych pokoi powychodzili ciekawscy i śmiejąc się bili jej brawo. To ją otrzeźwiło, wróciła do siebie. Wsadziła głowę pod kran z zimną wodą. Potem wysuszyła włosy suszarką.

Zebrała te parę rzeczy które miała, zapłaciła za hotel i poszła do poczekalni kolejowej.

Wstydziła się spotkania z ludźmi w holu hotelowym lub na śniadaniu. Zjadła je na dworcu i pojechała pociągiem do domu.

Teraz położyła się koło Marka, obróciła go do siebie i próbowała się w niego wtulić.

Marek objął ją i wymamrotał:

– Jesteś cudowna Emilko.

Tylko nie to, tylko nie to – pomyślała Sarah. Już raz to brałam. Imię było inne, ale mężczyzna też był mój, a wzdychał, kochając się ze mną do innej. Teraz musi świadomie to zrobić ze mną.

Zaczęła go szarpać. Obudź się, Marek, kochanie obudź się słyszysz!

Marek otworzył oczy i spytał:

– Co się dzieje? Stało się coś? Ja chcę spać!

– A ja nie chcę abyś spał, słyszysz, żona wróciła!

– Sarah kochanie, jestem taki zmęczony, daj mi spać!

– Nawet wiem dlaczego – powiedziała Sarah twardo.

– To dobrze, to dobrze powiedział Marek i już chciał się odwrócić, gdy Sarah ścisnęła go z całej siły za przyrodzenie. Marek podskoczył i powiedział:

– Zwariowałaś?

– Nie, wróciłam do domu i chcę spać z własnym mężem, jeżeli to coś nienormalnego, to zgadza się zwariowałam!

– Jeżeli uważasz, że to jest metoda – zadawanie bólu – to się pomyliłaś – obrócił się na drugi bok i zasnął.

A Sarah musiała pogodzić się z porażką. Leżała długo obok swego pięknego i młodego męża, który pewnie cały czas, pieprzył się z jej córką i nie wiedziała co ma robić.

Następnego dnia, każdy udał się do swoich zajęć i zobaczyli się dopiero na kolacji.

Steni jeszcze nie było, musieli przygotować ją sami.

Jedli w spokojnej, miłej, rodzinnej, atmosferze. Podaj mi sól, proszę bardzo chleb, masło, pyszna ta sałatka, Emilka, gdzie się nauczyłaś taką robić? itd.

Wieczorem pooglądali razem telewizję, Emilka uczyła się w swoim pokoju. Sarah opowiedziała Markowi o reportażu. Pokazała mu zebrane informacje, razem omówili jak najlepiej to napisać. Jako dziennikarze byli świetnym zespołem. Uzupełniali się wspaniale.

– Późno już – powiedział Marek – pójdę się umyć, jestem skonany i pocałował ją w czoło.

Sarah patrzyła za nim. Potem poszła do łazienki, myśląc umyję mu plecy, popieszczę go, to może nabierze na mnie ochoty. Jakież było jej rozczarowanie!

W ich łazience go nie było, usłyszała prysznic. Potem ich chichot.

Myli się razem w łazience Emilki i zaraz wylądują razem w łóżku, nie przejmują się mną wcale. A więc do tego doszło. Co mam robić, co mam robić. Jeżeli go stracę – to mogę sobie tylko odebrać życie. Nie miała odwagi zejść do pokoju córki. Poszła do sypialni. Leżała nadsłuchując, może przyjdzie, może potrzebuje tylko podniety. I nagle w ciszy domu rozległ się krzyk Marka.

W żołądku Sarah wnętrzności wywinęły koziołka.

I nie chcąc tego, to było ostatnie o czym marzyła, poczuła podniecenie, tak ogromne, że położyła rękę tam w dole, gdzie aż pulsowało i było wilgotno. Zaczęła poruszać ręką coraz szybciej.

I zanim Marek wrócił, przeżyła swój mały orgazm, na własny użytek.

Była bardzo zdziwiona, bo robiła to po raz pierwszy. To perwersyjne pomyślała. Koło mnie leży mój własny ślubny mąż, a ja muszą się masturbować.

Ale muszę z tym coś zrobić, muszę.

I tak przeszedł czas do matury. Emilka uczyła się intensywnie, czasem odreagowując stres w ramionach Marka, a Sarah słysząc w ciszy nocnej krzyk męża (przy mnie nie krzyczy, nigdy nie krzyczy) obmyślała, co może zrobić z tą sytuacją. Każde z nich wiedziało co jest grane, ale nikt nie poruszał tego tematu.

Żyli pod jednym dachem, spali, jedli, pracowali i tylko od czasu do czasu, częściej a czasem z przerwami, Sarah gryzła palce do bólu, słysząc krzyk rozkoszy swego męża z innego pokoju.

Maturę Emilka zdała z wyróżnieniem. Nie bardzo mogła się zdecydować na jaki kierunek się wybrać. W angielskiej szkole, matura była już na początku maja i Emilka wertowała informatory z uczelniami, gdy Sarah zawołała ją do salonu.

– Mamy z Markiem dla ciebie prezent za tak doskonale zdaną maturę i podała

Emilce bilet lotniczy Warszawa – Londyn – Nowy Jork – Los Angeles.

– Emilka wzięła go do ręki przeczytała i spytała z ironią w głosie.

– Jesteś pewna, że to prezent od was obojga? Marek chce żebym wyjechała?

– No dobrze, chcesz jasnej rozmowy tak? Jest to wyłącznie mój pomysł. Wiem, że nie zależy ci na Marku, nie kochasz go prawda?

– No, popatrz, popatrz, jaka ty jesteś bystra – jak woda w klozecie!

– Emilio, daruj sobie ten ton, wiem, że uwiodłaś Marka bo chciałaś się na mnie zemścić, tak? Ok, zemściłaś się, on się już ślini na twój widok, masz go tam, gdzie chcesz i mnie też przywaliłaś, wiesz, że nie mogę bez niego żyć i dopóki ty będziesz go rajcować, nie wróci do mego łóżka. A ja go chcę z powrotem rozumiesz?

– Pewnie że rozumiem, gdybym nie wiedziała jak ci na nim zależy, nie spałabym z nim!

– Ok, to mamy wyjaśnione, a teraz ja sobie życzę, abyś znikła. Rozmawiałam już z Lorelay, nawet się cieszy na twój przyjazd. Chce cię poznać, bo sama nie ma dzieci. Podobno, dobrze jej się powodzi, możesz u nich mieszkać ile zechcesz, nawet możesz tam studiować.

– No oczywiście, a najlepiej by było, jakby mój samolot się rozbił prawda?

– Cóż ty za głupoty wygadujesz moje dziecko?

– Wiem, że mnie nie kochasz i nigdy nie kochałaś, wiem że urodziłaś mnie tylko po to, aby ojciec został przy tobie i gdy to się nie stało znienawidziłaś mnie!

– To nieprawda, ja po prostu nie umiałam cię kochać, wybacz mi, miałaś już swoją zemstą za mój brak miłości do ciebie. Mnie też nikt nie kochał i nie nauczył kochać, jedynym był Marek, dlatego nie zabieraj mi go – jedź proszę cię, jedź!

– Dobrze – wzięła z ręki matki bilet – popatrzyła na nią. Jaka ona drobna i krucha ze zdziwieniem stwierdziła Emilka, że jej żal Sarah. Uczuciem zemsty, cieszyła się już tak długo, że zaczęło ją to nudzić. Przyszedł czas się wycofać i skierować swe myśli w innym kierunku.

– Na kiedy? Spytała krótko.

– Co na kiedy? – nie zrozumiała Sarah.

– Na kiedy ten bilet?

– Bez daty, nie chciałam cię ograniczać.

– To dobrze – bo przed wyjazdem chcę zostać trochę w Warszawie.

– I tak musisz, trzeba załatwić wizę. Zaproszenie powinno być już w ambasadzie, tylko proszę cię nie rób głupstw.

– Nie, to nie głupstwa, to rachunek do wyrównania.

– Jak chcesz dziecko, to kiedy wyjeżdżasz?

– Ale ci pilno, mieć męża w łóżku co?

– Daj już spokój, no więc kiedy?

– Spakuję się i mogę jechać nawet jutro.

– Odwieziemy cię do Warszawy.

– Nie, sama pojadę – załatw mi tylko hotel.

– Dobrze – odpowiedziała krótko Sarah i odetchnęła z ulgą.

Rozdział piąty
Emilka i Warszawa

Emilka spakowała tylko parę rzeczy, dostała od matki 20 000 dolarów, aby kupić sobie na miejscu co będzie chciała. Dla ciotki miała wziąć korale z bursztynu, a dla jej męża, o którym nikt nic nie wiedział – butelkę wódki.

Sarah powiedziała Emilce o wyjeździe, gdy Marek służbowo był w drodze.

Emilce to też było na rękę, nie wiedziała jak on może zareagować na jej wyjazd, a matka miała rację. Jej zemsta na tym terenie dobiegła końca. Zadała matce ból, a teraz to samo będzie z Markiem, gdy po powrocie nie zastanie jej. Jej misja była spełniona. Potrzebowała nowych podniet i Ameryka taką była. Ale najpierw Warszawa.

Tam musi też uregulować rachunki. Pojechała z Matką na dworzec. Nie było łez pożegnania. Tylko suche poklepanie po ramieniu.

Pa, trzymaj się mała, daj znać kiedy wylądujesz i zawiadom ciotkę, aby cię odebrała.

Trzymaj się mamo i o mnie się nie bój, ja sobie zawsze poradzę!

I to było całe pożegnanie. Ale dla Emilki było to normalne. Przed wyjazdem pojechała jeszcze do Steni. Tam dostała odpowiednią ilość uścisków pocałunków i przestróg na drogę:

– Kochanie uważaj na siebie, nie jesteś tak mocna jak ci się wydaje. Uważaj na mężczyzn. Wiem jakie wrażenie na nich robisz. Ale oni chcą tylko jednego od ciebie, pamiętaj o tym – mówiła Stenia zatroskanym głosem, tuląc Emilkę w ramionach.

– Nic się nie bój kochana Steniu, ja chcę od mężczyzn tego samego! I nic więcej. Jeszcze się taki nie narodził, przez którego uronię choćby jedną łzę!

– Och kochanie moje, żeby to była prawda, żeby to była prawda.

Emilka wsiadając do pociągu miała przed oczami dobrą twarz Steni – jedynej osoby, którą naprawdę kochała. Stenia pojechałaby do Warszawy z Emilką, ale stan zdrowia jej męża nie pozwolił na to.

Matka zarezerwowała jej pokój w nowo wybudowanym przez Szwedów hotelu Forum.

Gdy Emilka znalazła się w pokoju, wzięła książkę telefoniczną i wyszukała sekretariat Uniwersytetu Warszawskiego. Zadzwoniła tam i słodkim głosem z silnym akcentem angielskim i w dodatku niepoprawnie po polsku – powiedziała, że znalazła książkę w taksówce jadąc z lotniska. Wygląda bardzo mądrze, a w środku podpisana była ołówkiem prof. Artur Grzybowski

– To może byłaby pani uprzejma przynieść tę książkę do sekretariatu – powiedziała sekretarka grzecznie.

– Niestety to niemożebne, bo ja lecę zaraz lecę, ale jak wy mi adres dacie to poślem z recepciona.

– Świetnie – zawołała ucieszona sekretarka i podyktowała Emilce adres.

– Ok, ok, thanks. Pani.

– Dobrej podróży miss Dolly – zaszczebiotała sekretarka – a Emilka uśmiechnęła się pod nosem.

Potem zadzwoniła do recepcji z prośbą o taksówkę. Podała taksówkarzowi adres i pojechali.

– Proszę się tutaj zatrzymać, poczekamy trochę – powiedziała Emilka.

Przyjechali do dzielnicy domków jednorodzinnych, paskudnie pobudowanych w stylu „pełny socjalizm". Domek ojca i jego „czerwonej rodziny" jak ją w duchu nazywała Emilka, stał na kamiennej przybudówce. Dookoła domku był średnio zad-bany ogródek, a wokół płot z drucianej siatki. Po jakiejś pół godzinie z domu po schodkach zbiegł młodzieniec, wysoki, przystojny, ciemnowłosy. Emilka szybko zapłaciła taksówkarzowi i już szła w kierunku chłopca. Gdy się mijali, zaczepiła dużą torbą o jego skórzaną aktówkę i z otwartej torebki wszystko wysypało się na chodnik.

– Przepraszam – wydukał zmieszany młodzieniec i rzucił się do pomocy.

– Ja nie mówić polski – do you speak english?

– Little – odpowiedział chłopak – potem – momencik – i pobiegł szybko z powrotem w kierunku domu.

– Marcin, Marcin chodź na chwilę – zawołał – teraz za nim z domu wyszedł chłopak, niższy niż jego poprzednik o głowę. Włosy miał podobne w kolorze do Emilki, tylko nie tak bardzo kręcone. Oczy niebieskie i całkiem miłą powierzchowność.

– Ta lufa, mówi tylko po angielsku, to coś dla ciebie, bo ja nie wiele comprende, musimy pomóc, bo narozrabiałem.

– Good evening – powiedział grzecznie Marcin – i dalej dobrą poprawną angielszczyzną zwrócił się do Emilki –Nazywam się Marcin Grzybowski, a ty?

– Jennifer Brown – z Kalifornii, przyjaciele mówią mi Jenny.

– Ok. Jenny. Bardzo mi miło, co robisz w Warszawie?

– Przyjechałam do rodziny mojej babki, bo urodziła się w Polsce, ale wyjechała przed 50–ciu laty. I chciałam nauczyć się po polsku, ale to bardzo trudny język.

– Tak, to prawda. A kiedy wybierasz się z powrotem?

– O, jeszcze zostanę może tydzień!

– To cudownie! Zabiorę cię do klubu studenckiego, wprawdzie dopiero zaczynam studiować medycynę, ale trzeba zacząć od klubu nie? Dopóki wakacje.

– Masz rację, a gdzie się tak nauczyłeś mówić, właściwie po amerykańsku, bo mówisz jak Nowojorczyk!

– Poznałaś? Niesamowite! A ja nie umiałbym rozróżnić twego akcentu, no, ale nie znałem nikogo z Kalifornii. Wiesz urodziłem się w Nowym Jorku. Rodzice wyjechali tam, gdy mama jeszcze była ze mną w ciąży. Tata jest profesorem i tam też pracował na uczelni.

– No, stary to ja lecę – powiedział brunet – nic nie kumam z waszej gadki, to po co będę tu sterczał. Przyprowadź tę laskę do klubu – niezła, co?

– Niezła, dzięki stary – odpowiedział Marcin, koledze po polsku.

– Tylko ją nie zawlecz od razu do pieleszy, twoją metodą, zostaw trochę dla kolesi!

– Nie bój nic, załatwione, serwusik! (jaki ojciec, taki syn pomyślała Emilka) a do kolegi uśmiechnęła się promieniście i powiedziała:

– Serwisik – na co obaj się roześmieli – czemu się śmiejecie – pytała Emilka udając niewiedzę – powiedziałam niedobrze?

– Powiedz po prostu serwus – poradził Marcin.

– Serwus – powtórzyła grzecznie Emilka.

– Brawo, a teraz pozwolisz, że cię zaproszę na obiad?

– Pozwalam – i poszli do restauracji.

Od tego dnia, stali się nierozłączni. Marcin zapoznał ją z kolegami, ale gdy zorientował się, jakie ona robi na nich wrażenie, starał się spędzać z nią czas sam na sam.

Emilka broniła się przed tym, mówiąc mu że chce poznać jak najwięcej młodych ludzi w Polsce, aby zrozumieć ich mentalność. Chciała aby chłopak zakochał się w niej, na śmierć i życie.

I trzymała go na odległość. A czym więcej go odpychała, tym bardziej lgnął do niej. Na wszystkich imprezach studenckich, zauważyła, że Marcin ma duże powodzenie i traktuje dziewczyny gorzej niż śmiecie.

Ponieważ wszyscy myśleli, że nie ma pojęcia o języku polskim, nie krępowali się przy niej i była świadkiem nie jednej intymnej rozmowy. Dała piękny pokaz swoich rzekomych nieumiejętności językowych na imprezie w klubie medyków. Jeden z licznych chłopców, który miał na nią ochotę, zapytał jakie słowa zna po polsku. Odpowiedziała:

– Dziń dobry, dzikuje, prosze, kurwa i chuj – ponieważ rozbawiła ich serdecznie tymi dwoma ostatnimi, wytłumaczyła, tym co znają angielski, że w jej pojęciu jest to kobieta i mężczyzna. Bo tak jej wyjaśnił sąsiad w samolocie, gdy leciała do Polski. Poprosiła go o podanie podstawowych słów polskich.

Wywołało to salwę śmiechu

Widziała tyle nieprzyjemnych scen z życia jej przyrodniego braciszka i mogła się przekonać jakim jest sukinsynem – jak jego tatuś i nie należy nim się przejmować. Na początku miała plan oszczędzić brata, a zadać cios tylko jego czerwonej mamuśce i tatusiowi chorągiewce.

Byli na tańcach w pedagu. Podeszła do nich dziewczyna, miła i grzeczna, spytała czy mogą porozmawiać na osobności.

– Mów, co chcesz i zmyj się – powiedział miłym głosem, aby z tonacji Emilka nie poznała, że jest niegrzeczny. Zawsze tak się zwracał, do wszystkich dziewczyn, które licznie do niego się zgłaszały. Nieźle sobie poczyna myślała Emilka.

– Ale ja bym wolała na osobności, proszę Marcinku – mówiła dziewczyna błagalnym tonem.

– Ta lala, nic nie rozumie, to Amerykanka, wal przy niej i się uśmiechaj, żeby się nie zorientowała – mówił dalej miłym głosem.

– Marcinku, chyba jestem w ciąży – mówiła dziewczyna i uśmiechała się sztucznie.

– A co mnie to obchodzi?

– Jak to co, przecież my razem – dziewczyna już nie potrafiła się uśmiechać, tylko łzy zakręciły się jej w oczach.

– My razem, i jeszcze może kto inny, zrób zabieg i zgłoś się po walutę – mówił dalej tym samym miłym głosem Marcin.

– Jak możesz tak mówić Marcin, przecież wiesz, że cię kocham, że ja z nikim innym, Marcin błagam cię i już łzy potokiem leciały po twarzy.

– Marti – powiedziała Emilka, dlaczego ona płacze?

– To histeryczka, nie zdała egzaminu i przyszła się pożalić, nie przejmuj się zaraz sobie pójdzie. A do dziewczyny – zjeżdżaj stąd i nie pokazuj mi się na oczy, tak długo – dokąd nie przyniesiesz od lekarza zaświadczenia o zabiegu i rachunek, to dostaniesz pieniądze z powrotem. A poza tym przestrzegę kolegów przed tobą, żeby uważali, bo jesteś naciągara.

Dziewczyna wyjęła chusteczkę z torebki i wycierała oczy jeszcze gorzej je rozmazując. Marcin wziął Emilkę pod rękę i obrócił się do dziewczyny tyłem. To nie było pierwszy raz. Często musiała wysłuchiwać, o randkach na które się nie stawił, o telefonach po przespanej razem nocy, które obiecał, a nie wykonał, o dużej ilości złamanych serc. Boże, jakie te dziewczyny głupie, nigdy się nie zakocham, bo samce to samolubne, myślące tylko członkiem osobniki.

Chociaż musiała przyznać, że paru kolegów Marcina, było na poziomie, nigdy źle nie mówili o koleżankach, a niektórzy z nich mieli swoje sympatie i mówili o nich z czułością. Za to Marcin nawet w jej towarzystwie opowiadał kumplom niestworzone rzeczy, gdzie ją miał, w jaki sposób, jaka ona jest dobra w łóżku itd. Dlatego też nie mogła odpędzić się od propozycji tych średnio, a nawet słabo mówiących po angielsku. A Marcina miała powoli tam, gdzie go chciała mieć. Był rozgrzany do czerwoności. Zapraszała go do pokoju hotelowego, pili, dawała się całować dotykać, rozbierała się przy nim. Drażniła ręką, a potem wyrzucała za drzwi. Po tych praktykach miała czasem ogromną ochotę na seks, ale też musiała ponieść jakąś ofiarę w ramach zemsty. Nie mogła tego zrobić z żadnym kolegą Marcina, bo by zaraz się dowiedział. A z nieznajomym? To byłoby za duże ryzyko.

Któregoś dnia Marcin nie wytrzymał i wyznał jej miłość. Wyśmiała go, tak jak on wyśmiewał kolejne dziewczyny. Spytał, dlaczego nie chce się z nim przespać, przecież myślał, że go lubi. Tak lubi go, nawet bardzo, ale ona jest dziewicą i postanowiła, że odda się tylko przyszłemu mężowi.

Wtedy zgłosił się z pierścionkiem i poprosił o rękę, prosił by przyszła do niego do domu, bo chce ją przedstawić rodzicom. To przespała się z jego najlepszym przyjacielem z którym robiła wszystko to, czego nauczyła się od Marka, a było to niemało, tak, że facet był przekonany, że spał z doświadczoną dziewczyną i oczywiście pochwalił się Marcinowi z detalami.

Wtedy Marcin przyszedł do niej jak zbity pies, powiedział że wszystko jej wybaczy tylko niech za niego wyjdzie. On jest gotów wyjechać z nią do Ameryki. Jego rodzice jeszcze tego nie wiedzą, ale na pewno finansowo mu pomogą, bo jego dziadek itd.

Emilka wysłuchała tego wszystkiego i powiedziała mu piękną polszczyzną:

– Nie mogę tego zrobić, ale przyjdę na tę kolację do ciebie do domu.

Marcin zgłupiał. Stał tak przed nią wymachując rękami, ale z jego ust nie wydobył się żaden dźwięk. Emilka patrzyła na to przedstawienie z uśmiechem na ustach.

– No już dobrze, dobrze – powiedziała do niego – umiem po polsku, no i co z tego? Nabrałam cię trochę, rozumiesz? Będę u ciebie o piątej OK? A teraz idź już sobie, bo mam parę spraw do załatwienia i odprowadziła go do drzwi i wypchnęła za nie.

Marcin stał za drzwiami długą chwilę i nie mógł się ruszyć. Przed jego oczami przeleciał z szybkością błyskawicy film z ostatnich dni. O kurcze! Ale się wygłupił. I to przed dziewczyną na której pierwszy raz w życiu mu naprawdę zależy. Przed dziewczyną, która budzi w nim uczucia tkliwości, miłości, a nie tylko pożądania.

Pokazał się przed nią od najgorszej strony. Te wszystkie jego babki wylewające potoki łez i jego kłamstwa.

Czy ona mu to wybaczy? Ale powiedziała że przyjdzie.

Już uspokojony zbiegł ze schodów i pognał do domu, aby powiedzieć mamie, że dzisiaj musi być kolacja na 102, bo przychodzi na nią dziewczyna jego marzeń.

Emilka już miała wizę w kieszeni. Załatwiła to w ostatnim tygodniu. Bilet też był na dzisiaj, zaktualizowany, na godzinę 21:30 do Londynu, potem do Nowego Jorku i dalej.

Czekała ją bardzo długa podróż. Ale przed nią, trzeba uregulować rachunki. Ten w hotelu już zapłacony. Teraz trzeba się rozprawić z rodzinką Grzybowskich. Pojedzie do nich o piątej, załatwi mamusię, a potem jeszcze tylko tatulko i jego nieodrodny synalek. Potem może ze spokojnym sumieniem wyjechać. Jej poczucie zemsty będzie zaspokojone. Wiedziała już, że ojczulek wraca zawsze punktualnie (spróbowałby nie) do domu na kolację o godzinie osiemnastej. Taksówka z jej bagażem w środku – zostanie wysłana na adres ojczulka, o pół godziny później, a potem już tylko na lotnisko!

Punkt o piątej zadzwoniła do drzwi państwa Grzybowskich. Otworzył jej cały rozpromieniony Marcin. Wziął ją w ramiona, pozwoliła się pocałować. Wprowadził ją do salonu. Wszystko urządzone w okropnym socrealizmie. Jak jej się tu nie podobało! Jakże było brzydko, bez gustu i bogato. Nie było porównania z domem Sarah. Pokój zastawiony wielką ilością mebli na tzw. wysoki połysk. Serwantka za szkłem typu kicz. Obrazy na ścianach w stylu „Jeleń na rykowisku", trochę Cepelii, a na podłodze drogi dywan. Kompletne pomieszanie stylów. Na kanapie białe futrzaki. Ohyda – pomyślała Emilka.

Na powitanie wyszła tęga kobieta, wbita w sukienkę z Mody Polskiej.

Liczne wałki po bokach i tłusty dekolt wylewający się z głęboko wyciętej sukni. Widać było ściśnięte dwie półkule. Mocno wymalowana z kilogramem pudru na niemłodej twarzy, okolonej paskudnie na żółto rozjaśnionymi włosami. Podała Emilce pulchną mocno upierścienioną rękę ze słowami:

– Jakże się cieszę, Marcinek pierwszy raz przyprowadza do domu panienkę, musi być pani, kimś bardzo ważnym, szczególnym dla niego.

– Niech mi pani wierzy, że jestem – z uśmiechem odparła Emilka – przepraszam za strój, pani tak pięknie ubrana, a ja w jeansach.

– Ależ nic nie szkodzi, sama bym w nich chodziła, gdybym miała taką figurę jak Panienka – uśmiechnęła się Weronika żółtymi od nikotyny zębami.

– Może się czegoś napijemy i przekąsimy, zanim tata przyjdzie? Czego się napijesz Kochanie – zwrócił się do Emilki – Marcin.

– Wódka z sokiem pomarańczowym – powiedziała Emilka – ale, ale jakaż ja jestem niegrzeczna, nie przedstawiłam się pani. Jenny Brown – powiedziała Emilka korzystając z nieobecności Marcina w pokoju.

– Bardzo mi miło – Weronika Grzybowska.

– Grzybowska, Grzybowska, zaraz, zaraz, gdzieś już słyszałam to nazwisko, ach już wiem. Przyjechałam do Polski przed rokiem zimą. Studiowałam w Krakowie język polski, wie pani, język przodków itd. Gdzieś tak na wiosnę poszłam z koleżankami do Cracovii na kolację. Przy barze stał jakiś staruch i mi się przyglądał, potem podszedł do mnie i się przedstawił – niech pani sobie wyobrazi – też Grzybowski!!! Stąd znam to nazwisko. Zapamiętałam, bo byłam ogromnie oburzona, że taki stary, a ciągnie mnie do łóżka.

– Do łóżka? – Weronika zrobiła się fioletowa na twarzy łącznie z dekoltem (Boże gdzie ten ojciec miał oczy, przed Emilką stanęła postać matki, ślicznej, filigranowej i mimo wieku o wielkiej urodzie, a ta wyglądała jak gospocha ze wsi. Emilka nie mogła sobie wyobrazić, że ta kobieta mogła być kiedyś ładna).

– Do łóżka – powtórzyła – Emilka i ciągnęła jak gdyby nigdy nic – I niech pani sobie wyobrazi, zaciągnął mnie do pokoju pod pretekstem wysuszenia mojej sukienki suszarką do włosów, którą rzekomo miał w pokoju, a sukienka była mokra, bo „przypadkowo" wylał zawartość swego kieliszka na mnie. Ja głupia dałam się nabrać i poszłam za nim, i od razu do łazienki w której żadnej suszarki nie było. Gdy z niej wyszłam czekał na mnie goły.

– Goły? – powtórzyła fioletowa pani domu z trudnością łapiąc oddech.

– Zupełnie goły w gotowości bojowej, pani mnie rozumie nie? – mówiła dalej trącając poufale łokciem pulchne ciało Weroniki – a wcześniej się przedstawił, że jest profesorem psychologii w Nowym Jorku – niech pani sobie wyobrazi!

– I co panienka zrobiła? – powiedziała prawie bez tchu, ta po ojcu „czerwona" a teraz fioletowa – jak myślała o niej Emilka.

– Co? To co powinna zrobić każda uczciwa dziewczyna – przyłożyłam mu w jaja i wyszłam.

Fioletowa skurczyła się w sobie, jak by to ona dostała w te jaja, popatrzyła ze zgrozą na Marcina, który właśnie wrócił z drinkami na tacy i usłyszawszy ostatnie zdanie stał oniemiały.

– Czy powiedziałam coś nie tak? – mówiła Emilka niewinnie, sącząc swego drinka – wiem, wiem, nie powinnam się tak wyrażać, ale jak pomyślę o tym starym satyrze, to jestem strasznie wkurzona. Ciekawa jestem, ile on już panienek nabrał na tę suszarkę i przeleciał w tym hotelu.

– A jak on wyglądał? –odzyskała głos fioletowa, chociaż nie zmieniła koloru.

– No jak by tu powiedzieć, dla mnie stary, ale jeszcze niczego sobie, włosy miał jasne ze srebrnymi nitkami, kręcone, wysoki, dobrze zbudowany – jak mogłam zobaczyć w całej okazałości – i zaśmiała się puszczając oko do fioletowej – niebieskie oczy.

W tym momencie zgrzytnął zamek w drzwiach i z przedpokoju dało się słyszeć głos Artura.

– No, jestem kochani, Marcin pokazuj mi zaraz tą twoją wspaniałą narzeczoną.

Kupiłem dla niej kwiaty! Wszedł do pokoju, popatrzył po wszystkich zobaczył Emilkę i kwiaty wypadły mu z rąk.

– Ty, tutaj? – wymamrotał

– O, kwiaty, uwielbiam kwiaty, dzięki ojczulku.

Reszta stała znieruchomiała, wszyscy przyglądali się wszystkim i każdy rozumiał sytuację inaczej. Wreszcie Marcin, chcąc zażegnać tę ciszę, wyjął z kieszeni pudełko z pierścionkiem i podając je Emilce powiedział:

– Jenny, kochanie, czy chcesz zostać moją żoną, ten pierścionek odziedziczyłem po babce jest dużo warty.

– Po babce? Z której strony? – zapytała Emilka rzeczowo

– Co z której strony, nie rozumiem? Aha, ze strony ojca.

– Ok, to biorę, bo mi się należy, prawda ojczulku?

– Prawda – odpowiedział nie swoim głosem Artur.

– Ale przykro mi Marcinku, nie mogę zostać twoją żoną.

– Ale dlaczego, tak cię kocham Jenny, nie mogę żyć bez ciebie!

– Dlaczego? To już ci wszystko wyjaśni twój tatunio, lubię cię, ale jesteś sukinsyn, nieodrodny synek tatusia.

W tej chwili, ktoś zadzwonił do drzwi.

– A to moja taksówka, zaraz znikam, tylko jeszcze małe wyjaśnienie, naprawdę nazywam się Emilia Grzybowska, a kim jestem wyjaśni wam Arturek – dobrej zabawy!

– Aha, jeszcze jedno – Weroniczko – to co opowiadałam o Cracovi – to wszystko najprawdziwsza prawda – to też niech ci wyjaśni twój mężulek. Żegnam i życzę ojczulku miłego wyjaśniania – wyszła uśmiechając się promieniście.

W taksówce na lotnisko uśmiechała się dalej, tak, że taksówkarz spytał czy cieszy się tak ze swego wyjazdu i gdzie się udaje, czy daleko.

Daleko – odparła Emilka i pogrążyła się w miłym rozmyślaniu. Ale teraz musi być u nich wesoło. Po pierwsze, jak Marcinek dowie się, że jestem jego siostrą, to będzie wściekły na ojca. Tak bardzo wściekły – jak bardzo jej pragnął i tak jak się przed nią wygłupił.

W jej planie było wprawdzie zabranie z sobą Marcinka do Ameryki ku zgryzocie rodziców. Ale ojciec jak i syn sami jej się podstawili i mogła to tak rozegrać jak w rezultacie rozegrała. Była pewna że Weroniczka odpowiednio zatruje ojczulkowi życie, oj zatruje. Ach, cóż to za cudowne uczucie! Zemsta jest lepsza niż orgazm, jest tak słodka jak karmelki, których smak uwielbiała!

Rozdział szósty
Ameryka

Samolot do Londynu miał spóźnienie, po drodze były jakieś burze czy inne kataklizmy. Emilka miała przy sobie 20 tysięcy dolarów. Takiej kwoty nie wolno było jej wywieść. Postanowiła je schować. Uważała że jest sprytna i pomysłowa. Indianie nazwali by mnie „Przebiegły lis" myślała o sobie zakupując paczkę prezerwatyw.

Następnie dwadzieścia 100 dolarówek zwinęła w rulonik, wsadziła do prezerwatywy i schowała w wiadome miejsce w majteczkach. Wszystko to wykonała jeszcze w hotelu przed kolacją u Grzybowskich. Trochę jej to przeszkadzało, ale kupiła sobie elastyczne i obcisłe majteczki, aby w żadnym wypadku nie zgubić rulonika.

Ale na lotnisku, musiała skorzystać z toalety. Do tej czynności była zmuszona wyjąć prezerwatywę. Położyła ją na chusteczce na denku zamykanego kosza na śmieci.

Załatwiła się i wyszła. Potem wszystko potoczyło się tak szybko. Podróż z Warszawy do Londynu okazała się niezbyt przyjemna, ze względu na turbulencje na tej trasie.

Do tego samolot do Nowego Jorku nie odlatywał z tego lotniska na którym lądowała.

Miała dwie godziny do odlotu, a autobus – na drugie lotnisko, położone o co najmniej godzinę jazdy od tego, na które przyleciała – ciągle się nie zjawiał. Podróżni otrzymali kolorowe plastikowe kartki, których kolor decydował w jaki autobus należało wsiąść.

Emilka dostała plastik w kolorze zielonym, a podjeżdżały autobusy z kolorami na przedniej szybie takimi jak: niebieski, żółty, fioletowy, szary, czarny, pomarańczowy, a zielonego jak nie było, tak nie było. Zdenerwowana podeszła do dyspozytorki, a ta ze stoickim wprost spokojem (z angielską flegmą) odpowiedziała że jak przyjedzie to będzie. Oni wiedzą lepiej, kto ma na jaki samolot zdążyć i niech spokojnie czeka, a nie zawraca głowy jak ludzie pracują. Miała rację – przyjechał, ale do odlotu pozostała godzina i 10 minut. Zamiast podziwiać świat za oknem, pełen typowo angielskich wiejskich krajobrazów –domków obrośniętych kwieciem, czy owieczek spokojnie pasących się na bardzo zielonych przestrzennych łąkach (autobus jechał obwodnicą Londynu) – patrzyła na zegarek. Dojechali dokładnie na 5 minut przed odlotem samolotu. Na szczęście bagaże były przewiezione wcześniej, bo by nie zdążyła. Była jedyną z tego autobusu, która leciała do Nowego Jorku i pędząc po ruchomych taśmach dobiegła na ostatnią minutę do swojego Gate'u. Stewardessy już na nią czekały i zaprowadziły szybkim krokiem do samolotu. Była zdyszana, spocona, zmęczona. Opadła na fotel i ciężko dyszała. Na szczęście matka nie była skąpa – w celu pozbycia się niewygodnej córki, nie liczyła się z kosztami i Emilka miała miejsce w business klasie. Na wstępie dostała kieliszek szampana zmieszanym z sokiem pomarańczowym. Emilka wypiła jednym haustem.

Potem, gdy samolot osiągnął już właściwą wysokość – rozłożyła wygodny fotel i zapadła się w nim, nawet nie obejrzała do końca pierwszego filmu – zapadła w sen. Gdy się przebudziła, stewardessa przyniosła jej kartę menu ze słowami – Przespała pani kolację, może podać jakąś przekąskę?

Zamówiła, zjadła, obejrzała kolejny film i znowu zapadła w sen. Obudzono ją na śniadanie. Gdy otworzyła oczy miała wrażenie, że o czymś zapomniała. Myślała chwilkę i nagle straszne olśnienie.

– Prezerwatywa!!! zawołała na głos i złapała się za krocze.

Jej reakcja wzbudziła zainteresowanie współtowarzyszy podróży. Wprawdzie była tu jedyną Polką, niemniej jednak słowo – prezerwatywa – jest rozumiane w wielu językach i do tego ten jej gest. Pierwszy raz w życiu poczuła się głupio. Powiedziała głośno – sorry – i usiadła potulna i cicha w swoim fotelu konsumując śniadanko.

W jej mózgu była burza z piorunami. 20 tysięcy dolarów! Ten kto to znalazł, obłowił się niepomiernie. W tym czasie można było w Polsce kupić fiata Polskiego 125 za 1600 dolarów! A ona zgubiła dziesięć samochodów! Te pieniądze miały jej zapewnić komfort psychiczny w Kalifornii, aby nie musiała uzależniać się od ciotki. Była przerażona! „Przebiegły lis" pomyślała ironicznie – teraz Indianie nazwali by ją „Dupa wołowa" albo jeszcze gorzej! Trzeba myśleć logicznie, myśleć logicznie, myśleć logicznie! Nic mi nie pomoże użalanie się nad sobą. Nawet gdybym się zorientowała na lotnisku, to wystarczyła jedna osoba za mną i tych pieniędzy już by nie było. Trudno, nic nie poradzę, będę musiała zarabiać. A czy przyznam się do tego – nowo poznanej rodzinie? To się jeszcze okaże, co to za ludzie! Koniec mazgajenia – nauczka na całe życie! Wszystko robić solidnie, powoli, bez pośpiechu. Bo kto robi na łapu capu, byle dalej, byle szybko, to wychodzi na tym, jak ja na prezerwatywie – myślała.

Z błędów należy wyciągać wnioski, słuszne wnioski i szukać pozytywów. Ale co może być pozytywnego w utracie tak ogromnej sumy pieniędzy? Wiem, dobrze że nie zachciało mi się sikać u Grzybowskich! Takiego wzbogacania, nie kochanej rodzinki nigdy bym sobie nie wybaczyła. Lepiej jest znieść świadomość, że może jakiś biedak polepszył swój los..

Była już razem z przerwą w Londynie – 13 godzin w drodze. I znowu ta sama historia lotniskowa. Z lotniska Kennedy'ego – na lotnisko lokalne – La Guardia. Tę trasę, bo już z bagażem, pokonała taksówką oglądając z okien miasto. Nawet z taksówki wyglądało tak fascynująco, że postanowiła tu wrócić. Wychyliła się przez okno i zawołała po polsku – słuchaj Nowy Jorku – na pewno do ciebie wrócę! Taksówkarz nawet się nie obrócił – jeździł przecież po mieście, gdzie nic nikogo nie dziwiło i wszystko było dozwolone.

Jeszcze parę godzin lotu i wreszcie osiągnęła swój cel – Los Angeles.

Zatłoczone lotnisko, przepychający się ludzie i bagaż. Na szczęście mimo tych licznych, przesiadek jej rzeczy doleciały i tutaj. Wzięła walizkę z taśmy. Czuła się jak przepuszczona przez maszynkę do mięsa i do tego brudna.

Zanim wyszła – skorzystała jeszcze z toalety, umyła zęby, troszkę się podmalowała, uczesała. Wyjęła świeży T–Shirt z walizki – tu było ciepło, ale nie tak upalnie jak w Warszawie, gdy wyjeżdżała. No, teraz nie będzie taki wstyd, witać nową rodzinę. Ciotki nie znała nawet ze zdjęć. Pewnie jest w stylu Sarah, – myślała – ich matki były bliźniaczkami jednojajowymi, ale przecież ciotka mogła być podobna do swego ojca. Gdy wyszła, od razu ją zauważyła – nie była podobna do ojca. Mogła być siostrą Sarah.

Ona mnie na pewno nie pozna – myślała Emilka – to mogę się jej najpierw przyjrzeć. Śliczna jak jej matka, drobniutka brunetka z ogromnymi czarnymi oczyma.

Ciemne długie włosy zaczesane miała gładko od czoła i związane w węzeł na karku.

Ubrana w nieskazitelnie białą, na oko okropnie drogą, lnianą sukienkę. Do tego biała torebka z dobrej skóry, typu worek na 10 kg ziemniaków i białe klapki – też nie wyglądające na tanie. W ręku trzymała tabliczkę z napisem „EMILY".

Emilka jeszcze nie wiedziała, że właśnie tego dnia zniknie jej imię Emilka, że od tego dnia 15 sierpnia 1979 roku zostanie już na całe życie przechrzczona na Emily.

Podeszła do ciotki, przyzwyczajona do chłodnych przywitań rodzinnych, podała jej rękę i powiedziała:

– Dzień dobry ciociu, jestem Emilia Grzybowska.

– Dzień dobry kochanie! Och, jak cudownie, że mówisz po angielsku, już się obawiałam, że się nie dogadamy. Mój polski przypomina mieszaninę esperanto z suahili, no, co tak formalnie – rzuciła tabliczkę na ziemię – i wzięła ją w ramiona. – Tak się cieszę, że cię wreszcie mogę zobaczyć i obcałowywała jej twarz – Nie mam dzieci, choć bardzo chciałam je mieć – ale wiesz, to jest Hollywood – ludzie tu nie mają na nic czasu, praca i do tego właściwa, dobry wygląd – to są rzeczy, które tu mają znaczenie. I ja tak myślałam – później, później, aż było za późno.

Ale co ja ci tu opowiadam dyrdymały, na pewno jesteś bardzo zmęczona – więc do samochodu i do domu. Na ploty będziemy miały dużo czasu! Z poznaniem Wujka, musisz poczekać jakieś dwa tygodnie, jest scenarzystą i według jego scenariusza wystawiają musical na Broadway'u w Nowym Jorku. Scenariusz napisał na podstawie jakiejś książki i autor prosił go o dopilnowanie prawdziwości. Czyli pracuje jako pies łańcuchowy. Ale nie martw się, będziemy miały urozmaicone życie przez te dwa tygodnie, zapewniam, że nie będziemy się nudzić.

Zresztą po co nam chłopy jak mamy siebie? Nie?

Emilka pomyślała, jakaż ona inna od mej matki, pewna siębie, dowcipna – a nie takie zaszczute zwierzątko jak Sarah.

Wyszły przed lotnisko. Na zewnątrz panowała ciepła pogoda, jakieś 25, 26 stopni. Po klimatyzowanym lotnisku, była to przyjemna odmiana. Wsiadły do czerwonego mercedesa sportowego – kabrioletu.

– Wiesz mała, tu niestety tańczysz jak marionetka, pod muzykę otoczenia.

– Lubię chryslery, a kupiłam merca, bo to jeden z najdroższych samochodów, wiadomo trzeba sprowadzać na specjalne zamówienie. Prawie szyją ci na twoją miarę – pieniężną. Przed tobą nie muszę nic udawać. Mam pieniądze, dużo pieniędzy, moglibyśmy z Clarkiem – tak ma na imię twój wujek – w ogóle nie pracować, ale to nie leży w naszej naturze. Po drugie jak ktoś ma takie pieniądze jak ja, to się do nich nie przyznaje, bo to niebezpieczne. Nawet Clark nie wie, ile ja tego mam. Tak jest pewniej, kocham go nad życie, ale moje drugie, nie trzecie imię – to „Przezorna" i radzę ci też takie przyjąć – to pomaga w życiu.

Lorelay – na którą wszyscy mówili Lola, opowiadała jeszcze dalej, ale w pewnym momencie zauważyła, że dziewczyna śpi. Pomyślała – Boże jaka ona musiała być zmęczona.

I zaczęła jej się przyglądać. Burza, jasnych mocno skręconych loków sięgająca jej do pasa, oczy miała... można powiedzieć rodzinne, nie, nie jest ładna, ale ma w sobie tyle uroku, że zawojuje każdego. Podobała jej się. Tak – bardzo jej się podobała. Będzie im naprawdę dobrze razem.

W pierwszej chwili, gdy Sarah zadzwoniła z pytaniem – Czy mogę do ciebie przysłać moją córkę? – właśnie zdała maturę – pomyślała, o Boże, pewnie jakaś rozpuszczona nastolatka. Ale się zgodziła. Była to przecież teraz jej jedyna i najbliższa rodzina. Poza tym była jej ciekawa. I nie zawiodła się. Emily jest taka, jaką chciała zobaczyć – moja grupa krwi – pomyślała Lola.

– Obudź się śpiochu jesteśmy na miejscu – powiedziała wesołym głosem do dziewczynki. Emilka otworzyła oczy.

– Przepraszam ciociu – jestem już tyle godzin w drodze – że nie zauważyłam jak zasnęłam, a tak chciałam wszystko zobaczyć po drodze!

– Jeszcze się napatrzysz, nie bój się, i nie mów mi ciociu – to tak oficjalnie, poza tym postarza mnie to, a jesteśmy przecież w Kalifornii, gdzie nie ma ludzi starych, są tylko młodzi i przerobieni na młodych. Ja niestety należę do tej drugiej kategorii.

Lorelay, pilotem otworzyła bramę na wspaniały ogród, cudownie utrzymany.

– Lola, to chyba nie ty? Spytała Emilka patrząc na cuda w tym ogrodzie.

– Co nie ja?

– No, zajmujesz się tym ogrodem?

– Pewnie, że nie ja. Mamy ogrodnika. Zajmuje się trzema sąsiednimi posesjami i naszą.

Jechały żwirową ścieżką wśród egzotycznych drzew, palm i krzewów. Emilka z brodą opartą na swojej stronie samochodu, przyglądała się z zaciekawieniem. A więc w tym zaczarowanym ogrodzie, ma spędzić najbliższy czas. Podjechali pod dom, Lola zatrąbiła i z domu wybiegła pokojówka – krzepka Meksykanka i dygnąwszy przed nimi zajęła się bagażem.

– Teraz przede wszystkim prysznic – królestwo za prysznic – powiedziała patetycznie Emilka – i świeże ciuchy, chyba te co mam na sobie spalę – bo to wszystko cuchnie potem, podróżą i strasznym jedzeniem samolotowym.

– Rzuć to na podłogę w łazience, Consuelo zajmie się tym. Masz się w co przebrać?

– Coś tam mam, w Polsce nie chodzimy nago, bo za zimno – zaśmiała się Emilka

– Wiem, wiem, aż taką ignorantką to nie jestem, wiem o was wszystko, bo się tym interesuję. Ale nie widziałam za dużo bagażu u ciebie dziecko.

– Bo nie wzięłam wiele z myślą, że tu się wyposażę – ale na to wychodzi, że nie będę mogła.

– A to czemu?

– Głupia historia, i obiecałam sobie, nikomu jej nie opowiadać – powiedziała Emilka spuszczając głowę i chyba pierwszy raz w życiu rumieniąc się ze wstydu.

– Od dzisiaj jestem twoją przyjaciółką – najlepszą na jaką możesz liczyć i w związku z tym, wszystko możesz mi powiedzieć i być pewną, że zostanie jak kamień w studni. Chyba że nie chcesz, mówić, to nie mów. Powiesz mi co będziesz chciała. Ok?

– Ok – powiedziała Emilka – i opowiedziała całą historię z prezerwatywą, lotniskiem i pieniędzmi.

Lola roześmiała się, śmiała się uroczo całą swoją sylwetką, śmiała się i śmiała i nie mogła opanować. A to dobre! – powtarzała.

– Lola, nie śmiej się, to kupa pieniędzy. Dla ciebie to śmieszne, bo nie rozumiesz co to znaczy żyć w tym systemie, mając swoje pieniądze nie możesz je swobodnie z sobą zabrać, czy przelać na konto bankowe. Ja rozumiem, że każdy kraj się broni przed wywozem dolara poza granice, ale bez przesady.

– Przepraszam cię mała, nie śmiałam się z ciebie, tylko z tej absurdalnej sytuacji. Pewnie, że to duża kwota. Ale nie zapominaj, że masz bogatą ciotkę, która nawet nie ma komu zostawić tych pieniędzy które ma, a nie zdąży ich wydać za życia. Jak już sobie odpoczniesz, to pojedziemy do pięknych butików i kupimy co trzeba. Zrobisz mi tę przyjemność?

– Oczywiście, czego się nie robi dla przyjaciółki – odparła ze śmiechem Emilka.

Dom oczarował ją zupełnie. Druga jego strona położona była prawie na plaży Malibu. Strona domu od morza była cała oszklona. Pokój w którym Emilka spędzić miała następny czas, był w kolorze niebieskim i odbiegał tym od bieli reszty domu. Tu wszystko było blue wraz z łazienką, w której nawet mydło i płyn do kąpieli miały kolor błękitu. Emilka stanęła przed oszkloną ścianą i patrzyła na ocean. Patrzyła jak jego fale spokojnie liżą piasek plaży.

– No co, Mała, podoba ci się? – spytała ciotka, uśmiechając się do dziewczyny.

– Podoba? Jestem wstrząśnięta, pięknem tego miejsca. A co się dzieje jak jest sztorm na oceanie?

– Nic się nie bój – te szyby są pancerne, żaden sztorm nie da im rady. Jak chcesz słyszeć szum wody to uchyl to okienko, a jak nie to zamknij i już nic nie słychać

– Cudnie, po prostu cudnie i ten pokój jak cukierek!

– Jak dowiedziałam się, że przyjeżdżasz, to od razu go przerobiłam, aby był stosowny do panny w twoim wieku.

– Och dziękuję – powiedziała Emilka i rzuciła się ciotce w ramiona, czym była bardziej zdziwiona niż Lola.

Dla ciotki była to normalna spontaniczna reakcja, dla Emilki, własne niepojęte zachowanie.

Dwa tygodnie, które spędziły same, upłynęły im bardzo przyjemnie. Lola była menadżerem i w swej kartotece, miała znanych i lubianych aktorów. Zabierała Emilkę ze sobą do biura i ta pomagała jej w pracy. Jeszcze były wakacje, a Emilka nie bardzo wiedziała, co by chciała w życiu robić, a zatem, na jakie studia powinna się udać. Na razie spędzała każdą chwilę ze swą ciotką i coraz bardziej jej się to podobało. Ze zdziwieniem musiała przyznać, że bardzo Lolę lubi, bardziej, niż kogokolwiek. Tak naprawdę kochała tylko Stenię, swoje koleżanki ledwo tolerowała.

A teraz to uczucie do ciotki – zaskoczyło ją samą bardzo. Bała się uczuć.

Jakichkolwiek uczuć. Wiedziała, że osłabiają, łagodzą charakter, a tego nie chciała.

Jednak coraz bardziej przywiązywała się do ciotki. Zachowanie Loli w stosunku do niej pogłębiało niechęć do matki. Lola była dla niej taka – jaką mamę Emilka by mieć chciała. Uważała, że jest prawie dorosła, więc odpowiadało jej to, że sama ciotka ich stosunki umieściła w przedziale przyjaźni. Chodziły na lunch, na kolacje do znanych lokali, gdzie przychodziły prawdziwe gwiazdy ekranu. Gdy pierwszy raz przyszła do biura ciotki i weszła jakaś znana postać – dla reszty personelu było to normalką – Emilka stała z wytrzeszczonymi oczyma i nie była się w stanie ruszyć z miejsca, tylko się głupawo uśmiechała.

Tego dnia ciotka wzięła ją na bok i powiedziała:

– Kochanie, musisz się przyzwyczaić. Przez te drzwi będą stale przechodzić znane osoby z gazet, filmów itd. Ale postaraj się o nich myśleć tak: Oni miewają zatwardzenie, albo za przeproszeniem sraczkę, Boli ich brzuch lub ucho. Śpią, biegają, kopulują i pracują jak każdy inny człowiek. Jak będziesz się głupio czuła w towarzystwie jakiegoś osobnika, bo jest bardzo znany, wyobraź go sobie na ustępie, albo gołego i ci przejdzie.

Od tego dnia Emilka tak właśnie robiła i stwierdziła, że to doskonale funkcjonuje. Poza tym, na każdym kroku spotykała kogoś znanego i po tygodniu jej to spowszedniało.

Bardzo podobała jej się praca ciotki. Wyręczała ją już w wielu sprawach. I według niej za szybko upłynęły te dwa tygodnie swobody. Tak dobrze czuła się u Loli w pracy czy w domu. Nie mogła sobie wyobrazić, że zjawi się tu jakiś obcy facet i tą intymność jaka się między nimi wytworzyła – zburzy.

Nie wiedziała jak ten przyszywany wujek wygląda, bo Lola nie cierpiała zdjęć i w domu, żadne – jak to w Ameryce bywa w każdym domu wiszą na ścianach lub stoją na meblach duże ilości rodzinnych zdjęć – nie było wystawione. Może istniały jakieś albumy, ale jeśli nawet, to ciotka zbywała ją – jest tyle ciekawszych rzeczy na tym świecie, na cóż ci starocie. Natomiast opowiadała jej dużo o mężu, jak go bardzo kocha, że są dobrymi przyjaciółmi, dobrymi kochankami i dobrymi małżonkami.

Opowiedziała jej też o dziadkach, których Emilka wcale nie znała, Sarah nie miała nawet ich zdjęć.

– Wiesz, Emily – twoi dziadkowie, to była niecodzienna para. Oni do śmierci świata za sobą nie widzieli. Zresztą zmarli niedawno. Szkoda że ich nie mogłaś poznać. Potworni egoiści, myśleli tylko o sobie, to znaczy jedno o drugim, a reszta świata była im niepotrzebna.

Gdy twoja babka umarła, jej mąż przeżył ją tylko o dwa dni. Po prostu umarł z tęsknoty za nią. To powiedzenie „nie mogę bez ciebie żyć" do nich odnosiło się w pełni.

– A jak wyglądali? – Pytała Emilka ciekawie – bo mama nie chciała na ich temat nawet myśleć, a co dopiero mówić!

– Zupełnie ją rozumiem, od chwili jej urodzin nie interesowali się nią zupełnie. Potem popłynęli do Ameryki i zostawili ją samą w kraju, gdzie wybuchła wojna. Niejednokrotnie słyszałam jak moja mama i twoja babcia kłóciły się na ten temat. Moja nie mogła zrozumieć, jak można zostawić, jedyne dziecko na pastwę losu. Moja mama chciała mieć bardzo dużą rodzinę, ale niestety parę razy poroniła i zaprzestała prób, jednak była z tego powodu nieszczęśliwa, że ma tylko jedno dziecko. Lecz dla mnie była najlepszą z mam. Gdy czasami słyszałam ich kłótnie, na temat twojej mamy, bardzo mi było jej żal i nie dziwiłam się wcale, że nie chce przyjechać do nich, nawet zobaczyć przed śmiercią po raz ostatni. Pytasz jak wyglądali. Twoja babcia była najpiękniejszą kobietą jaką udało mi się widzieć w życiu, zresztą moja mama też. Były przecież jednojajowymi bliźniakami, wyglądały identycznie, ale charaktery miały całkiem różne. Chodź pójdziemy na cmentarz żydowski, tam są w kamieniu ich fotografie. Nie jest to zwyczajem żydowskim, umieszczanie zdjęć na grobowcu, ale myśmy to zrobili, tak bardziej po europejsku, czy po chrześcijańsku jak wolisz.

Pojechały razem na cmentarz, Emilka złożyła na rodzinnym grobowcu kwiaty i obejrzała zdjęcia dziadków i rodziców ciotki. Musiała przyznać że babka jak i jej siostra nawet w starszym wieku były pięknymi staruszkami. Ale cóż znaczy zewnętrzne piękno?

Po pewnym czasie Emilka przekonała się, że zawód menedżerski, szczególnie tu w Beverly Hills jest bardzo przydatny. Lorelay miała w swej kartotece nie tylko wielkie gwiazdy, ale i parę początkujących aktorek i aktorów. A całe ich stada chciały się dostać pod jej skrzydła.

W drugim tygodniu przez pracę w agencji u ciotki, Emilkę znał już cały Hollywood. Przyszli, a niedoszli posiadacze oskarów pracowali głównie jako kelnerzy (-ki), barmanki lub na stacjach benzynowych. I każdy z nich przy nadarzającej się okazji starał się wepchnąć Emilce swoje zdjęcia. Oczywiście profesjonalnie wykonane, które kosztowały majątek u dobrego fotografa, ale każdy z tych chłopców i dziewczyn marzył o karierze. W tym to celu przyjechali z odległych krańców Ameryki, aby w tej fabryce snów znaleźć maleńkie miejsce dla siebie. Emilka nie widziała jeszcze na tak małym kawałku ziemi – takiej ilości urodziwych ludzi. Nic dziwnego też, że ci wszyscy którym już się udało, których nazwiska przyciągały na filmy milionową publikę na całym świecie, aby nie wypaść z siodła, musieli się zaprzyjaźnić ze skalpelem najlepszych chirurgów plastycznych. Na licznych przyjęciach głównym tematem rozmów było to, co kto nowego sobie zrobił, naciągnął, poprawił, pomniejszył, powiększył i ile za to zapłacił, kto robi to najlepiej itp.

Emilkę z jej dziewiętnastoma latami, i nieskazitelną figurą śmieszyło to bardzo. Uważała, że jest ponad to, że to jej nie dotyczy i dotyczyć nigdy nie będzie.

Ale dopiero potem nauczyła się, że należy słowo „nigdy" wykreślić ze słownika.

Na razie uważała, że znalazła miejsce na ziemi, gdzie czuje się wspaniale, gdzie chce żyć i zostać na zawsze. Główną tego przyczyną była ciotka. Pokochała ją tak jak kochała Stenię, a może bardziej, bo świadomie.

Z przerażeniem stwierdziła, że ta miłość do ciotki pozbawiła ją instynktu samozachowawczego, tej nienawiści do świata, przez którą miała ten „ostry pazur" pozwalający iść przez życie do celu nawet po trupach. A przez miłość do ciotki, patrzyła na otaczające ją środowisko łagodniej.

Dwa tygodnie przeleciały tak szybko! Emilka z przestrachem myślała o powrocie tego „starucha" jak go w myślach nazywała. Wiedziała, że ciotka tak jak i matka, musi być już po pięćdziesiątce (choć wyglądała najwyżej na 35) to ten jej Clark jest na pewno staruchem (ciągle miała przed oczami obraz gołego ojca). Na tę myśl otrzepała się z obrzydzeniem. Lola zapomniała albo celowo nie wspomniała, że Clark jest od niej dużo młodszy.

W piątek Lola powiedziała do niej przy śniadaniu.

– Dzisiaj po przerwie obiadowej, idziemy kupować sukienki. Muszą być wystrzałowe, bo jesteśmy zaproszeni do największego producenta. Mieszka oczywiście w pałacu, otoczonym ogromnym bajkowym ogrodem wejście tylko za zaproszeniami. Zobaczysz, będą tłumy. To przyjęcie jest zawsze wydarzeniem sezonu. Zapraszani są tylko ludzie znaczący coś w branży.

– I dla mnie też masz zaproszenie? – zapytała zdziwiona Emilka.

– Oczywiście, czy pani jeszcze nie wie, Emily – że jest pani prawą ręką bardzo znanej menedżerki w której kartotece chcą się znaleźć wszyscy? Wiadomo, my mamy nosa do dobrych filmów i jak my kogoś umieścimy w jakiejś produkcji, to jest wielka kasa, dla filmu i aktorów i dla nas, i dla nas – mówiła to patetycznie jak sprawozdawca TV. Roześmiały się obie.

– Jest tylko jedna trudność Emily. Clark przylatuje wieczorem i pojadę go odebrać z lotniska. Zawiozę cię najpierw na to przyjęcie, pojadę po niego, a potem zjawimy się razem. A widząc rozczarowaną minę Emilki spytała,

– Nie podoba ci się ten plan?

– Nie, dlaczego, wszystko w porządku.

– No powiedz że wreszcie, przecież widzę po minie!

– Nie, nic, naprawdę, tylko trochę się martwię, że jak twój mąż wróci, to nie będzie tak klawo jak teraz – powiedziała ze smutkiem w głosie Emilka.

– Ach to cię gryzie, zapewniam cię, jak poznasz Clarka, to pokochasz go jak ja. To wspaniały człowiek, miły, dowcipny, serdeczny – na pewno się polubicie!

Po lunchu, który zjadły w miłej i znanej restauracji, poszły na zakupy. Dla Loli kupiły bardzo elegancką prostą „małą czarną", a dla Emilki jedwabną, kusą, jasnoniebieską sukieneczkę i w takim też kolorze sandałki. Składały się z kilku niebieskich paseczków i kosztowały majątek. Emilka jak i jej ciotka miały śniade karnacje. Z tym że dziewczyna była już mocno opalona. Kolor niebieski, podkreślał jej piękny kolor skóry, a śliski jedwab opływał jej młode i jędrne kształty.

Gdy ubrały się już do wyjścia w sobotę, to na widok Emilki, która rozpuściła swoje zwykle upięte do góry loki – Ciotka zawołała:

– Wwwwau! Ależ ty cudownie wyglądasz! Uważaj na chłopów dzisiaj wieczór, bo cię połkną razem z kośćmi!

– Tobie, Lola też nic nie brakuje, dzisiaj to wyglądasz na najwyżej 30. Jak ci będą dawać więcej to nie bierz!

– Ok, nie wezmę. A to wszystko dla mojego wyczekiwanego mężusia!

Całe popołudnie spędziły u kosmetyczki, aby tak wyglądać. Napatrzył się w Nowym Jorku na piękne i młode aktorki, to muszę z nimi konkurować nie?

– Ach, miłość musi być piękna – zadrwiła Emilka

– Nabijaj się, nabijaj! I ciebie kiedyś dopadnie zobaczysz!

– Nigdy w życiu! – zarzekała się Emilka.

Podjechały samochodem pod wjazd do rezydencji. Przed bramą wjazdową była kolejka drogich limuzyn. Wjechały do wspaniałego parku i Lola podwiozła Emilkę przed główne wejście i dała jej zaproszenie. Ze słowami, to do zobaczenia baw się dobrze – pojechała na lotnisko.

Emilka weszła do ogromnego holu, pełnego ludzi. Gwar rozmów, światło lekko przyciemnione, piękne dekoracje. Bywała już z ciotką na różnych partii, ale na takim zbiegowisku próżności jeszcze nie była. Poczuła się trochę nieswojo, mimo, że od czasu do czasu, ktoś do niej wołał:

– Hello Emily!

Przeszedł kelner z szampanem, udało jej się złapać kieliszek. Rozglądała się dokoła i nagle napotkała czyjeś oczy. Wpatrywały się w nią z dużym zainteresowaniem. Były zielone jak szmaragdy i należały do wysokiego, a raczej dużego mężczyzny o długich za uszy rozwichrzonych włosach, nieco przyprószonych siwizną jednak jeszcze kruczo czarnych. Jego twarz nie była piękna, ale męska. Tak, o takich twarzach mówiono męska. Ma chyba trzydzieści – czterdzieści – oszacowała go Emilka. Szedł w jej kierunku, mimo setek ludzi przeszkadzających mu w tym, a ona zahipnotyzowana tą zielenią, nie mogła od niego oderwać wzroku i także przepychała się do niego. Wreszcie dotarł do niej, złapał ją za rękę i powiedział:

– Chodź, wiem jak się stąd wydostać! – poszła za nim trzymając mocno jego dłoń.

Wydostali się do drugiej sali, zupełnie już nastrojowo ciemnej, gdzie grała muzyka i kilka par tańczyło. Odstawili kieliszki i zaczęli tańczyć. Czuła jego mocne ręce przez cienki materiał sukieneczki, i przez jej ciało przeszedł dreszcz. Ale to nie było pożądanie, to było coś innego, czego jeszcze nigdy dotąd nie odczuwała.

W ustach sucho, przełykała ślinę ciężko, w brzuchu latały motyle. Co się ze mną dzieje? – myślała intensywnie, chociaż to obezwładniające ją uczucie nie bardzo na to pozwalało. Miłość? To jest ta osławiona miłość? Przecież nie znam faceta, widzę go pierwszy raz w życiu – to podpowiadał rozsądek – ale nie chcę by mnie wypuścił z ramion, niech ta chwila trwa wiecznie – czy to przemawia przeze mnie miłość?

Nie bzdura, nie zakocham się nigdy, a co dopiero w facecie, którego znam od paru minut!

Ale jak on pachnie! Całował jej szyję, a ona myślała – jeszcze nikt mnie tak nie całował. Boże, co się ze mną dzieje, co się dzieje! Ale tańcząc z nim zapominała o całym świecie, o swej obojętności do rodu męskiego, o jedynym uczuciu jaki chciała znać, o uczuciu zemsty, o przyrzeczeniach – nie zakocham się nigdy – Nie, już nic nie myślała, bo już myśleć nie mogła. Był on, była ona i była ta chwila. A reszta? – Nie ma reszty, a jak jest to mnie nie obchodzi..

– Śnisz mi się czy jesteś naprawdę? – spytał mężczyzna

– Jestem naprawdę. A ty?

– Ja też niby jestem, ale nie wiem co się ze mną dzieje.

– Ja też, ja też.

– Wiem tylko, że jesteś najcudowniejszym zjawiskiem, niebieskim lub niebiańskim obłoczkiem. Chciałbym ci nadać imię...

– Nazywam się...

– Ciiiiii – powiedział nieznajomy, nazywasz się „Obłoczek" i pocałował ją w usta. Przez całe ciało przeszedł dreszcz. Nie mogła się powstrzymać i pocałowała go również. On złapał jej rękę i wyszli do ogrodu.

Na zewnątrz było już zupełnie ciemno i przyjemnie chłodno. Prowadził ją za rękę i szli w milczeniu. Gdy weszli w część ogrodu do której nie dochodziły światła domu, stanęli. On wziął ją w ramiona i zaczął całować. Ona jak szalona oddawała te pocałunki. Zdjął marynarkę rzucił ją na wilgotną trawę i położył się na niej pociągając Emilkę na siebie. Zdjął z niej sukienkę, pod którą miała tylko niebieskie tanga i nie dotykając jej patrzył, patrzył i patrzył. Ona jak zahipnotyzowany wąż, także patrzyła mu w oczy, następnie nie odrywając wzroku od niego, zaczęła go rozbierać. Potem zdjęła tanga i siedziała na nim golusieńka. A on gładził jej piersi i szeptał; jesteś doskonała, jak rzeźba z brązu, doskonała, doskonała. Potem zaczął całować jej piersi, a ona czując go w środku, zaczęła się lekko poruszać.

Wszystko to co wiedziała o seksie, wszystko to co dotychczas przeżyła, nie było godne by zostało w jej pamięci. To co teraz przeżywała, było jedynym doznaniem wartym zapamiętania. A więc to jest miłość – myślała, gdy przy każdym ruchu, rozkosz zalewała jej ciało. Tak wygląda miłość. Przestała myśleć o czymkolwiek, zmysły zawładnęły nimi całkowicie. Już byli tylko rozszalałym zaspokojeniem. Wreszcie z wyczerpaniem Emilka opadła na pierś mężczyzny i rozpłakała się pierwszy raz od niepamiętnych czasów. On gładził jej włosy i mówił: no, już dobrze, Ptaszyno moja, już dobrze. A gdy zaczęła się uspakajać, znowu zaczęli patrzyć sobie w oczy i on spytał:

– Dlaczego płaczesz kochanie moje?

– Chyba ze szczęścia, sama nie wiem, jeszcze nigdy nie byłam tak szczęśliwa, chyba pierwszy raz w życiu się zakochałam, nie znałam tego uczucia, do momentu zobaczenia ciebie, a nie chciałam się zakochać nigdy! Jeszcze dzisiaj zarzekałam się, że nie pokocham, nigdy nikogo...

– Nie trzeba dziecino, nie trzeba, to nie miłość, to zmysły.

– Mylisz się, ja wiem co to są zmysły. Wierz mi. Umiem jak nikt – nawet taki dorosły jak ty mężczyzna – odróżnić seks od miłości.

– Pięknie to powiedziałaś – dorosły mężczyzna, nie stary, a dorosły! Ale nie trzeba mnie kochać, ja już nie jestem wolny, nie trzeba.

Na te słowa, Emilka podniosła się i pobiegła przed siebie, pędząc ile sił w nogach.

Porwała tylko leżącą na ziemi sukienkę. Śliski materiał spłynął na jej ciało. Pędziła i nie mogła opanować łez. Wreszcie opadła na jakąś ławkę i rozszlochała się na dobre. Tak, teraz masz karę – myślała. Zakochałaś się, a on nie jest wolny. To kara, kara za to że zabierałaś mężczyzn innym kobietom, kara, kara, kara. Łkała tak dłuższą chwilę, wreszcie otoczyły ją znajome już ramiona i ciepły głos szeptał jej w kark.

– Proszę cię nie płacz już, wszystko będzie dobrze. Przeżyliśmy coś niesamowitego. Nie jestem mężczyzną, który sypia na przyjęciach z nastolatkami. Zaczarowałaś mnie. Nie wiem jak to zrobiłaś, ale zaczarowałaś. Ja też nie jestem tym samym człowiekiem, który przyszedł na to przyjęcie. Coś się ze mną stało, coś się między nami stało. Ale nie chcę wiedzieć, ani jak się nazywasz, ani gdzie mieszkasz. Bo gdybym to wiedział, nachodziłbym cię może, a tego nie chcę. Zostawmy to losowi. Jeśli będzie chciał, to nas połączy znowu. A jeżeli nie – to zachowamy w sercu to wspaniałe zdarzenie. Masz rację, to nie był seks, to był lot w niebiosach.

– A teraz ubierz majteczki, bo nie możesz paradować w tej króciutkiej sukience, bez czegoś pod spodem. Pokaż twarz, wytrę ci oczy. No już dobrze. Trochę jesteśmy pomięci, ale w tym stadium przyjęcia to normalne.

– Chodź coś zjemy, bo pewnie tak jak ja umierasz z głodu.

Emilka uśmiechnęła się do niego. Po łzach nie zostało śladu. Wstała otrzepała sukienkę. Wyglądała dobrze. Drogi materiał wytrzymał ciężką próbę. On objął ją jeszcze raz ramieniem i pocałował namiętnie w usta, powodując, że nogi Emilki ugięły się pod nią i złapała go mocno za szyję, przywarła do niego całym ciałem i zaczęła jak szalona całować gdzie popadnie. Trwało to chwilę i oddechy zaczynały być przyspieszone. On odsunął ją od siebie i powiedział – nie, już nie, proszę, ale ona nie przestawała, popchnęła go na ławkę i powiedziała – to ja proszę cię – jeszcze raz, poszybujmy w chmurach, proszę.

I znowu było tak samo cudownie jak przed chwilą i znowu poszybowali razem.

Gdy Emilka dysząc jeszcze trzymała go mocno w objęciach – powiedział – ale teraz musimy już iść – mówiłem – nie jestem sam.

– Powiedz mi chociaż jak masz na imię – poprosiła.

– Amor – odpowiedział i uśmiechnął się do niej. A teraz już naprawdę idziemy i pocałował ją delikatnie w usta. Spotkamy się przy bufecie – powiedział na pożegnanie i wszedł do rezydencji.

Emilka jeszcze całkiem rozbita, na gumowych nogach weszła do bufetu. Nabrała na talerzyk, kawioru, trochę krewetek jakieś sosy, do tego dwie grzanki, tego pozdrowiła, tamtemu odpowiedziała coś na głupią zaczepkę i siadła przy stoliku, gdzie siedziała młoda aktoreczka, której nie dawno załatwiły rolę w dobrym serialu.

– O, Emily – jakże się cieszę, że cię widzę. Napijemy się? – wypiły po kieliszku wódki. – Twoje zdrowie, kochana, dzięki za tę rolę, jest cudowna i jak dobrze pójdzie, to mam zatrudnienie na parę ładnych lat – mówiła z entuzjazmem aktoreczka – już sam fakt, że mnie tu zaprosili świadczy o tym nie?

– Oczywiście, odpowiedziała bez entuzjazmu Emilka, wypatrując przy bufecie wysokiej sylwetki ukochanego.

– A jesteś wreszcie, szukam cię i szukam, wyobraź sobie – przed nią stała Lola o której istnieniu Emilka zupełnie zapomniała, słowa ciotki sprowadziły ją na ziemię.

– Aaaa, ciocia, a gdzie wujek? – zaczęła rozglądać się na boki Emilka.

– No właśnie chciałam ci opowiedzieć, wyobraź sobie, że pojechałam na lotnisko, samolot przyleciał, a Clarka w nim nie było. Przerażona zadzwoniłam do Nowego Jorku i co się okazało, chciał mi zrobić niespodziankę i poleciał wcześniejszym samolotem!

– To znaczy, że jedziesz po niego do domu, czy po prostu jedziemy już?

– Nie, nie, on tu jest, czekał na mnie tutaj.

– To gdzie jest, bardzo chcę go poznać! – powiedziała Emilka nieszczerze.

– Zaraz tu przyjdzie, poszedł sobie przynieść coś do jedzenia – sama rozumiesz to samolotowe żarcie jest nie do przełknięcia. O już idzie.

Emilka popatrzyła przed siebie i myślała, że zemdleje. Dobrze że siedziała, bo by się chyba przewróciła. Za ciotką stał „Amor" i całując ją w policzek mówił.

– Zaczekaj Honey, zaraz cię wezmę w ramiona, tylko połknę to co mam w buzi, jestem głodny jak wilk!

– Ok, nie pali się, zjedz coś, widziałam na stole same pyszności. A jak połkniesz, to przedstawię cię mojej siostrzenicy.

– Już połknąłem, gdzie jest to dziecko? – zapytał z zaciekawieniem i rozglądał się dookoła.

Emilka siedziała zasłonięta przez Lorelay i nie miała odwagi się odezwać. Wtem ciotka odwróciła się odsłaniając ją ze słowami:

– Kochanie, mam zaszczyt przedstawić ci moją jedyną siostrzenicę, obecnie prawą rękę w agencji i naszą współlokatorkę – voilá – ta śliczna panna to Emily Grzybowsky w całej krasie. – teatralnym gestem wskazała na Emilkę, która czerwona jak piwonia, wpatrywała się w zielone jak koniczynka, irlandzkie oczy swego wujka, swego kochanka, swojej pierwszej miłości.

Clark stał oniemiały i zaczął się krztusić. Lola zaraz podbiegła do niego, zaczęła stukać go w plecy ze słowami:

– Taki jesteś kochanie głodny, że napychasz się jak kaczka, a potem są skutki.

Clarkowi na szczęście przeszło i jeszcze czerwony na twarzy podał rękę Emilce i wyszeptał:

– Bardzo mi miło.

– Ależ co tak oficjalnie, ja jej nawijam cały czas, jaki ty jesteś miły, sympatyczny, dowcipny i nie wiem co, a ty podajesz rękę? Ucałujcie się w tej chwili, ale już!

Clark grzecznie podszedł do Emilki, ona wstała objęła go za szyję i pocałowała w oba policzki, czując znowu ciarki w całym ciele. Clark pocałował ją delikatnie w usta.

– No to rozumiem. Pogadajcie sobie, a ja idę do bufetu i przyniosę sobie coś – powiedziała Lorelay.

– To może ja pójdę kochanie?– powiedział Clark pośpiesznie.

– Ależ nie skarbie, jesteś zmęczony po podróży, posiedź sobie z Emily pogadaj z nią, macie czas się poznać, a ja lecę przywitać się z paru ludźmi i już jestem przy was. To, na razie kochani. I zniknęła w tłumie, posyłając tu:

– Hello, tam buziaka, lub how are you?

Emilka dalej wpatrywała się w Clarka, a on próbował unikać jej wzroku.

– No, to mamy ładny kompot – powiedział załamanym głosem.

– Los, los chciał – wyszeptała Emilka

– Co ty mówisz?

– Sam powiedziałeś, że nasze spotkanie zależy od losu – no to masz.

– Tak, ale ja myślałem, że spotkamy się na neutralnym gruncie, gdzieś, kiedyś. A my musimy mieszkać pod jednym dachem, rozumiesz to? Teraz gdy dzieli mnie od ciebie ten stół, to już męka, przyciągasz mnie jak magnez. A co zrobię w domu? Zakochałem się jak smarkacz, gdy tylko cię zobaczyłem, gdy weszłaś, serce zaczęło mi walić tak mocno, jak by chciało się wyrwać z mej piersi i pognać do ciebie! Ale ja kocham też moją żonę, kocham, szanuję i w żadnym wypadku nie chcę jej zrobić krzywdy, ale ty! Boże, żebym wiedział, że to ty!

– Och, kochany, tak samo jest ze mną, żebym wiedziała wcześniej, że to ty, to nie pozwoliłabym zahipnotyzować się twoim oczom. Lorelay jest pierwszym człowiekiem, którego kocham świadomie.

– Świadomie? Co to znaczy?

– Och, musiałabym zacząć od młodości mojej mamy, żebyś to zrozumiał. Poprzestańmy na tym, że dzieciństwo nie nauczyło mnie miłości, nie miałam jej od rodziców i nie nauczyłam się kochać, jedyne uczucie jakie znam – to zemsta. Mścić się potrafię. A seks czynność skądinąd nad wyraz przyjemna, dotychczas wykorzystywana była przeze mnie do różnych celów. Poznałam, co to znaczy kochać mężczyznę, lub inaczej, kochać się z mężczyzną dla którego ma się miłość w sercu, to zupełnie coś innego, niż tylko seks, nawet najlepszy. I jak widzisz, ledwo odezwało się moje serce, to od razu dostaję kopniaka. Nie jestem stworzona do miłości.

– Opowiadasz głupoty, jesteś – ja ciebie pokochałem od jednego tylko spojrzenia.

– I ja ciebie.

– Ale nie powiedziałaś mi co znaczy, że pokochałaś świadomie?

– To znaczy że będąc już dorosłą osobą, byłam świadoma, że ją kocham jako wspaniałego człowieka. Bo dotąd kochałam tylko moją opiekunkę, ale nie wiedziałam, że to uczucie które do niej żywię jest miłością, wystarczające wyjaśnienie?

– Zupełnie wystarczające

– A co zrobimy z naszą miłością, aby nie zranić Lorelay?

– Nie wiem Ptaszyno, jestem już starym chłopem i nie wiem, to skąd ty to masz wiedzieć?

– Jedno jest pewne, nie możemy się do siebie zbliżać w domu – nie zniosłabym tego żeby Lola przeze mnie cierpiała.

– I ja też tego nie chcę, ale teraz dzieli nas ten stół, a ja o niczym nie mogę myśleć, tylko o tym jakby cię dotknąć, pogłaskać, przytulić – mówił Clark zmienionym głosem, głaszcząc pod stołem jej udo.

– Dobrze kochani – wpadniemy – usłyszeli głos Lorelay i ich spragnione siebie ręce wylądowały na stole.

– Jeszcze nie zjedliście? Ja już po drodze spotkałam 150 osób, odmówiłam 20 zaproszeń, 5 przyjęłam. Mamy pracowity tydzień przed nami, codziennie jakieś party, słyszycie?

– Słyszymy, słyszymy – powiedzieli razem szybko.

– I co poznaliście się już trochę?

– Tak – odpowiedzieli znowu razem.

– To widzę, że śpiewacie już w duecie, no to pięknie, no widzisz Emily nie taki wujek straszny jak go malują, prawda?

– Nie tylko nie straszny, ale bardzo, bardzo przystojny – nic mi nie mówiłaś, że masz tak pięknego męża! –powiedziała Emilka nie mogąc ukryć entuzjazmu w głosie.

– Ho, ho, ho, zaraz piękny – tylko się smarkata nie zakochaj, bo on jest mój – prawda małpeczko – zwróciła się do Clarka i pocałowała go po eskimosku uderzając nosem w nos, a potem całując go delikatnie w usta.

– O zaraz mój, wstrętna zachłanna baba – powiedział czule Clark.

– A mój, mój i nie oddam cię nikomu, pamiętaj, prędzej babę zabiję, niż oddam takiego męża, przyjaciela, a przede wszystkim kochanka. Wzniosła oczy do góry i powiedziała żartem do Emilki – no mówię ci mała, co to za kochanek!

– Wiem – wyrwało się Emilce i zaraz się poprawiła – wiem, że jak jest twoim mężem, to musi być wspaniały pod każdym względem także i pod tym!

– O czym ty babo, rozmawiasz z dzieckiem – powiedział niby żartem Clark, ale Emilka zauważyła, jak chodzą mu żuchwy ze zdenerwowania. Na pewno było mu okropnie głupio.

– Dzieckiem? Ona ma już prawie dwadzieścia lat, i nie jednego chłopaka już zaliczyła, wie co to jest seks i co tam masz w spodniach – mówiła Lola.

Boże, żebyś ty wiedziała kochana ciociu, jak dobrze wiem, i tak samo do tego tęsknię jak ty. Tylko ty możesz z nim oficjalnie iść dzisiaj do łóżka i robić z nim to o czym ja mogę tylko marzyć.

– No dobrze już dobrze, zmieńmy temat, bo ten akurat jest dla mnie drażliwy.

– Ależ kochany, nie widziałam cię dwa tygodnie, dwa tygodnie postu, ty wiesz co to znaczy? Jeśli byłeś mi wierny to powinieneś wiedzieć.

– Oczywiście, oczywiście, możemy już iść? Jestem już trochę zmęczony.

– Mam nadzieję, że nie za bardzo – powiedziała zmysłowym głosem Lorelay i pocałowała go namiętnie w usta, puszczając jednocześnie oko do Emilki. Clark odsunął ją delikatnie od siebie i powiedział – kochanie opanuj się, nie jesteśmy jeszcze w łóżku.

– No dobrze, już dobrze pruderyjny – Misiaczku.

I wyszli. Parkingowy przywiózł samochód Lorelay.

– Przyjechałeś taksówką?

– Tak.

– Ok, to jedziemy razem.

Wsiedli na przodzie, a Emilka w tył.

Lorelaj szczebiotała cały czas, ciesząc się, że ma męża w domu. No, opowiadaj jak było – poprosiła.

– Wszystko poszło dobrze. Nawet nie musiałem się za dużo użerać z tamtejszym producentem. Nie zmienili mi za bardzo tekstu. Muzyka piękna. Zdolni młodzi ludzie jako wykonawcy. Będzie doskonały musical. Już się cieszę na krytyki.

– Pojedziesz na premierę?

– Na pewno, nawet muszę, ale pojedziemy razem.

– Ach, to cudownie, mam nadzieję, że mi nie wypadnie nic ważnego w tym czasie.

– No wiesz, mąż powinien być dla ciebie najważniejszy i pierwszy jego scenariusz do muzykalu, nie uważasz?

– No, pewnie, pewnie, ale w najgorszym razie pojedziecie sami z Emily.

Emilka nie słuchała ich rozmowy, dopiero na słowa pojedziecie razem, otworzyły jej się uszy jak olbrzymie słuchawki. Boże, Nowy Jork i Clark. Tak bardzo chciała tam wrócić – a do tego z Clarkiem, to było to!

Ale jak ja przeżyję dzisiejszą noc, wiedząc co oni robią ze sobą. Przecież jeszcze przed godziną był przy mnie, czułam jego dotyk, który palił moją skórę.

W samochodzie było ciemno, oni byli pogrążeni w rozmowie, nikt nie zwracał na nią uwagi, to czule dotknęła jego pleców, potem wsadziła rękę w jego przydługie włosy i delikatnie masowała jego głowę. Poczuła, że jego ręka błądzi po jej nodze, poddała się tej pieszczocie, potem schyliła się z zaczęła całować każdy palec jego ręki, całowała i końcem języka lekko lizała. Clark zaczął szybciej oddychać. Lorelay mówiła jeszcze, ale zauważyła ciszę, popatrzyła na Clarka, jak oddycha szybciej i ma zamknięte oczy.

– Misiaczku, nie zabieraj się do spania, bo już jesteśmy na miejscu.

Clark natychmiast na te słowa, otworzył oczy i poprawił się w siedzeniu krzyżując swe ręce z przodu – jak gdyby nigdy nic.

Emilka leżąc w swym błękitnym pokoju, w niebieskim łóżku nie mogła zmrużyć oka. Nadsłuchiwała odgłosów domu. Czekała na odgłosy miłości z sypialni ciotki.

Wiedziała jak głośno zachowywał się Clark, gdy szczytował. Ale było cicho. Dziwne, że Marek przy matce zachowywał się cicho, jedynie pojękiwał, a przy niej krzyczał.

Może tak samo jest z Clarkiem? Mimo tego, że nic nie słyszała, było to straszne czuwanie. Wtedy pomyślała o matce. Teraz rozumiała ją, jak okropne dla niej było słuchanie tych odgłosów z pokoju córki.

Chociaż nie słyszała nic. Wiedziała, że nie zaśnie, że to czuwanie będzie jej przekleństwem tak długo, jak długo będzie zakochana, lub jak długo tu zostanie.

Czyż ja już jestem skazana na życie w trójkącie? –myślała.

I tak im minął rok. W domu zachowywali się bardzo poprawnie, aby w żaden sposób nie urazić uczuć Loli. Clark miał bardzo trudne zadanie, bo starał się nie urazić obu. Dlatego też, gdy Lola, okazywała mu za dużo miłości przy Emilce, zbywał ją i zaczynał inny temat. Nigdy już nie pieścił i nie całował żony przy dziewczynie.

Utarło się, że gdy wracał do domu, a one już tam były, to całował obie na przywitanie.

A gdy wracały pierwsze – to całowały jego. Emilka była przez cały ten czas, dla niego owocem zakazanym, a przez to mającym więcej smaku. On dla niej też. Zamiast przyzwyczajać się do sytuacji, kochali się coraz mocniej i coraz bardziej się pragnęli. Było bardzo trudno realizować ich tęsknoty. Większość czasu, obie panie spędzały ze sobą, tak że o tete á tete Clarka z Emilką było bardzo trudno.

Wykorzystywali każdą sekundę nieobecności Loli w pobliżu, by wymienić uścisk rąk, lub szybki namiętny pocałunek.

Gdy szli razem na spacer, Clark obejmował obie panie, pieszcząc ręką plecy Emilki.

Lola była zdania, że taka młoda panna powinna znaleźć adoratora. Widziała ilu chętnych zaprasza ją, a ona odmawia.

– Emily, co jest z tobą? Zamierzasz zostać zakonnicą?

– Ach nie, tylko co mam zrobić jak mi się żaden nie podoba.

– Nie podoba ci się żaden? W mieście najpiękniejszych ludzi w Ameryce?

– Widocznie mam zboczony gust i są za piękni dla mnie – odpowiadała Emilka ze śmiechem. Ale by to nie było podejrzane, od czasu do czasu umawiała się z jakimś młodym człowiekiem. I wtedy na tych wspólnych kolacjach, Clark nie mógł się opanować i niszczył młodzieńca. Na początku Lola śmiała się z niego. Mówiła:

– Wiesz, że zachowujesz się jak zazdrosny ojciec jedynej córki, dla którego każdy chłopak – nie jest jej godny.

– Bo tak jest. Emily jest u nas i musimy patrzyć na to z kim się zadaje. To nie moja wina, że dotąd przychodziły do niej same palanty!

Emilce spodobała się zazdrość Clarka. Minęło już ponad rok odkąd się poznali i oprócz sporadycznych pieszczot i pocałunków, nic między nimi nie było. Postanowiła coś zrobić w tym kierunku, aby zazdrość zmusiła go do działania.

Od dłuższego czasu wielbił ją jeden z młodych aktorów popularnego serialu.

Przysyłał kwiaty, zapraszał na różne imprezy, jak i na wieczór.

Pozwoliła się zaprosić na kolację – oczywiście mieli iść we czworo. Ale nie umówili się jak to zwykle bywało już w restauracji, tylko aktor, któremu na imię było Jimmy przyjechał po nią swoim Ferrari. Emilka postarała się wyglądać zachwycająco i tak też wyglądała.

– Po co przyjeżdża po ciebie, nie możesz się z nim umówić na miejscu jak zawsze? – pytał obrażonym głosem Clark.

– Ależ Misiaczku, nie rozumiesz, że młodzi chcą potem zostać sami –powiedziała Lola słodko.

– No i co to ma do rzeczy? – złościł się dalej Clark

– Bo jak znam swojego męża, to by robił teatr w restauracji, że dziecko przyjechało z nami i dziecko z nami wraca!

– I co nie miałbym racji?

– Miałbyś, miałbyś, ty zawsze masz rację i dla tego Emily jedzie z Jimmim!

W restauracji wielbiciel, przykrywał rękę Emilki swoją, lub obejmował ją, co bardzo drażniło Clarka. Zresztą wszystko go drażniło. Zaczęło się od samochodu:

– Mówią, że dobrego kochanka można poznać po samochodzie – wycedził Clark przez zęby.

– Ach tak? – zapytał grzecznie Jimmy

– Kiepscy potrzebują samochodów takich jak np., Ferrari jako przedłużacza! – powiedział tryumfalnie Clark.

– A jakimż to ty Clark jeździsz – z zainteresowaniem zapytał Jimmy

– Porsche – rzuciła szybko Lola, uśmiechając się pod nosem.

– Ja mogę, bo jestem żonaty, moje walory już są potwierdzone – tłumaczył się Clark głupio.

– A ja słyszałem, że kobiety oceniają mężczyzn po długości nosa – wyjaśnił ze stoickim spokojem Jimmy, a Emilka patrząc na obu panów zaśmiała się:

– No to obaj, nie macie się o co kłócić – co zostało przyjęte ogólnym wybuchem śmiechu.

– W jakimż to serialu, można cię zobaczyć? – nie dawał za wygraną Clark.

– Och, nie znasz go pewnie, to seria bardzo romantyczna, uwielbiana przez kobiety.

– To w takim razie, kogóż ty tam możesz grać?

– No, oczywiście pierwszego amanta –odpowiedziała za Jimmiego Emilka, a on pocałował ją za to w policzek.

– Dobrze wychowane osoby nie obcałowują swych partnerek w czasie jedzenia – powiedział złośliwie Clark.

– Gdzie to jest napisane? Jest jakiś kodeks restauracyjny, którego nie znam?

Odebrałem staranne wychowanie w Bostonie, ale o czymś takim jeszcze nie słyszałem.

– Ach, pochodzimy ze snobistycznego Bostonu, a może chodziliśmy do prywatnej szkoły lub mieliśmy guwernantkę, która uczyła nas sikać bez pryskania? – szydził Clark.

– Nie wiem jak wy – ale ja nic z tych rzeczy, po prostu urodziłem się w Bostonie, nie przeczę w dobrej rodzinie i poza tym wszyscy zdrowi – spokojnym głosem mówił Jimmi.

– Słuchaj Clark, nie wiem jaki masz problem, gdybym nie wiedział lepiej, to bym pomyślał, że jesteś zazdrosny o Emily – ale to przecież absurd, prawda? Nie rozumiem, dlaczego mnie tak nie lubisz?

– Oczywiście, że to absurd – powiedziała pospiesznie Emilka – nie przejmuj się Clarkiem, on ma specyficzne poczucie humoru.

Byli już przy deserze, więc Jimmi powiedział, że już pójdą, bo ma zaplanowaną dalszą część wieczoru. Clarka zamurowało. Lola powiedziała – do zobaczenia w domu! Masz klucze Emily? Oczywiście, powiedziała Emilka pomachała do nich i wyszli. Stolik był przy oknie, Clark obserwował ich jak wychodzili jak wsiadali do samochodu. Emilka była pewna, że Clark ich obserwuje zza firanek, dlatego powiedziała do Jimmiego:

– A teraz pocałuj mnie najbardziej namiętnie jak umiesz, bo muszę się przekonać, czy warto tracić resztę wieczoru dla ciebie.

Zaczęli się całować tak, że po chwili przewrócili się na siedzenie.

Clark nie mógł opanować wściekłości. Sam nie przypuszczał, że go to tak zaboli. Nie mógł siedzieć cicho:

– Popatrz Słonko jak się na nią rzucił, jak jakieś zwierzę, nie może zaczekać, tylko robią widowisko na całą ulicę! – powiedział wściekłym głosem – a ty to jeszcze pochwalasz!

– Ależ Misiaczku, wyluzuj się, ona jest dorosła, wie co robi i też jej się coś od życia należy, nie uważasz?

Clark pomyślał – coś w tym prawdy jest, ale dlaczego to tak boli, tak okropnie boli.

– No, dobrze, chodźmy już, zmęczony jestem.

W domu nalał sobie dużą szklankę whisky i wypił duszkiem, ale nie mógł zasnąć.

Nadsłuchiwał samochodu, klucza w zamku i męczyła go zazdrość, tak okrutnie go męczyła.

O Boże, co mam robić, co mogę zrobić. Słyszał obok spokojny oddech żony i w tej chwili jej nienawidził, że jest, tylko dlatego że jest, ale wiedział też, że ją kocha za wszystko pozostałe i że nie potrafi i nie chce jej skrzywdzić. Gdy ptaki zaczęły już ćwierkać o świcie, sam nie wiedział kiedy zasnął.

Emilka po tym pocałunku, poczuła zwykłe pożądanie i zgodziła się zapoznać z mieszkaniem Jimmiego. Było ładne i schludne, łóżko wygodne, a seks dobry.

Od razu poczuła się lepiej. Była na swoim terenie. Partner interesował ją tylko seksualnie i nic więcej. O ile to prostsze, niż ta głupia miłość. Specjalnie została u niego na całą noc. Niech Clark się trochę pomartwi, to pobudzi jego apetyt.

Rano po zjedzeniu śniadania w łóżku, które przyrządził Jimmi, zadzwoniła do Loli, że do biura przyjdzie trochę później, bo jeszcze jest u niego.

– Fajnie było?

– Opowiem ci w biurze.

– Ale powiedz tylko, czy był dobry.

– Lola, nie teraz

– Ale w skali 0 do 10?

– Lola, proszę cię.

– No dobrze już dobrze, czekam na ciebie wraz z robotą. – Odłożyła słuchawkę.

– Wiesz, że dziecko nie wróciło na noc? – W drzwiach stał Clark z zatroskaną miną. Zawsze nazywał Emilkę – dziecko, gdy o niej rozmawiał z żoną. Miał wrażenie, że tak jest bezpieczniej.

– Wiem o tym.

– Wiesz i jesteś taka spokojna?

– Oczywiście, to maleństwo ma prawie 21 lat, a poza tym dzwoniła właśnie z łóżka Jimmiego w którym to spożywała śniadanko i nie tylko.

– Zrobiłaś się ostatnio okropnie wulgarna – Clark poczuł okrutne ukłucie w serce i musiał się na kimś wyżyć.

– Ja wulgarna? A cóż w tym wulgarnego, że dorosła dziewczyna śpi z chłopakiem, który w dodatku jej się podoba?

– Ok, nie mam czasu na dyskusje, spieszę się, mam spotkanie z producentem na mieście – pośpiesznie chciał wyjść, by nie zacząć kłócić się z Lorelay, bo wiedział, że byłoby to nieuczciwe w stosunku do żony.

– Zaczekaj Misiaczku, a śniadanie?

– Umówiłem się właśnie na śniadanie – i już go nie było.

Pojechał pod mieszkanie Jimmiego. I czekał w samochodzie. Niedługo. Za chwilę wybiegli oboje – roześmiani, trzymając się za ręce. Clark wysiadł z samochodu i zawołał:

– Emily!

Zobaczyła go, odwróciła się do Jimmiego, coś do niego mówiła, potem on przyciągnął ją do siebie i całowali się długo i namiętnie, następnie Emilka wyrwała mu się i pomachała do niego ręką. Potem przeszła ulicę i grzecznie wsiadła do samochodu Clarka.

Zapalił silnik, nic nie mówił, tylko ruszyli. Jechali jakiś czas nie rozmawiając. Zajechali do Santa Monika w pełnej napięcia ciszy.

Clark podjechał pod mały motel. Rzekł krótko do Emilki:

– Czekaj tu na mnie – Za chwilę wyszedł z domku recepcji i podjechali do małej chatki. Pomógł jej wysiąść z samochodu, otworzył drzwi i bez słowa – rzucili się na siebie. Byli siebie tak spragnieni, tak spragnieni! Zerwali z siebie ubrania cała podłoga była nimi zasłana i padli na łóżko. Kochali się raz za razem, prawie bez wypoczynku, tak jak by nie mogli zaspokoić swego pożądania.

Potem Emilka leżąc w jego ramionach, wzięła komórkę i zadzwoniła do Loli.

– Lola, kochanie, wyszłam już od niego, ale nie mam ochoty na robotę, dasz mi dzisiaj wolne?

– A co, był taki dobry?

– Lepszy niż dobry, wspaniały, no po prostu boski! Oka nie zmrużyłam, poszła bym się przespać.

– Idź, idź, Clark wyszedł, nikt nie będzie ci przeszkadzał, ja wrócę koło piątej.

– Ok, przygotuję pyszną kolacyjkę. Całuję.

– Ja też.

– Ty wstrętna kłamczucho – mówił Clark całując jej uda. Nienawidzę cię, że mnie tak dręczysz, ty wiesz co ja za męki przeżywałem dzisiaj w nocy? Myślałem że serce mi pęknie!

– To dobrze, bo przynajmniej wiesz, jak ja się męczę co noc.

– Moja biedna kochana Ptaszyna, ale przysięgnij, że już go nie spotkasz, jak jeszcze raz się z nim prześpisz, to go zabiję, mówię poważnie zabiję.

– Ależ Clark, nie przesadzaj, z nim był tylko seks, seks słyszysz! Jestem młodą kobietą – potrzebuję od czasu do czasu, żeby mnie ktoś przeleciał, a jak to dobrze robi, tak jak na przykład Jimmi to dlaczego nie? Przecież kocham tylko ciebie.

– On naprawdę był taki dobry, lepszy niż dobry, wspaniały, boski?

– Mówiłam o tobie.

– To znaczy nie był taki dobry jak ja?

– Kochanie, o czym my rozmawiamy? Ja ciebie kocham do szaleństwa, pożądam, ubóstwiam, jesteś dla mnie wszystkim, rozumiesz wszystkim, powietrzem, ogniem i wodą, oddechem, słońcem i księżycem w ciemną noc, uniesieniem, bez ciebie nie jestem, nie ma mnie, rozumiesz to? Twój dotyk to lekarstwo na wszystko, twój pocałunek to nektar, a miłość z tobą to przenoszenie się do innej galaktyki, rozumiesz? A ty mnie pytasz, czy on jest tak dobry jak ty? Z nim jest seks. Duża przyjemność seksualna z dobrym orgazmem. I nic więcej. Co mam odpowiedzieć? Nie ma takiej skali. Dla ciebie nie ma skali, zrozum to dorosły chłopie! – Emilka mówiła to wszystko leżąc na nim i patrząc w te jego nieprawdopodobnie zielone oczy. W miarę jak mówiła, jego oczy zasnuwały się mgłą, ręce były coraz bardziej niecierpliwe.

– Och mów, najsłodsza moja, mów, tak cudownie mówisz – i całował, całował, całował i znowu kochali się i znowu.

– To nieprawdopodobne, żeby kogoś tak pożądać, powiedział Clark już zupełnie wykończony. Chcesz ze mnie wypić wszystkie soki. Jestem już starym mężczyzną, jak tak dalej pójdzie to skończę na cmentarzu.

– Papalapap, stary mężczyzna, nie jeden młody ci nie dorówna!

– Ale tak – mogę tylko z tobą, czarownico – nie wiem co mi zadajesz, jakiego uroku, ale ciągle mi cię mało, nie mogę się tobą nasycić i nie chcę żeby dotykał cię inny chłop – słyszysz? Przyrzeknij mi że mnie nie zdradzisz. Przysięgnij!

– To ci mogę przyrzec, nie zdradzę cię nigdy, to znaczy już nigdy nikogo nie pokocham, ale nie mogę ci przyrzec, że nie dam się komuś przelecieć!

– Zabraniam ci kategorycznie!

– Samiec!

– Czarownica!

– Ok, jestem czarownicą, ale zastanów się egoistyczny samcu, że nie masz prawa mi czegokolwiek zabraniać!

– Mam!

– Jakie?

– Prawo miłości!

– To ja bym mogła, to samo wymagać od ciebie!

– To dlaczego nie wymagasz?, Dlaczego nie jesteś zazdrosna? To nie jest normalne.

– Bo nasz związek jest nienormalny.

Mówili to wszystko, już ubierając się. Było już po drugiej, a musieli dojechać do domu zrobić po drodze zakupy i przygotować kolacje. W samochodzie trzymali się za ręce ciesząc się ze swej bliskości. Na zakupach szli ramię w ramię, lub Emilka trzymała Clarka pod rękę, byle się dotykać, byle być przy sobie, ale żadnych pocałunków czy czułych gestów, stale musieli się z tym liczyć, że ktoś ich może zobaczyć. Tu wszyscy się znali, a plotki były pierwszym przykazaniem Boskim.

Potem były znowu tygodnie męki. Ta miłość dawała im więcej bólu niż radości, ale mimo tego, gdy zdarzyło im się przebywać ze sobą, to sycili się tą chwilą jak największym świętem.

Prasa podała o stanie wojennym w Polsce. Martwili się o Sarah i Marka, przecież oboje byli dziennikarzami. Nic nie wiedzieli, czy angażowali się w politykę czy nie.

Dotychczas Emilka miała z nimi kontakt telefoniczny, ale nie rozmawiali przecież o polityce. Teraz nie można było się porozumieć. Ale Emilka wierzyła w ich zdrowy rozsądek i miała nadzieję, że nie zostali internowani.

Ameryka solidaryzowała się z polskim społeczeństwem, w Hollywood zorganizowano koncert na rzecz solidarności z Polską w którym wzięli udział znani i lubiani aktorzy fabryki snów.

Któregoś dnia przyszło zaproszenie z Nowego Jorku na premierę nowego musicalu tego zespołu z którym pracował Clark.

Lorelay nie cierpiała NY, tym bardziej, że na wschodnim wybrzeżu było jeszcze zimno, mimo końca kwietnia, ona zapomniała, co to jest zimno i nie chciała sobie o tym przypominać.

– Jedźcie razem – powiedziała do Clarka, w nim serce podskoczyło do gardła, – ale udając głupka – zapytał:

– Razem? To znaczy?

– No z dzieckiem, jak ty mówisz, ja tu mam dużo roboty, a poza tym wiesz jak kocham wyjazdy. Byłam na twojej premierze, to wystarczy! – powiedziała Lola.

– Ale ona ma 21 urodziny, a ja muszę być w niedzielę już na premierze.

– W czym problem, zrobimy jej niespodziankę. Ty dasz jej w prezencie ten wyjazd, a ode mnie dostanie futro. Już prawie wiosna, ale tam jest jeszcze chłód.

Postanowiono zrobić party –niespodziankę w piątek. Lorelay wysłała Emilkę do Sandry Bullok, która kręciła właśnie jakiś film, tłumacząc siostrzenicy że musi zanieść jej jakieś ważne papiery na plan filmowy.

Emilka pojechała, a w tym czasie przygotowano wspaniałe przyjęcie.

Gdy weszła do domu był już wieczór. Dom był cichy i ciemny. Pewno poszli na kolację – może znajdę od nich jakąś kartkę. Zapaliła światło i wtedy wszyscy zawołali – Niespodzianka!

Dom był pięknie przystrojony, stoły uginały się od jedzenia i picia. Była chyba ze setka znajomych. Cała załoga biura, mnóstwo aktorów, którymi zajmowała się sama Emilka. Z wrażenia dostała rumieńców i rozpromieniła się ze szczęścia. Ostatnie urodziny, które pamiętała były te nieszczęsna siedemnaste. Teraz miała 21 lat i w myśl przepisów Amerykańskich była pełnoletnia. Dostała całą górę prezentów, które musiała rozpakować i oczywiście odpowiednio się pozachwycać. Pierwszy wysunął się przed wszystkich Jimmy i z ogromnym bukietem dwudziestu jeden długich ogromnych róż i małym pudełeczkiem, chciał przy-stąpić do życzeń, lecz uprzedził go Clark i ze słowami:

– Najpierw rodzina – przepchał się przed niego i wręczył Emilce kopertę.

Otworzyła i gdy zobaczyła zaproszenie na premierę i bilet do Nowego Jorku, rzuciła się Lorelay, a potem Clarkowi na szyję.

– Och kochani moi, tak chciałam zobaczyć Big Apple. Widziałam tylko z okien taksówki i przyrzekłam sobie, że jeszcze tam wrócę.

– No, widzisz, i w ten prosty sposób wszyscy będą zadowoleni, tylko musisz przyrzec Misiaczku, że nie będziesz dziecka pilnował na każdym kroku i pozwolisz jej na randkę, bo kończy 21 lat!

– Oczywiście skarbie!

– Ach, to Lola nie jedzie z nami? – zapytała Emilka udając rozczarowanie.

– Nie, ale na pocieszenie masz tu prezent od mnie – i podała jej olbrzymie pudło. Emilka rozpakowała i wszyscy zobaczyli piękne białe futerko.

– Och Lorelay, cóż za wspaniały prezent!

– Wiesz przecież, że w Nowym Jorku, teraz jeszcze bardzo zimno, to ci się przyda.

Potem wreszcie mógł Jimmy złożyć Emilce życzenia, a za nim inni. Gdy Jimmy całował „Jubilatkę" Clark stał cały czas przy nich i komentował:

– Dość już tego całowania, ludzie czekają...

Ten wieczór był niezapomniany dla Emilki. Nie tylko dlatego, że pierwszy raz w życiu miała urodziny, na które przyszło tak dużo gości, nie tylko też dlatego, że dostała takie ilości prezentów, ale przede wszystkim, że czuła miłość swych opiekunów, a do tego miała przed sobą wspaniałą podróż!

Na drugi dzień po urodzinach, spakowali się i po czułym pożegnaniu z Lorelay, polecieli na tydzień na wschodnie wybrzeże. Już w samolocie trzymali się za ręce nie mogli uwierzyć własnemu szczęściu. Tydzień razem! Cały tydzień!

W samolocie nie przespali ani minutki, bo żal im było tracić na sen, możliwość patrzenia sobie w oczy, szeptania czułych słówek.

Zaproszeni goście zakwaterowani byli w jednym z najdroższych hoteli Nowego Jorku w The Plaza. Hotel położony jest przy Central Park, w związku z tym przyrzekli sobie codziennie biegać, tak jak co najmniej połowa mieszkańców tego miasta. Jednak skończyło się tylko na przyrzeczeniach. Szkoda im było każdej minuty, którą spędzali poza łóżkiem. Szczególnie rano. Oczywiście na premierę poszli, a także na bankiet po niej.

W każdy dzień coś zwiedzali. Emilkę zachwycił widok z Empire Building na miasto. Łazili po ulicach i nadbrzeżem, trzymając się za ręce. Emilka wielka miłośniczka malarstwa, ciągnęła go od galerii do galerii, a tych w Nowym Jorku nie brakuje. Zwiedzili wszystkie muzea: Metropolitan Museum of

Art, American Museum of Natural History, Guggenheim, Museum of Modern Art, National Museum of the American Indian. U Tiffaniego na słynnej piątej Avenue – Clark kupił dla niej brylantowe kolczyki z którymi już Emilka nie rozstawała się nigdy. Była to jego odpowiedź na maleńkie brylanciki do uszu, jakie podarował jej Jimmy. Clark nie mógł tego znieść, że je nosiła i kupił większe, piękniejsze, a tamte kazał jej po prostu wyrzucić (Emilka podarowała je pokojowej w hotelu). Dla niego zrobiła by więcej! Podarowała je więc z przyjemnością. Wieczorem podziwiali światła Manchattanu. Pili kawę w American Festival Cafe w Rockefeller Center pod złotym wiszącym Prometeuszem. (Zimą w tym miejscu jest najsłynniejsza ślizgawka Nowego Jorku). Do miasta już zawitała wiosna. Płynęli statkiem wokół wyspy Manhattan, podziwiając wszystkie budowle z perspektywy wody.

Ten prawie tydzień, był czymś najpiękniejszym w życiu Emilki. Wtedy jeszcze nie wiedziała, że jest to najcudowniejsza rzecz jaka jej się przydarzy. Ale gdyby wiedziała, czyż mogła te dni przedłużyć? Czy mogła je zatrzymać? Lub je inaczej przeżyć? Bardziej intensywnie, niż oni to przeżywali nie można już było. Clark szeptał jej w ucho:

– Z każdym dniem kocham cię mocniej i mocniej, sam nie wiedziałem, że tak potrafię, mam wrażenie że miłość do ciebie gotuje się we mnie jak woda w czajniku, bulgoce mi w gardle i zapiera mi dech, że aż trudno mi mówić, chciałbym wyjść na dach najwyższego budynku w tym mieście i wykrzyczeć to, co nie pozwala mi oddychać.

A Emilka nie mówiła nic, ale czuła – tak też czuła, jak miłość z każdym dniem rośnie i jej bezmiar ją przygniata.

I trwało tak, trwało, aż przyszło otrzeźwienie. Leżeli splątani w łóżku między jednym kochaniem, a drugim. Zadzwonił telefon, postanowili nie odbierać. Ale telefon dzwonił i dzwonił i nie dawał za wygraną. Zlekceważyli. Wreszcie ktoś zapukał do drzwi. Clark wstał, zawinięty prześcieradłem, odwrócił się jeszcze do Emilki i powiedział:

– Nie śmiej się ruszyć, jeszcze z tobą nie skończyłem moja panno i przesłał jej buziaka.

Za drzwiami stał portier i przepraszającym głosem poinformował:

– Bardzo proszę odebrać telefon. Jakaś pani dzwoni z Los Angeles i mówi, że to bardzo pilna sprawa.

– Dobrze odbiorę, dziękuję.

Clark podszedł do telefonu: Przedstawił się.

– A to ty Victoria (Była to najlepsza przyjaciółka Lorelay).

– Tak ja, dobrze że raczyłeś wreszcie odebrać telefon, musiałam zadzwonić, bo Lola chce wam zrobić niespodziankę i siedzi już w samolocie do Nowego Jorku.

– A to cudownie – powiedział obłudnie Clark.

– Może i cudownie, ale dzwonię, po to, żeby moja jedyna przyjaciółka, którą kocham, nie przeżyła tak zwanej niespodzianki.

– Nie rozumiem Vika, co chcesz przez to powiedzieć?

– Rozumiesz i to dobrze rozumiesz, jeżeli moja kochana Lorelay, jest taka ślepa, lub chce być taka ślepa, to proszę bardzo, ale ja nie chcę, aby ktokolwiek ją zranił, aby przez kogokolwiek cierpiała. Rozumiemy się?

– Tak kochana – dzięki. Clark z grobową miną położył słuchawkę. Wrócił do łóżka i zaczął kochać się z Emilką tak rozpaczliwie, jak by to miało być ostatni raz w życiu. Potem poszli do łazienki i myli się bez słowa. Emilka wiedziała, że coś jest nie tak, ale nie pytała.

Wiedziała, że jak przyjdzie czas, to on jej wszystko powie. Wytarli się nawzajem ręcznikami, i Clark powiedział:

– Kochanie moje, pozbieraj wszystkie rzeczy, musisz się przeprowadzić do swojego pokoju.

Od samego początku mieli dwa pokoje dla pozoru, ale Emilka poza zostawieniem walizki, była tam tylko po zmianę bielizny.

– Lorelay leci już do nas – niespodzianka – powiedział przybitym głosem, mieli przecież jeszcze dwa dni, a na nie dużo planów.

– To ona dzwoniła?

– Nie, Vicky. Nie chciała, aby Lola nas tak zastała.

– To ona wie?

– Wychodzi na to że wie, jeżeli dla niej to takie oczywiste, ciekawy jestem ilu jeszcze ludzi dopatrzyło się prawdy – zastanawiał się Clark.

Emilka pozbierała swoje rzeczy, wsadziła niedbale do torby plastikowej, przysiadła przy Clarku i się rozpłakała. Clark tulił ją do siebie, nic nie mówiąc.

Potem powoli się podniosła i wyszła.

Następnie udali się do restauracji na lunch i tam zastała ich Lola. Udawali, że cieszą się ogromnie, że jej niespodzianka udała się bardzo.

– Co się stało kochanie, że zdecydowałaś się na przyjazd? – pytał Clark

– Bo mam dla was – myślę, że rewelacyjną nowinę – odparła entuzjastycznie Lola.

– No mów że, nie dręcz nas tak – powiedziała Emilka zniecierpliwiona.

– Jedziemy do Hiszpanii! – triumfalnie rzekła Lola,

– Gdzie?

– Do Hiszpanii, to takie państwo na półwyspie iberyjskim – mówiła Lola z powagą, ale ze śmiejącymi się oczyma.

– To wiemy, ale czemu akurat tam? – Spytali oboje.

– A co nie podoba wam się cel podróży?

– Ależ tak, tak, tylko jesteśmy ciekawi!

– Dostałam zaproszenie do Jury na festiwal w San Sebastian i pomyślałam, że po festiwalu weźmiemy samochód i przejedziemy się po Hiszpanii, nigdy tam nie byliśmy, to czemu nie?

– Świetny pomysł – przyznali oboje.

Wyjazd miał nastąpić za trzy dni, Lorelay pomyślała o wszystkim i bilety na samolot były już kupione.

– To teraz my ci pokażemy nasz Nowy Jork – powiedzieli zgodnie, a w duchu odetchnęli – to przez Hiszpanię Lola przyjechała, a nie dlatego iż im nie wierzy, lub się czegoś domyśla.

Te trzy dni do wyjazdu spędzili razem, oglądając na Broadway'u jeszcze inny Musical, byli w Metropolitan Opera na Carmen. A w ciągu dnia dużo chodzili – zwiedzając.

Potem ciepłe rzeczy zostały przesłane do Los Angeles, a na podróż kupiono nowe.

Od pewnego czasu, Emilka nie czuła się najlepiej. Ciągle miała coś z żołądkiem, mdliło ją, ale nie przyznawała się, bo szkoda jej było zmarnować choć minutę na lekarza, gdy była sama z Clarkiem. Zresztą była w takiej euforii, że te niedomagania nie dopuszczała do głosu. Gdy Lola przyjechała, zwróciła uwagę, że wprawdzie Emilka wygląda prześlicznie jak jeszcze nigdy (miłość, to miłość maluje na twarzy każdej kobiety taki makijaż, że oczy błyszczą i dziewczyna nawet o przciętnej urodzie pięknieje z dnia na dzień) ale strasznie zeszczuplała. Clark uświadomił sobie, że to prawda, dopiero wtedy, gdy Lola to wypowiedziała na głos. Przecież często brał ją na ręce i czuł że jest lekka jak piórko. Ale brał to na poczet wielu godzin w łóżku i ciężkiej pracy fizycznej jaką w ich wypadku była miłość.

Clark zaczął nowojorskie noce spędzać z żoną, i była to dla niego – pierwszy raz w życiu ciężka przeprawa.

Tęsknił za Emilką bardzo, wiedział już, że kocha dziewczynę tak mocno, że nie jest w stanie kochać się z żoną. Pierwszej nocy po wielu staraniach Lorelay w tym kierunku, gdy do niczego nie doszło powiedziała:

– Kochanie, nie przejmuj się, to się może zdarzyć każdemu mężczyźnie, nawet tak młodemu jak ty!

Było mu bardzo trudno ją tak okłamywać, ale przyjął to tłumaczenie i był zadowolony. Lorelay, pocieszała go i postanowiła, że pójdą do seksuologa po powrocie do domu, a teraz nie będą sobie tym zatruwać podróży. I na tym stanęło, co niezmiernie Clarka usatysfakcjonowało, bo nie chciał, a tak, nie musiał okłamywać żonę.

Wyjechali do San Sebastian. Oglądnęli trochę dobrych, trochę nudnych filmów, na kąpiel w oceanie było za wcześnie, oglądnęli tylko jedną z najsłynniejszych plaż świata, a potem udali się w podróż. Wynajęli duży samochód i pojechali zwiedzać Hiszpanię.

Najpierw Kraj Basków, gdzie prawie wszyscy starsi mężczyźni nosili czarne berety, a gdy w którymś domu, ktoś umarł, to na dywaniku ubranym kwiatami i wystawionym przez okno– przypięte było też, to nakrycie głowy.

W Bilbao oglądnęli słynne olbrzymie malowidło Picassa, poświęcone zbombardowaniu Guernici w 1937 roku. Picasso stworzył to arcydzieło, na zamówienie rządu – który zlecił artyście wykonanie malowidła do pawilonu hiszpańskiego na Wystawę światową w Paryżu.

Następnie skierowali się w kierunku Madrytu oglądając po drodze romańskie mury Avili. Położone nieco na wyżynie – prezentowały się wspaniale na tle krajobrazu.

Byli w przepięknym miasteczku położonym niedaleko Madrytu – Toledo – gdzie malował przybysz z Krety i tam też dokończył żywota malując swe przepiękne obrazy ze smukłymi postaciami. Nie ma Toledo bez – El Grecco i El Grecco bez Toledo. Tak tam mówiono. Patrząc na to piękne miasto, gdzie domu stoją „jeden drugiemu na głowie" i z chodnika jednej uliczki można skakać na dachy domów drugiej, mieli wrażenie, że przenieśli się do innej epoki.

Nad miastem wznoszą się wieże kościołów i minaretów. Miasto jak z bajki, czas się w nim zatrzymał. Na każdej maleńkiej uliczce spotkać można snycerzy wyrabiających z metalu zbroje i narzędzia walki, lecz teraz już tylko dla turystów.

W kościółku Tomasza oglądali olbrzymi i najlepszy obraz El Grecco, śmierć Hrabiego Orgaza.

Po drodze do Madrytu odwiedzili jeszcze dwa miejsca. Najbardziej Castylijską budowlę Eskurial. Filip II, który przeniósł stolicę do Madrytu – kazał wybudować „Pałac dla Boga i chatkę dla siebie", a wyszedł z tego dziwaczny monument. Jest to kościół, klasztor, pałac i pomnik w jednym. Położony 48 km od Madrytu na wysokości ponad 1000 m, jest ogromnym prostokątem. Wnętrza wyposażone są w malowidła i freski słynnych malarzy.

A zaledwie 8 km od Eskurialu zbudował swój pomnik Generał Franco o nazwie Santa Cruz del Valle de los Caidos – czyli święty krzyż doliny poległych. W skale o nazwie Risco de Nava wykuto kościół, a na nim stoi najwyższy krzyż świata (150m, a wraz ze skałą na której stoi ma 300 m). Bazylika zaś wykuta w skale – ma długość prawie 300 metrów! Tam też leżą szczątki generała Franco.

Potem udali się do Madrytu, gdzie w Prado oglądali obrazy słynnych malarzy hiszpańskich (Goya, El Grecco, Valazquez, Murilla i innych, jak i Tycjana, Rubensa, Tintoretto, Lotta, Rafaela) wielu malarzy flamandzkich, niemieckich czy holenderskich.

Stali w tłumie machając przejazdowi króla Carlosa i Sofii oraz następcy tronu, a stojący obok nich Hiszpanie wiwatowali i ciesząc się z powrotu monarchii w kraju, opowiadali turystom, że to u nich od niedawna, że za czasów generalisimussa Franco tak nie było.

Przez cały ten czas Emilka czuła się fatalnie. Ale nie chciała psuć im humoru i radości z tak pięknej wycieczki – więc się nie skarżyła.

Któregoś dnia, jedli obiad w restauracji na rynku w Madrycie, zamkniętym w kwadrat starymi budowlami. Nagle Emilka poczuła, że wylewa się z niej woda, nie bardzo rozumiała co się dzieje. Pod jej krzesłem wyrosła kałuża. Zarumieniła się ze wstydu i nie wiedziała co robić. Z innych stolików patrzyli na nią podejrzanie, a Clark z Lolą nic nie zauważyli. Nagle dostała takich boleści, że upadła na kamienną pokrywę rynku i płacząc z bólu leżała zwinięta w kłębek.

Kelner pobiegł szybko do telefonu. Wezwano pogotowie. Na rynek nie było wjazdu. Clark podniósł Emilkę i tuląc ją do siebie, pobiegł do karetki. Za nimi biegła Lola. Oboje byli przerażeni. Clark wsiadł z Emilką do karetki, a Lorelay do samochodu i usiłowała jechać za nimi. Oboje z Clarkiem znali trochę ze szkoły hiszpański, poza tym w domu mieli zawsze pokojówkę, sprzątaczkę i kucharkę – Meksykanki i z nimi rozmawiali w ich języku. Emilka znała zaledwie kilka słów. Po przyjeździe do szpitala, Clark służył za tłumacza.

Ale Emilka miała takie boleści, że nie było czasu na wywiad lekarski, należało coś robić i to zaraz. Po wstępnym przebadaniu, wzięto Emilkę na ginekologię. Emilka przerażona była podwójnie. Po pierwsze na wszystko była przygotowana, ale nie na ciążę. Nigdy w jej planach życiowych, nie było dziecka. Bała się, po prostu się bała. Znając przeszłość, a więc macierzyństwo babki i matki, była pewna, że nieumiejętność kochania własnego dziecka jest dziedziczna. Nie chciała powtarzać tego błędu, choć z drugiej strony – dziecko Clarka? Czyż nie było to coś pięknego mieć z nim dziecko? Ale zaraz po tej uroczej myśli przyszedł też drugi powód przerażenia. Teraz się wyda, wszystko się wyda. I czy mogła by to zrobić Lorelay, dobrej, kochanej Lorelay? Urodzić dziecko Clarka, gdy ona z nim dziecka nie ma? Emilka już od dawna przypuszczała, że ona nie może mieć dzieci. Bo to całe gadanie za późno itd. ...

Kto w to uwierzy? Te wszystkie myśli przychodziły jej między skurczami. A potem był już tylko ból i na myśli nie było miejsca.

Clark biegł za łóżkiem popychanym energicznie przez pielęgniarza, i pytał lekarza idącego także obok i podtrzymującego kroplówkę:

– Dlaczego wieziecie ją na ginekologię, przecież ma bóle brzucha?

– No właśnie.

– Co no właśnie?

– Pana córka będzie rodzić.

– Rodzić? Jak może rodzić, kiedy nie jest w ciąży?

– Zapewniam pana, że jest i to w piątym miesiącu.

– Clark zachwiał się na nogach, pielęgniarz zostawił łóżko i chwycił Clarka.

– Co znaczy rodzić? W piątym miesiącu?

– To jak pan woli, jest to późne poronienie.

O Boże! Clark przysiadł na krześle, nie mógł iść dalej. Lekarz, łóżko z jęczącą z bólu Emilką znikli za zakrętem.

Lorelay szukała ich po szpitalu, wypytując napotkane pielęgniarki i lekarzy o Emilkę. Ale od nikogo nie otrzymała odpowiedzi, nikt nic nie wiedział. Wreszcie weszła w jakiś korytarz i zobaczyła Clarka siedzącego pod ścianą, twarz miał ukrytą w dłoniach, a jego ciałem wstrząsał szloch.

– Clark, na litość Boską – co się stało?

– Emily... wyszeptał i rozszlochał się jeszcze bardziej.

– Nie żyje? – Lorelay zrobiła się biała jak kartka papieru i przysiadła się do męża, bo nogi odmówiły jej posłuszeństwa.

– Nie... żyje.

– No to, co mnie straszysz! Powiedz zaraz co z nią, dlaczego płaczesz?

– Poroniła. Początek piątego miesiąca – to był chłopak...

Zapadło milczenie, tylko było słychać szloch Clarka. Po chwili Lola cicho wyszeptała:

– I to było twoje dziecko.

Clark pokiwał tylko głową nie patrząc na nią i znowu szloch wstrząsnął jego ciałem. Lola przytuliła jego głowę i rozpłakała się także. Siedzieli tak długo, tuląc się do siebie, a każde z rozdartym sercem, ale z innego powodu. Wreszcie wyszedł lekarz, podszedł do nich i poinformował:

– Już wszystko w porządku.

– Doktorze jak to możliwe, że nic nie zauważyliśmy? Prawie piąty miesiąc?

– Przy pierwszej ciąży, to częste zjawisko. Często widoczne jest dopiero w szóstym miesiącu. To wszystko zależy od budowy pacjentki. Miss Emily jest szalenie drobna i ciąża umieściła się jakby do środka.

– Możemy ją zobaczyć? – spytał Clark

– Nie, teraz śpi, jest bardzo wyczerpana. Ale jeśli Państwo zechcą, to mogą ją zabrać do niemieckiego szpitala. Jest tam większa wygoda i można z pacjentką spać w jednym pokoju. W jej stanie psychicznym, po takiej stracie jest to nawet wskazane. A poza tym, będzie dla niej łatwiej, tam wszyscy mówią też po angielsku. Proszę teraz pójść się przespać, dzisiaj tu nie można nic zrobić, a jutro mogą ją Państwo tam zabrać...

Wyszli oboje bez słowa. Wsiedli do samochodu i dalej nie mówiąc nic, dojechali do hotelu. Położyli się do łóżka, ale żadne z nich nie mogło zasnąć. Wreszcie Lola spytała cicho:

– Clark, dlaczego?

– Na to pytanie, nie potrafię odpowiedzieć – dlaczego. Oboje tego nie chcieliśmy. Zakochaliśmy się w sobie, nie wiedząc jeszcze kim jesteśmy. Zobaczyłem ją na tym przyjęciu, pamiętasz? Przyleciałem wcześniej, aby ci zrobić niespodziankę – zawsze kochałem tylko ciebie i nigdy cię nie zdradzałem.

– A teraz?

– Co teraz?

– No, czy możesz powiedzieć, że już mnie nie kochasz?

– Ależ nie Lorelay, kocham cię, zawsze będę cię kochał.

– Więc jak to było możliwe?

– Było, zobaczyłem ją w tłumie i nie mogłem oderwać od niej oczu, a ona ode mnie. Szliśmy do siebie jak ćma leci do ognia. Ona wie, że się spali, a jednak leci. Tak też było z nami. Zabrałem ją stamtąd, do ogrodu i zaraz bez słowa, pokochaliśmy się. Nie wiem czy powinienem ci to opowiadać, w żadnym wypadku nie chciałbym cię zranić...

– Już jestem zraniona, teraz chcę wszystko wiedzieć, muszę wszystko wiedzieć, żeby was zrozumieć...

– To nie było zwykłe przespanie się z dziewczyną, która mnie zafascynowała. To było takie piękne, takie czyste. Nie mogliśmy się od siebie oderwać. Myśleliśmy, że się już nie spotkamy i zostawiliśmy to losowi. Dlatego też nie wiedzieliśmy kim jesteśmy. Ani ona, ani ja nie wymieniliśmy naszych imion. I jak widzisz, los tak chciał, bo spotkaliśmy się zaraz i okazało się, że musimy się widzieć stale.

– Dlaczego nic nie powiedziałeś?

– Oboje z Emily, kochamy cię, ostatnią rzeczą do jakiej chcieliśmy dopuścić było to, abyś musiała przez nas cierpieć.

– I na co liczyliście? Nie rozumiem. Czekaliście na mą śmierć?

– Lola, kochanie nie gadaj głupstw – oczywiście, że nie. Po prostu nie myśleliśmy co będzie. Żyliśmy chwilą. Dla siebie we dwoje nie mieliśmy tych chwil za dużo. Jak nie byliśmy ze sobą, to marzyliśmy tylko o tym, co zrobić, by być razem. A jak już siebie dopadliśmy, to też nie rozmawiałyśmy tylko sycyliśmy się sobą.

– I żadnych środków zabezpieczających?

– Nie, z mojej strony nie. Nie zastanawiałem się nad tym. Myślę że Emily też nie. Tych okazji nie było dużo, więc sama rozumiesz...

– Nie, nic nie rozumiem, jak można kochać dwie osoby naraz?

– Jakbyś mnie o to spytała, przed poznaniem Emily, byłbym twego zdania, ale teraz sam nie wiem. Wiem tylko, że ją kocham tak, że serce chce mi pęknąć z rozpaczy, że ona tak cierpiała, a do tego nasz synek. Tak bardzo pragnąłem mieć dzieci i teraz... gdy dowiedziałem się, że mogłem je mieć, to rozpacz jest tak ogromna, tak ogromna – i dwie wielkie łzy potoczyły się po jego policzkach.

– Nie możesz mi wybaczyć, że nie dałam ci dziecka...

– Nie, nie kochanie. Z tym się pogodziłem i nie było mi źle, ale teraz to niespodziewane szaleństwo...

– Teraz, rozumiem twoją zazdrość, rozumiem wiele z twego zachowania – jaka ja byłam głupio – naiwna. Dała bym się pokrajać za to, że was nic nie łączy, chociaż życzliwi – nie powiem – dawali mi często do zrozumienia...

– Nie, nie jesteś głupia, czy naiwna, jesteś po prostu dobra, i za to cię kocham...

– I zdradzam...

– Przepraszam, wybacz mi skarbie jeśli potrafisz...

– A co będzie dalej? Co z Emily?

– No, muszę się nią zaopiekować, rozumiesz to, prawda?

– Oczywiście, zaopiekujemy się oboje – odpowiedziała z rezygnacją w głosie...

Na drugi dzień przenieśli Emilkę do niemieckiego szpitala. Lola chciała z nią zamieszkać, jednak Clark postawił na swoim. O to, by to on spał na drugim łóżku w pokoju, prosiła go też Emilka. Nie umiała spojrzeć w oczy ciotki, jak cała prawda wyszła na jaw. Tak więc Clark został z nią, pieścił, całował, pocieszał.

Także spał z nią w jednym łóżku, bo Emilka bała się sama. Wtulona w niego potrafiła zasnąć. Lorelay odwiedzała ich w ciągu dnia, grali w karty lub w gry, które były do dyspozycji.

Na temat poprzednich wydarzeń nie zamieniali ani słowa. Po paru dniach, Emilka poczuła się lepiej. Pozwolono jej wychodzić do ogrodu. Jednak jej stan psychiczny był jeszcze nie najlepszy.

Szpital, wybudowany przez Niemców – dla licznych turystów niemieckich, odwiedzających chętnie piękną Hiszpanię, (a wielu z nich nabywało tu domki lub mieszkania, aby w cieplejszym klimacie przeżywać zimę) – był raczej sanatorium. Posiadał rozbudowany personel pielęgniarski, jednak nie było tu żadnej sali zabiegowej, czy lekarza. Zjawiali się tu raz dziennie na wizytę.

Zabiegi i operacje wykonywano w szpitalach hiszpańskich, a potem tak jak teraz Emilkę przewożono ich tu na rekonwalescencję.

Lola wyszukiwała sobie różne zajęcia, aby jak najmniej przebywać z Clarkiem i Emilką.

Teraz gdy znała prawdę, Clark nie starał się zachowywać pozorów i trudno było nie zauważyć, ile ma dla niej uczucia. Okazywał jej to, tak bardzo na każdym kroku, że serce Loli krajało się z bólu, gdy na to patrzyła.

Po dwóch tygodniach, zdrowie Emilki poprawiło się do tego stopnia, że wraz z Clarkiem wrócili do hotelu. Mieli jeszcze przez parę dni zostać w Madrycie, aby Emilka mogła pójść do kontroli.

Drugiego dnia, postanowili, pojechać trochę za miasto. Z całej Hiszpanii właśnie Madryt miał najmniej zabytków do zaoferowania.

Clark zapukał do Emilki – cisza. Zawołał przez drzwi – wstawaj śpiochu idziemy na śniadanie! Była już 10 rano.

Gdy nie było żadnej odpowiedzi, a z pokoju nie dochodził też żaden odgłos, całkiem zaniepokojony Clark z przeczuciem, że coś się stało, pobiegł do recepcji po dodatkowy klucz. Recepcjonista wyjaśnił mu, że ta pani, wczoraj w nocy wyjechała i zostawiła list dla niego. Drżącymi rękami wziął od recepcjonisty list, pachnący jej perfumami i nic nie widząc przez łzy, poszedł na taras kawiarni i płacząc – zupełnie nie po męsku –

patrzył przed siebie trzymając nie otwartą kopertę w swoich rękach.

Lorelay czekała na Clarka i Emilkę w jadalni. Była głodna, ale nie chciała zaczynać bez nich. Wróciła do pokoju – nikogo. U Emily – cisza. Zeszła do recepcji i spytała;

– Nie widział pan mojej siostrzenicy, albo mojego męża?

Recepcjonista wskazał tylko ręką na taras, bo rozmawiał z kimś przez telefon.

Lola wyszła na taras i zobaczyła plecy swego męża. Siedział nieruchomo. Podeszła do niego. Po twarzy płynęła mu łzy, a w ręce trzymał zamkniętą kopertę.

– Co się stało kochanie? – zapytała siadając przy nim i głaszcząc go po plecach. Nie odpowiedział nic, tylko patrzył nieruchomo przed siebie. Wyjęła z jego rąk kopertę. Na wierzchu ładnym pismem Emily napisane było:

Lorelay i Clark. Otworzyła i zaczęła czytać na głos:

Kochana Ciociu!

Tak trudno mi pisać, bo wiem jak bardzo Cię zraniłam. Przyjęłaś mnie pod swój dach i byłaś lepsza dla mnie niż moja matka kiedykolwiek, byłaś mi najlepszą przyjaciółką jaką w życiu miałam. Czas przeżyty z Tobą, to najpiękniejsze chwile mojego życia. Tyle się od ciebie nauczyłam i za to wszystko w podzięce ukradłam ci miłość męża. Wiedząc jak bardzo go kochasz, jak bardzo Ci jest potrzebny. Na moje wytłumaczenie mam tylko to, że pierwszy raz w życiu naprawdę pokochałam mężczyznę i to tak jak sobie nawet w snach nie mogłam wyobrazić. Byłam pewna, że nigdy nikogo nie pokocham, że będę zawsze panować nad mymi uczuciami. Ale się myliłam i to jak myliłam! W ramionach Clarka, znalazłam największe szczęście świata. I pokochałam go tak mocno, jak tylko pokochać można.

Przyznaję ta miłość do niego odebrała mi rozum i możliwość odczucia, co dobre, a co złe. Dobrze, że niczego ode mnie nie żądał, bo zrobiłabym więcej, niż by zechciał. Dziękuję Wam za wszystko. Nigdy nie będę już tak szczęśliwa jak u Was.

Miałam nie używać już słowa nigdy, ale w tym wypadku jestem tego pewna.

Jedyną dobrą rzeczą jaką dla Was mogę zrobić to zniknąć i zostawić Was w spokoju, abyście mogli do siebie wrócić i żyć tak pięknie i szczęśliwie jak do mojego przyjazdu.

Kocham Was oboje bardziej niż potraficie sobie wyobrazić. Mam nadzieję że Wam będzie łatwiej niż mnie, bo macie siebie. Takich ludzi jak Wy, nie ma na świecie.

Zachowajcie mnie w sercu, tak jak ja was zachowam na zawsze. Nie proszę o przebaczenie, bo nie mam do tego prawa.

Tobie Clark przysięgam, że z żadnym mężczyzną nie przeżyję już tego co z Tobą.

Nie zarzekam się, że odtąd będę żyła w celibacie, ale to co było między nami...

Tego nie można powtórzyć. Kocham Was Oboje.

Emily.

PS: Zabrałam moją kartę kredytową, potrzebuję na bilet i początek, ale gdy zacznę pracować wszystko zwrócę. Z miłością E.

Lorelay skończyła czytać i przytuliła się do Clarka. Będzie potrzebowała dużo cierpliwości czekając na miłość męża. Na pewno jeszcze długo przyjdzie mu opłakiwać utracone uczucie. I w tym momencie poczuła potworną zazdrość. Zazdrość o to, co oni przeżyli, o uczucie, któremu nie potrafi przeciwstawić swojego, bo Clark nigdy jej tak nie kochał i kochać nie będzie – jak tę przybłędę z Polski jej siostrzenicę.

Rozdział siódmy

Londyn

Emilka też cała zapłakana, opuściła hotel i udała się taksówką na lotnisko.

Poprosiła o bilet, do jakiejkolwiek stolicy europejskiej, byle od razu.

Za godzinę odlatywał samolot do Londynu. Kupiła, zapłaciła. Przy sobie miała tylko małą walizeczkę. Nie oddawała na bagaż, tylko wzięła do samolotu. Miała złotą vizę, którą za wszystko zawsze płaciła w Ameryce. Postanowiła korzystać z niej do swej pierwszej pracy, potem odda ją, a dług spłaci.

Po przylocie do Londynu, już na lotnisku zaczęły się kłopoty. Nie miała oczywiście wizy angielskiej. Zatrzymano ją.

– Jak Pani się tu w ogóle znalazła z polskim paszportem i do tego bez wizy? –pytał celnik.

– Wyjechałam przed trzema laty do Stanów do mojej rodzi ny, teraz chciałam być bliżej kraju i przyjechałam do Europy, bo jak wiecie Panowie w Polsce jest stan wojenny.

– No, tak, to prawda, ale dlaczego akurat do Londynu? – pytał dalej celnik.

– Znam język angielski nieźle, a innych niestety nie.

– A co Pani zamierza w Londynie robić?

– Zwiedzać, potem może całą wyspę, nigdy tu jeszcze nie byłam – mówiła udając swobodę Emilka.

– A, pieniądze, ma Pani pieniądze? – Emilka wyjęła złotą vizę i pokazała celnikom.

– Oprócz karty, moja rodzina ma konto w banku szwajcarskim.

– To może każdy powiedzieć!

– Tak, ale ja mogę udowodnić. Proszę zadzwonić do Banku – i tu wymieniła nazwę – i spytać czy moja rodziny ma tam konto na nazwisko Mostowska – wymieniła nazwisko panieńskie matki.

Celnik kazał jej wszystko napisać, następnie dać kartę kredytową i wyszedł. Po pewnym czasie wrócił, pokiwał potakująco głową do drugiego, który został z Emilką.

– Sprawdziliśmy, może pani zostać, dostanie pani wizę na jakiś czas, ale pracować u nas nie wolno!

– Jeśli pan sprawdził, to pan wie, że pracować nie muszę, prawda? – uśmiechnęła się Emilka uroczo.

– Tak, tak, ale dzisiejszą noc musi Pani zamiast w Hiltonie, spędzić u nas bo wizę możemy załatwić jutro rano, dzisiaj jest już za późno.

I tak swą pierwszą dobę na angielskiej ziemi, spędziła Emilka w komisariacie lotniska. Ale i tak była szczęśliwa, że dostanie wizę i będzie mogła trochę w Londynie pomieszkać i popracować. Kto wie, myślała, może los tak zrządzi, że zostanę tu na całe życie. Oczywiście myślała o pracy, bo nie chciała korzystać z pieniędzy Lorelay i Clarka, a konto w banku szwajcarskim znała, ale nie wzięła na nie upoważnienie, które chciała dać jej matka. Tylko z przekory typu – łaski bez, poradzę sobie sama. I musi. Chciała sama do czegoś dojść, a nie korzystać z pieniędzy rodziny. Prawie nie spała całą noc. Możliwości przespania się były tylko w celi, dla różnych przestępców. Wolała tę noc spędzić z policjantami na służbie. Gdy nie mieli nic do roboty, to grali z nią w karty. Nawet poczęstowali ją kawą z termosu i kanapkami. Na drugi dzień koło południa, dostała swoją upragnioną wizę na pół roku i mogła wreszcie wyruszyć w kierunku Londynu. Do śródmieścia z samego lotniska jechało metro. Jednak Emilka była tak zmęczona, że zdecydowała się na taxi. Kazała się zawieść do średniej klasy hotelu w śródmieściu. Nie znała Londynu, to obojętnie jej było gdzie. Taksówkarz wysadził ją przed nieźle wyglądającym hotelem, cena była też przystępna, ale miejsc nie było! I znowu jazda do następnego. W ten sposób zwiedzili 15 hoteli trzy gwiazdkowych. Taksówkarz spytał:

– To co robimy? – Emilka miała długi lot z Los Angeles za sobą, potem 16 godzin na lotnisku i była więcej niż skonana.

– Może być najdroższy, jest mi już obojętnie – powiedziała zrezygnowana.

Zawiózł ją na szczęście do 4–gwiazdkowego, a nie najdroższego hotelu. I tu Bogu dzięki pokój był. Emilka wyprysznicowała się szybko i padła na łóżko jak nie żywa. Przez dłuższy pobyt w Madrycie, zdrowotnie czuła się już znakomicie, gorzej było z psychiką. Do Polski nie chciała teraz wracać. Zresztą nie wiedziała, co tam zastanie, ani politycznie, ani rodzinnie. W między czasie dotarła do niej wiadomość o śmierci męża Steni i że ona zamieszkała na stałe już z matką i Markiem...

Nie, do domu nie chciała wracać. Jeszcze nie.

Trzeba coś postanowić, na coś się zdecydować. Wiedziała, że Clark nie będzie jej szukał, bo miał przy sobie teraz Lorelay i musiał ją przekonać, że chce przy niej zostać.

Musiała – chociaż to bardzo bolało – przyjąć do wiadomości, że amerykański rozdział życia został na zawsze zamknięty. Stanęła przed dużym lustrem w łazience i przyglądając się sobie stwierdziła: Masz 21 lat, a przeżyłaś już więcej niż niejeden zdąży przez całe życie. W związku z tym jesteś twarda. Poznałaś co to miłość.

Nigdy więcej, bo to boli, nawet więcej niż skurcze porodowe. Dzieci też nie. Gdyby się kiedyś zdecydowała na potomka, zawsze by jej przypominał, tego za wcześnie urodzonego, tego poczętego z szalonej miłości i za wcześnie wyrzuconego na ten świat i niezdolnego do życia na nim.

Znowu łzy.

Wywiesiła przed tym na drzwiach „Proszę nie przeszkadzać" i spała 17 godzin.

Obudziła się drugiego dnia w południe. Zeszła do restauracji na obiad. Była porządnie głodna. Potem ruszyła na miasto. Pierwszą czynnością było kupienie ubrania. Wszystkie ciuchy zostały w Los Angeles. Do Hiszpanii wzięła tylko letnie rzeczy.

Te ciepłe z Nowego Jorku zostały wysłane do Los Angeles. Teraz była już jesień i ranki i wieczory były chłodne. Kupując ubrania cieplejsze i na deszcz, (którego tu było w nadmiarze), pomyślała, któryż to raz z rzędu kupuję nową garderobę. Żyję jak Nomadowie.

Nigdzie, długo miejsca nie zagrzeję i nie mam nawet, jak normalni ludzie swojej szafy. Udała się na Soho i tam spacerując od sklepu do sklepu, nakupiła różności. Zakupione rzeczy kazała zawieść do hotelu, a sama udała się na nocne zwiedzanie Londynu. Wsiadła po prostu do piętrowego autobusu i przemierzała siedząc w nim na górnym pierwszym miejscu, całą jego trasę, a potem przesiadała się na następny. Tak do godziny drugiej w nocy. Potem pojechała do hotelu, zamówiła do numeru lekką przekąskę i poszła spać. W ten to sposób, przez tydzień zwiedzała Londyn. Był Tower, oczywiście gabinet figur woskowych Madame Tussaud, muzea i kościoły. Gdy stwierdziła, że Londyn nie jest już obcym miejscem, kupiła gazetę i szukała ogłoszeń o pracę. Oczywiście tych „na czarno", bo pozwolenia na legalną pracę niestety nie miała. Zaczęła od mycia talerzy w podłej knajpie. Potem awansowała na kelnerkę, ale szybko zrezygnowała z tego sposobu zarabiania na życie, ponieważ była tak często zaczepiana przez mężczyzn, co doprowadzało do licznych awantur, że już w trzecim lokalu właściciele dziękowali jej przed umówionym terminem. Trzeba było szukać czegoś innego. Zaprzyjaźniła się z dwoma kelnerującymi aktorami i postanowili w trójkę zrobić coś sami. Musiała też pomyśleć co z mieszkaniem. Hotel każdego dnia zżerał kupę pieniędzy. Georg i Will – zwany popularnie Wilmą, zaproponowali jej mieszkanie u nich. Sami spali w jednym pokoju, (kochali się niewymownie) drugi jej odstępując, był też trzeci wspólny, który służył za kuchnię i łazienka z bojlerem na monety. Nazwa „pokoje" w wypadku nor jakie zamieszkiwali, była można powiedzieć szumna. Ale był dach nad głową i wesoła kompania, a czynsz był nieduży. Poza tym mieszkanie z pedałami miało tylko plusy. Obaj świetnie gotowali, lubili sprzątać i w domu była zawsze miła atmosfera. Postanowili, że będą zarabiać, robiąc zdjęcia na imprezach. Wyglądało to tak, że znajomi bezrobotni aktorzy, pracujący w różnym charakterze w różnych lokalach „dawali cynk" gdzie jest wesele, chrzciny czy inna uroczystość. Oni zjawiali się z aparatami fotograficznymi, robili masę zdjęć, potem pędem jechali do domu wywoływali je z prędkością błyskawicy i przywozili pod koniec imprezy. Przeważnie udawało im się sprzedać większość fotek tzw. nie ustawianych – pierwszy rząd leży, drugi kuca – dość „zaprawionym" biesiadnikom. W tym stadium przyjęcia ludzie byli bardziej hojni.

Była to całkiem intratna robota, gdy się załapało na dużo imprez. Ale z drugiej strony tak stresująca, że po pewnym czasie, wszyscy troje mieli dosyć.

Znajomy, przez znajomych, podał Emilce adres, pewnej starszej lady, której matka, osoba jeszcze starsza potrzebowała kogoś do towarzystwa. Jeszcze Starsza Lady, była przykuta do wózka miała 89 lat i była sprawna umysłowo. Pragnęła kogoś, kto jej poczyta i podyskutuje z nią przeczytane fragmenty. Poza tym będzie jej towarzyszył, gdy będzie jej nudno lub pojedzie z nią na spacer.

Rodzina była bogata, arystokratyczna. Lady mieszkała sama w małym dworku z ogromnym ogrodem, kucharką hinduską, sprzątaczką murzynką, pielęgniarką – Angielką – zgorzkniałą starą panną (czytaj jędzą) i teraz do tego kompletu dołączyć miała Emilka. Pierwsza wizyta u jeszcze starszej dość zrzędliwej, ale inteligentnej damy wypadła dla młodej Polki pomyślnie. Lady Victoria (imię na cześć, królowej o tym imieniu) znalazła upodobanie w urokliwej i nie głupiej dziewczynie – jak się wyraziła i Emilka miała miejsce pracy z wyśmienitą kuchnią i mieszkaniem. Dostała piękny tapetowany w herbaciane róże pokój z ogromnym hebanowym łóżkiem z baldachimem, z dwoma wysokimi oknami, zdobionymi w kolorowe witraże, a wychodzącymi na ogród o południowej florze. Jej wrodzone poczucie smaku zostało mile połechtane. Przebywając w tak pięknym otoczeniu, zaczęła lizać rany, jakie zadała jej miłość do Clarka. Postanowiła wymazać mężczyzn ze swego młodego życia. Odpocząć przy staruszce, a potem rozglądnąć się za możliwością robienia kariery.

Bo że chciała zrobić karierę, nie ulegało wątpliwości. To był teraz jedyny jej cel życiowy. Ale na razie zamieszkiwała ten pałacyk i należało się jakoś względnie tu urządzić.

W drugim dniu zawarła znajomość z kucharką. Śniadanie podano typowo angielskie, czego nie przetrzymały smakowe zmysły Emilki. Postanowiła zaprzyjaźnić się z kucharką i przez to dostawać takie jedzenie na jakie miała ochotę. Okazało się to nie trudne. Kucharka jak i sprzątaczka lub szumnie powiedziawszy pokojówka pochodziły z pięknej wyspy na oceanie Indyjskim – Mauritius – i chętnie o swym pięknym rodzinnym kraju opowiadały. Emilka słuchała z zaciekawieniem i tym to sposobem zaskarbiła sobie miłość obu pań. Pokojówka Mary była Kreolką, a Zizi Hinduską. Opowiadały, że na ich wyspie żyją w totalnej zgodzie różne nacje i różne religie i nikomu to nie przeszkadza. Przyroda jest tak przepiękna,...

– Nasza wyspa to jak szmaragd na oceanie indyjskim, jest mała bo ma tylko prawie 2000 km kwadratowych, a mieszka na niej bardzo dużo ludzi, połowa to Hindusi, którzy przyjechali tu w dziewiętnastym wieku na plantacje trzciny cukrowej – mówiła Zizi.

– Ale jedna czwarta to Kreoli – wtrąciła Mary

– Tak, tak – kontynuowała Zizi – i jest jeszcze trochę muzułmanów, nie uważasz Emily, że świat od tej wyspy, powinien uczyć się tolerancji? U nas wszyscy żyją ze sobą w pełnej zgodzie. My tzn. moja rodzina, która żyje na Mauryciusie, jesteśmy chrześcijanami, a obok sąsiadka jest buddystką, a z drugiej strony Hindusi wyznający Hinduizm. I wszyscy żyją w zgodzie i nikt nikomu nie ma za złe.

– A jakim językiem u was się mówi? – zapytała Emilka już bardzo zainteresowana.

– No wiesz, pierwsi przyszli na wyspę Holendrzy, i to oni nadali jej nazwę od księcia Luisa Maurica z Nassu. Potem przyszli Francuzi, którzy swą kulturą tak zawojowali wyspę, że do dzisiaj część jej mieszkańców posługuje się tym językiem. A reszta mówi po angielsku lub kreolsku, bo po Francuzach przyszli Anglicy. Można powiedzieć, że jedni wyspiarze zawojowali drugich. I byli tu bardzo długo. Wprawdzie wyspa otrzymała niezależność w 1968 roku, niemniej jednak premierem został z pochodzenia Hindus i jest bardzo popierany i szanowany przez swoich współmieszkańców wyspy, w 1992 ogłosił wyspę republiką. Jak widzisz dziewczyno z nieznanego północnego kraju, nasza wyspa jest oazą spokoju i radością dla oka. Ma przepiękne krajobrazy – zielono górzyste, ale także wspaniały ciepły klimat, cudowne plaże, kryształową szmaragdową wodę i koralowe rafy. Oprócz tego mieszkają tam ludzie pogodni, rozśpiewani i bardzo gościnni!

– No wiecie dziewczyny, zrobiłyście mi taki apetyt na wyspę, że pierwszy mój urlop to będzie właśnie tam! A poza tym jestem zdziwiona waszymi wiadomościami o kraju!

– A cóż w tym dziwnego, to wszystko wie każde dziecko, bo uczymy się o tym w szkole!

I tak w wielkiej przyjaźni z pokojówką i kucharką jak i jeszcze starszą panią minęło pół roku przewidzianej wizy. Córka Lady Victorii, też nienajmłodsza, a nosząca imię, jak łatwo się domyśleć – panującej im łaskawie królowej Elżbiety, zadowolona z Emilki zajęła się tą sprawą.

Tak więc, Lady Elizabeth mająca znajomości wszędzie, załatwiła dla Emilki przedłużenie wizy o rok.

I znów upłynął rok, na spacerach z Lady Victorią, rozmowach z nią i czytaniu.

Jeszcze starsza Lady interesowała się wszystkim, tak że pierwszym przykazaniem codziennym zaraz po śniadaniu było czytanie gazet jakie dostarczano. Potem czytanie książki, drugie śniadanie mała drzemka (czas wolny Emilki – godzinka) potem spacer po ogrodzie, obojętnie jaka pogoda.

Po obiedzie znowu drzemka, tym razem dłuższa – dwie do trzech godzin i Emilka mogła wybrać się do Londynu. Szofer podwoził ją limuzyną (stary piękny roys Lady) pod kolejkę, która potrzebowała piętnastu minut, by znaleźć się w mieście.

Przeważnie latała po sklepach lub odwiedzała przyjaciół. Potem kolacja, znowu czytanie lub dyskusja i o 11 godzinie Lady szła wreszcie spać i Emilka miała czas dla siebie.

Lecz była tak zmęczona, że po paru telefonach do przyjaciół – zasypiała.

Aż któregoś dnia, Lady Victoria nie obudziła się po prostu ze snu.

Odbył się piękny pogrzeb z pompą i paradą, a Emilka została bez pracy.

Ale szczerze mówiąc, dość już miała Londynu i prac tam wykonywanych, więc postanowiła wyjechać. Nie bardzo wiedziała gdzie i zdecydowała się zostawić to losowi. Dotychczas, los jej dobrze podpowiadał, co potem się działo, to ona sama miała w tym niezły udział i losu za to winić nie mogła. Po wesołym pożegnaniu ze swymi przyjaciółmi, które urządzili dla niej Willi zwany Wilmą i George, po pożegnaniu z dziewczynami z Mauritiusa z zapewnieniem, że na pewno tam kiedyś dotrze i odwiedzi ich rodziny – pojechała na lotnisko.

Siadła przed tablicą z odlotami samolotów i zaczęła się zastanawiać w jakim kierunku lecieć. Tęskniła za Polską, za Stenią, nawet za Matką, ale nie mogła tam jechać, nie mogła. Nie wiedziała co zastanie w domu, a nie chciała burzyć szczęścia Matki, już nie chciała. Tak więc gdzie?

– Dokąd to lecimy? – Emilka nie zareagowała, bo nie przypuszczała że ten młody człowiek zwraca się do niej.

– W jakim języku mówisz? – Nie dawał za wygraną, chłopak.

– Ja??? – ze zdziwieniem spytała Emilka.

– Ty, ty – najatrakcyjniejsza babka na 100 km! – zakomplemencił.

Emilka przyglądnęła mu się krytycznie. Nie miała ochoty na nowe znajomości. Chłopak był tak w jej wieku może starszy, może młodszy, ale niewiele, bardzo wysoki, szczupły i przystojny na swój sposób.

– A ty dokąd? – zapytała.

– Dobrze wychowane osoby, nie odpowiadają pytaniem na pytanie, ale za bardzo mi się podobasz, abym chciał cię spłoszyć, więc grzecznie ci odpowiem – jestem Austriakiem, lecę teraz do Wiednia do mojej rodziny.

– A ja jestem Polką i nie mam pojęcia gdzie lecieć, jednego jestem pewna, chcę opuścić Londyn.

– A co masz dość jedzenia frytek z rybą z gazety, czy tych ciągłych wiatrów, mgły i deszczu?

– To akurat mi wcale nie przeszkadzało, a rzadko się zdarzało, abym jadła fish and chips.

– To co cię stąd wygania?

– Powiedzmy, osobiste problemy.

– To leć ze mną! Pomogę ci w Wiedniu, mój stary jest właścicielem Agencji reklamowej, na pewno coś dla ciebie znajdzie.

– No, nie wiem, nie znam cię.

– Nazywam się. Kurt Zimmermayer...

– Bardzo mi miło, a ja – i tu Emilka się przedstawiła – ale nie znam niemieckiego!

– Nie szkodzi, nauczysz się, jesteś młoda, a po angielsku mówisz świetnie!

– No nie wiem... jeszcze się wahała.

– Nie ma co się zastanawiać – idziemy kupić bilet – było jeszcze kilka, kiedy kupowałem – tylko godzina do odlotu, nie zastanawiaj się dziewczyno!

Emilka wstała i poszła za młodym mężczyzną. Co mi zależy, myślała, jak nie będzie mi się podobać to zawsze mogę jechać gdzieś indziej.

Rozdział ósmy
Wiedeń

Bilety jeszcze były. Mieli szczęście. Chłopak chciał koniecznie siedzieć koło niej w samolocie, jednak to się nie udało, bo żaden z pasażerów nie chciał się przesiąść.

Umówili się po wyjściu z samolotu. Stał tam i czekał na nią. Już razem poszli po jego bagaż, a potem do garażu na lotnisku gdzie Kurt miał zaparkowany swój samochód.

Oczywiście sportowe BMW – jakże by inaczej zaśmiała się w duchu Emilka.

– Gdzie mam cię podwieźć? – spytał Kurt.

– Nie mam pojęcia, ty znasz Wiedeń, to zabierz mnie do jakiegoś porządnego hotelu w śródmieściu.

– Do Sachera?

– Wprawdzie nie znam Wiednia, ale o tym hotelu słyszałam, nie jestem księżniczką.

– Ale dla mnie jesteś – przerwał jej Kurt.

– No dobrze, jeśli tak uważasz, ale wolałabym jakiś nie tak luksusowy, wystarczy dobry.

– Dobrze.

Pojechali do samego śródmieścia. Emilka podziwiała wszystkie wspaniałe budowle, które mijali po drodze. Zjechali z Ringu koło opery, potem koło hotelu Sacher i na placu Nowy Rynek zatrzymali się przed hotelem „Europa".

– Chodź, spytamy czy mają pokoje – powiedział do niej Kurt.

Były. Wzięła swój bagaż i poszła do pokoju. Pomachała tylko ręką na pożegnanie Kurtowi i zniknęła w windzie. Umyła się w pokoju i wyruszyła na miasto. Wiedeń bardzo jej się spodobał. Jak na razie radziła sobie dobrze, bo wielu młodych ludzi znało angielski.

Gdy na drugi dzień siedziała przy śniadaniu, oglądając ulicę, jedną z najładniejszych ulic Wiednia, na którą to wychodziły okna restauracji – Kärtnerstraße, do jej stolika przysiadł się Kurt.

– Dzień dobry jak się spało? – zapytał ją

– Dziękuję dobrze, a co tu robisz o tej porze?

– Jak to co? Obiecałem się Tobą zająć w Wiedniu, nie pamiętasz?

– Pamiętam, tylko nie myślałam, że bierzesz to tak poważnie!

– Jak najpoważniej i chciałem cię zaprosić do moich rodziców na kolację

– Na kiedy?

– Na dzisiaj!

– Jesteś można powiedzieć szybki Bill – powiedziała, niby z podziwem Emilka

– Nie, tylko muszę się przyznać, że bardzo mi na Tobie zależy.

– Ok, ale dlaczego zaraz rodzinne pielesze, chyba nie zamierzasz mi się oświadczyć znając mnie zaledwie dobę?

– Mówiłem ci przecież, że mój ojciec ma firmę i może pomóc!

– A ty nie powinieneś być w pracy?

– Wiesz ja mam też firmę, ale jest ona jednoosobowa, i jak mi się nie chce pracować, to się zwalniam u siebie.

– Bardzo praktyczne, ale jak nie pracujesz, to nie masz pieniędzy, czyż nie?

– No niby tak, ale mój tatko ma ich tyle, że może się podzielić z pierworodnym nie?

– Masz rodzeństwo?

– Tak siostrę.

– I co ona robi?

– Jest lekarzem, ale na stażu i jeszcze też mieszka w domu, to co przyjdziesz?

– Ok, jestem ci to winna, w sumie przytargałeś mnie do tego Wiednia, to też odpowiadasz za mnie nie?

– A co nie podoba ci się tutaj?

– Wręcz przeciwnie, jestem oczarowana miastem. I właśnie zaraz się wybieram na zwiedzanie.

– Ok, to do wieczora, czekaj na mnie o szóstej przed hotelem, bo tu trudno o parking.

– Dobrze.

Pożegnali się i Emilka wyruszyła na miasto. Poszła Kärtnerstrasse do Placu Stefana, obejrzała Katedrę Stefana, potem przez Graben, koło pomnika zadżumionych i dalej przeszła przez Hofburg na Ring do Muzeów. Dalej Parlament, Ratusz i wróciła koło Burgtheater na stare miasto. Kupiła sobie śliczną sukienkę na wieczór. Poszła do hotelu, umyła włosy, wysuszyła i już śliczna, świeża i gotowa czekała na Kurta.

Był punktualnie o szóstej i pojechali do 14 dzielnicy, na jej obrzeża, gdzie prawie w lasku wiedeńskim stały piękne domki w ogrodach. Zatrzymali się na końcu uliczki.

Rodzice Kurta mieszkali w ładnym starym domu jednorodzinnym, zbudowanym w secesyjnym stylu – porośniętym dzikim winem. Oprócz Kurta, rodziców, lokatorką była siostra Kurta – Leopoldyna. Rodzice byli starszymi miłymi ludźmi – matka typowa Hausfrau, ojciec bardzo przystojny szpakowaty pan, a siostra 28 – letnią podobną do matki dziewczyną.

Kolacja była na ciepło, matka miała do dyspozycji starą gosposię, która można powiedzieć należała do „inwentarza”.

Oczywiście, wszyscy byli Emilki bardzo ciekawi i pytaniom nie było końca.

Opowiedziała, że wyjechała do rodziny matki do Los Angeles i pracowała tam jako menadżer, aktorów hollywoodzkich, ale oczywiście nie przyznała się, dlaczego opuściła rodzinę w Polsce jak i w Ameryce. Zmyśliła natomiast, że miała w planie zrobić sobie tylko wakacje w Kalifornii, a na studia wrócić do kraju, że praca tam bardzo jej się spodobała i postanowiła zostać jeszcze rok, a gdy już chciała wracać, to w Polsce ogłoszono stan wojenny i nie mogła, czy nie chciała wrócić. Ale postanowiła przyjechać do Europy, by być bliżej kraju. Najpierw wylądowała w Londynie, bo dobrze zna angielski. Tam trochę popracowała, ale nie taki charakter pracy ją interesuje. Jest kreatywna, zdolna i chciałaby do czegoś dojść, a w Londynie nie było to możliwe. Dlatego też zdecydowała się po namowach Kurta przyjechać do Austrii, chociaż nie zna języka. itd.

Nie, nie zna dobrze niemieckiego, ale bardzo chciała by się nauczyć, znaleźć pracę, by móc utrzymywać się sama, a nie korzystać z karty kredytowej swojej rodziny.

– Jeżeli nie chcesz korzystać z karty, tylko sama zarobić na swe utrzymanie, to nie powinnaś mieszkać w tak drogim hotelu – powiedział ojciec Kurta.

Stwierdzenie to zdenerwowało i zraziło do ojca chłopaka, chociaż w duchu musiała mu przyznać racją, ale co się pcha z takimi uwagami na wstępie – myślała Emilka, ale na ustach miała piękny uśmiech.

Z matką porozumienie było marne, tylko za pomocą tych paru słów niemieckich, co Emilka znała, a to było mało. Matka niestety nie mówiła – w przeciwieństwie do reszty rodziny – po angielsku. A w tym właśnie języku przebiegała konwersacja ze względu na Emilkę.

– Jesteś miłą, sympatyczną dziewczyną i chętnie ci pomogę – powiedział ojciec Kurta, Stefan – jestem właścicielem dość dużej agencji reklamowej, która ma powiązania z Amerykanami. Twoja perfekcyjna znajomość angielskiego, do tego polski i rosyjski, języki z którymi należy wiązać przyszłość, bo nasze rynki zawężają się i należy przyszłych klientów szukać tam właśnie – predysponuje Cię do pracy u mnie. Mogę przyjąć Cię do nas na razie jako kontaktera z Amerykanami i posłać na kurs niemieckiego – mam takie możliwości.

– A zamieszkać możesz u nas, mamy pokój gościnny z małą łazieneczką – wtrącił Kurt.

– Nie wiem po prostu, jak Państwu dziękować – tak się cieszę – bardzo, bardzo dziękuję – to rozwiązuje wszystkie moje problemy – a za pokój będę oczywiście płacić.

– No, jakoś się dogadamy nie ma sprawy.

Tego wieczoru, znowu zmieniło się życie Emilki. Po jej rzeczy do hotelu, pojechał z nią Kurt. Sam się zgłosił, choć Emilka mówiła, że to niepotrzebne, bo przecież ma 5 rzeczy na krzyż, to sama da sobie radę. Nie, on pomoże i służy autem. Gdy wreszcie w samochodzie został dopuszczony do głosu, (przy stole mówił tylko ojciec, nie odrywając wzroku od Emilki) od razu poinformował ją – jakby bał się konkurencji ojca – jaki to on jest wspaniały, własna firma, dużo pieniędzy no w ogóle partia, o którą powinny bić się wszystkie panie.

– To jak jesteś taki wspaniały i pieniężny, to dlaczego mieszkasz u mamusi? – powiedziała ironicznie Emilka.

– Bo tak jest wygodniej. Mama posprząta, a raczej, ta baba co przychodzi do nich, wypierze, strawa na stole, a moje pieniążki na moje konto i rosną, rosną (on jednak jest palant – pomyślała Emilka, a głośno powiedziała):

– I dokąd masz zamiar uprawiać tę hodowlę cashu na koncie, kosztem rodziców?

– Do momentu, aż nie spotkam tej mojej wyśnionej! – powiedział patetycznie

– To może potrwać do późnej starości – dalej drwiła z niego.

– O nie, wczoraj w Londynie ją spotkałem – i położył jej rękę na udzie.

– Hola, hola, mój panie, nie tak szybko! – nie jestem zdobyczą na jeden wieczór! – krzyknęła oburzona i odepchnęła jego rękę.

– Kto mówi o jednym wieczorze? Gdy cię zobaczyłem, wszystkie zmysły u mnie zagrały, muszę przyznać, że zdarza mi się to, po raz pierwszy!

– No i co z tego? Zmysły grają i po zaspokojeniu przechodzą w stan spoczynku.

– O, nie! Ty mnie nie znasz! Jeszcze przy żadnej dziewczynie, nie czułem takiego bicia serca, jak przy Tobie. To może być początek wielkiej miłości!

– I na początku wielkiej miłości, wsadzasz rękę pod spódnicę wybranki?

– Przepraszam Cię, ale działasz na mnie tak, że mam za ciasne spodnie!

– Zimny prysznic, zimny prysznic pomaga. Przyjmij do wiadomości, że do łóżka ze mną wiedzie dłuższa droga niż myślisz, musisz się trochę postarać i przekonać mnie, że warto właśnie z tobą!

Tak rozmawiając, zajechali już na miejsce, Emilka wzięła klucz do pokoju. Gdy do niego weszli, Kurt wziął ją w ramiona i pocałował. Jego język penetrował jej usta, a ręce tańczyły po jej ciele. Poczuła podniecenie. Pachniał tak dobrze i miała ochotę na seks, ale po chwili odepchnęła go od siebie i powiedziała:

– Na dzisiaj wystarczy – a w duchu pomyślała: jeszcze nie – trzeba iść do kontroli do ginekologa i jak będzie wszystko w porządku, to muszę zacząć brać pastylki. Żadnych wpadek!

– Dlaczego? – Kurt nie chciał jej wypuścić z ramion i całował w szyję, szepcąc, proszę, tak cię pragnę, tak bardzo, wziął jej rękę i powiódł do spodni, żeby mogła sprawdzić stan jego podniecenia. Odepchnęła go.

– Nic z tego, jak już mówiłam, zimny prysznic ci pomoże, a o mnie, musisz się starać! – wzięła rzeczy i wyszli.

Okres, który nastąpił potem – był bardzo pracowity. Nauka niemieckiego (poszła na intensywny kurs, codziennie po trzy godziny) szła jej świetnie. Przy jej zdolnościach, po pół roku była lepsza w tym języku, od niektórych Austriaków, którzy poprzestali na podstawówce.

W agencji reklamowej była tak obrotna, że przydzielono ją do pracy z największym klientem – firmy, która posiadała sieć sklepów nie tylko w Austrii ale i Niemczech i niemieckojęzycznej części Szwajcarii. Profil tej firmy był „mydło – powidło". Były to sklepy dla „każdego" w których klient mógł się napić kawy, zjeść mały posiłek, a oprócz tego kupić – od majtek po biżuterię.

W cyklu dwu tygodniowym, zmieniano towar, tematycznie. To znaczy, albo wszystko do kuchni, albo do łazienki, albo ubrania i buty itp. Rzeczy sprzedawane w tej sieci pochodziły z całego świata, ale przede wszystkim z krajów, gdzie można było kupić za grosze i sprzedawać potem tanio. Do Emilki należała koordynacja wystroju wszystkich filii, (każdy sklep w Niemczech, Austrii czy Szwajcarii wyglądał tak samo – była to strategia firmy – łatwa rozpoznawalność) ale i także badanie rynku, gdzie można i co tanio kupić. Krew przodków żydowskich, pomagała jej być doskonałą w handlu, a zmieszana z krwią polską tworzyła wspaniały cocktail sprytu, cwaniactwa i pracowitości.

Oczywiście przez cały ten czas, Kurt nie dawał jej spokoju. A ona dzielnie opierała się. Wreszcie kupił mieszkanie. Piękne na dachu w śródmieściu, potwornie drogie, (mieszkania w Wiedniu nie należą do najtańszych) na co poszły całe jego oszczędności i zaproponował jej zamieszkanie wspólnie.

Ojciec Kurta, także ślinił się na jej widok i była pewna, że gdyby na to przyzwoliła, przeleciał by ją bez skrupułów, dlatego zawsze traktowała go jak przyszłego teścia, udając że nie zauważa jego maślanych oczu na jej widok – a on ze swej strony tłumaczył się, że kocha ją jak drugą córkę.

Przez tę jego miłość, Emilka robiła w firmie co chciała i rok po rozpoczęciu pracy, była już prawą ręką szefa. Jeździła z nim na wiele wyjazdów służbowych po Europie jak i do Nowego Jorku, gdzie znajdowała się firma matka.

W czasie jednego z pobytów w NY zostali zaproszeni na Broadway na jedno z przedstawień. Było szefostwo amerykańskie z małżonkami i ona z szefem. Poszła do Prady kupić coś specjalnego na ten wieczór. Był to koniec lata, ona pięknie opalona, więc wybrała bladoniebiesko-srebrzystą sukienkę z frędzlami, do tego w tym samym kolorze buty i maleńką torebeczkę.

Po pierwszej części przedstawienia udali się do baru na szampana. Stali w kole z kieliszkami w rękach i rozmawiali, Emilka między tymi paniami wyglądała jak nastolatka w króciutkiej sukieneczce, która przy każdym ruchu poruszała się razem z nią i błyskała srebrno-nieskimi frędzlami. Nagle poczuła na swych gołych plecach, czyjąś ciepłą rękę od dotyku której dreszcz przeszedł całe jej ciało. Odwróciła się i od razu zatonęła w zieleni oczu Clarka.

– To naprawdę ty Kwiatuszku? Nie wierzę własnym oczom – wziął ją w ramiona i tulił do siebie. Emilka zamknęła oczy i była w niebie. Myślała tylko – trwaj chwilo, nie przemijaj! Otworzyła oczy i ujrzała uśmiechniętą twarz ciotki.

– To naprawdę ty kochanie? Clark, nie bądź taki zachłanny, daj mi się z nią też przywitać – powiedziała Lorelay i wyciągała już do niej ramiona.

– Emily, może nas przedstawisz – pociągnął ją za łokieć Stefan.

– O, przepraszam – wymieniła nazwiska wszystkich obecnych i przedstawiła Clarka.

– Clark Dineman, Clark Dineman – czy to nie zdobywca złotego globu za najlepszy scenariusz?

– Ten sam we własnej osobie – Clark ukłonił się z uśmiechem.

– Naprawdę? Gratuluję – powiedziała Emilka i rzuciła mu się na szyję.

– Co za spotkanie – powiedziała Lola nerwowo – ile to czasu upłynęło od twego wyjazdu?

– Całe cztery lata – powiedziała Emilka, opuszczając ciepłe, kochane ramiona Clarka – i nic się nie zmieniliście!

– Jak nie – Clark pokazał na srebrne pasmo we włosach, to skutek twego wyjazdu (Emilka pomyślała, powiedział wyjazdu, a nie ucieczki, to miło z jego strony, bo co to innych obchodzi)

– Jak rodzinka się spotka po tak długim czasie, to na pewno ma mnóstwo sobie do przekazania, prawda? – powiedział dyrektor nowojorskiej firmy.

– Wprawdzie z żalem, ale chyba musimy zrezygnować z twego towarzystwa. Do zobaczenia jutro – i grzecznie się ukłonił.

Emilka cała w uśmiechach, kłaniała się dostojnym małżonkom i powiedziawszy – do jutra – chciała odejść, lecz zatrzymał ją Stefan.

– Pójdę z tobą – powiedział.

– Nie ma takiej potrzeby, przecież jest z rodziną, a ty Stefanie dotrzymasz nam towarzystwa – więcej rozkazał niż powiedział Nowojorczyk. Stefan jak z podkulonym ogonem poszedł za nimi oglądając się za siebie. (Firma nazywało się, była własnością Stefana – jednak Amerykanie posiadali w niej 51% a Stefan resztę, więc niestety dla niego, musiał się liczyć z ich zdaniem).

– Kto to, ten przystojny staruszek? Zapytał Clark uszczypliwie.

– Mój szef, ale niewiele starszy od ciebie, kochanie – odparła Emilka też tym tonem.

– On się w tobie kocha, to widzi nawet ślepy – stwierdził Clark.

– Może nie tyle kocha, co ma na mnie ochotę – śmiejąc się zreplikowała Emilka

– Nie, nie, to też, ale ze sposobu w jaki patrzył na ciebie, widzę że cię kocha.

– Jak chcesz, zostawmy to.

– Dobrze, chodźmy gdzieś na kolację to pogadamy.

Wyszli z teatru i skierowali się do bardzo modnej restauracji. Normalnie po przedstawieniu, nie było tu wolnego miejsca, bez rezerwacji nie było szans. Ale oni wyszli po pierwszej przerwie, to było jeszcze pustawo, a poza tym Lorelay zarezerwowała dwuosobowy stolik na wieczór.

Ich życie po ucieczce Emilki wracało do normy. Clark powoli wychodził ze swej skorupy. Ten wyjazd miał nas jeszcze bardziej scementować, myślała Lola. Nie wiedziała niestety tego, że właśnie w Nowym Jorku, Clark z Emilką przeżyli apogeum swego uczucia. Że właśnie tu byli razem, tylko oni, bez wyrzutów sumienia i krycia się. Tego Lola nie mogła wiedzieć, że dla jej męża każda minuta w tym mieście, była otwieraniem nie zagojonej rany. I nigdy by nie przypuszczała, że właśnie tutaj spotkają siostrzenicę i będzie musiała robić dobrą minę do złej gry.

Gdy już zamówili, siedzieli z aperitifem w dłoni, czekając na jedzenie, Clark nie spuszczając wzroku z Emilki powiedział:

– No, a teraz Mała – opowiadaj co porabiałaś przez te cztery lata, gdzie żyjesz i co robisz w tym mieście i dlaczego nie napiszesz nawet kartki. Jedyny znak życia od ciebie, to to, że bank powiadomił nas o zwrocie twojej karty i pieniędzy jakie wydałaś. Chodź uważam, że nie było to konieczne, to jednak mnie ucieszyło, bo wiedziałem, że żyjesz i sobie poradziłaś – jeśli oddajesz pieniądze, no, mów, mówże wreszcie, opowiadaj nie daj się prosić!

– Jak może opowiadać, jak nie dopuszczasz jej do głosu? – zapytała ze sztucznym śmiechem Lola.

– Ok, ok, już siedzę cicho i zamieniam się w słuch.

– Zagrałam w ruletkę, to znaczy pojechałam na lotnisko i wzięłam pierwszy samolot, który odlatywał – był to Londyn – i tam mieszkałam i pracowałam dwa lata. Ale to mnie zupełnie nie satysfakcjonowało. Pojechałam więc na lotnisko, na którym poznałam Austriaka i on namówił mnie na wyjazd do Wiednia. Ze względu na sytuację w Polsce Austriacy byli przychylnie nastawieni do Polaków i nie robiono mi trudności na lotnisku po przylocie. Ten poznany w Londynie Austriak, załatwił mi mieszkanie, u swych rodziców i pracę u swego ojca. Ojciec to Stefan, z którym jestem tutaj u szefostwa amerykańskiego. Dobrze mi się powodzi, jestem jego prawą ręką, mam interesującą pracę i kandydata na męża.

– No, popatrz, popatrz i kandydat na męża jest – zachwyciła się Lorelay.

– To ten zakochany? – przerwał Clark.

– Tak, ten jak chcesz zakochany Stefan, zaproponował mi pracę u siebie i mieszkanie. Mają dość duży dom i w nim znalazł się dla mnie pokój nawet z łazienką. Posłał mnie na niemiecki, po pół roku intensywnej pracy nad językiem, mówiłam już dobrze. Pracowałam u niego i bardzo szybko awansowałam. A że, jego firma matka jest tutaj właśnie, to zawsze o tej porze co roku tu przyjeżdża, a od dwóch lat ja z nim.

– I jeszcze nie rzucił się na ciebie? – spytał Clark, a Lola pomyślała – tyle czasu minęło a on ją stale kocha!

– Nic nie rozumiesz, on ma syna, też przystojny jak ojciec, ale palant i ten syn stara się o mnie, i chyba wyjdę za niego, żeby dostać obywatelstwo, bo stały pobyt mam – to załatwił mi Stefan jak i to że świetnie zarabiam, ale muszę dodać, że pracuję jak wół i jestem w tym świetna.

– Spał już z tobą? – znowu gniewnym głosem zapytał Clark.

– Nie wiedziałam, że muszę prowadzić notatnik z facetami z którymi sypiam i prosić cię wcześniej o pozwolenie – tym samym tonem odpowiedziała mu Emilka.

Na szczęście przyniesiono jedzenie i rozładowało to napiętą sytuację. Pogrążyli się w konsumpcji jakby to była najważniejsza czynność świata i do deseru jedli w milczeniu.

Potem Emilka już lekkim głosem zwróciła się do Lorelay.

– A jak tam nasza agencja?

– Ach, wspaniale – odetchnęła Lola – dobra passa mnie nie opuszcza i dalej udaje mi się wyciągać najwyższe honoraria dla mych podopiecznych, jak i najlepsze filmy do zagrania. Wielu pyta o ciebie, gdzie się podziałaś i jak ci leci. Wspominają cię wszyscy ciepło.

– Ja też, wszystkich, a was najbardziej, a teraz Clark opowiedz trochę o tym złotym Globie? To prawie Oskar. Nie?

Emilka znowu zwróciła się do niego, bo chciała jeszcze choć przez chwilę ogrzać się w jego zielono-szmaragdowym spojrzeniu. Nigdy już nie spotkałam nikogo o takich oczach, on jest jedyny, jedyny na świecie – myślała.

– Tak, można powiedzieć, ważne odznaczenie, stoi na naszym sztucznym kominku na pierwszym miejscu – mówił i patrząc na nią myślał, chciał bym cię wziąć w ramiona, trzymać w nich i nigdy już nie wypuścić. Tak bardzo chcę, a nie mogę cię zapomnieć, nie mogę przestać cię kochać – i tonął w jej oczach jak ona w jego. Lorelay zorientowała się, że znowu zaczyna być niebezpiecznie. Oni patrzyli na siebie jakby chcieli się zjeść, a mówili jakieś tam rzeczy, żeby mówić i żeby móc patrzeć na siebie.

– No, kochani, późno już, pora wracać – powiedziała powoli i głośno aby dotarło do tych dwoje.

– Już? – powiedzieli razem nie odrywając wzroku od siebie.

– Popatrz Clark, która godzina – podstawiła mu rękę z zegarkiem pod nos. Musiał oderwać wzrok od Emilki i popatrzeć na tarczę czasomierza.

– Dopiero dwunasta – powiedział

– Nie dopiero dwunasta, a już dwunasta. Jutro mamy samolot o siódmej rano!

– To polecimy następnym – mówił Clark, dalej tonąc w oczach Emilki.

– Ja nie mogę, mam bardzo ważne spotkanie po południu i muszę zdążyć.

– Ale ja mogę, polecę następnym, a ty się połóż najmilsza.

Wyszli z restauracji, postanowili mimo sprzeciwów Loli przejść się spacerkiem do hotelu, gdy okazało się, że wszyscy zatrzymali się w nobliwym i bardzo drogim The Waldorf – Astoria. Clark wziął pod ręce obie panie i szli nocnym miastem. Manhattan jak zawsze był pięknie oświetlony i pełny ludzi. Po pewnym czasie Lola miała dość tego spaceru, zagwizdała na taksówkę i gdy ta podjechała, kazała im wsiadać, lecz oni nie reagowali.

– Jak jesteś zmęczona to jedź najmilsza, my przyjdziemy na piechotę, pójdziemy się jeszcze coś napić do baru, a potem już jestem przy tobie – mówił Clark wesołym głosem.

Emilka podeszła do niej, objęła ją i pocałowała w oba policzki trzy razy, po polsku. Lola objęła ją jeszcze raz i szepnęła jej w kark – on jest mój, pamiętaj o tym – a Emilka tym samym sposobem zaszeptała – oddam ci go, nie bój się.

– Panienki co za szepty, taxi czeka – powiedział Clark niecierpliwie.

– Pa, kochana i napisz do nas od czasu do czasu!

– Dobrze, kochana ciociu. Bye, bye!

Patrzyli oboje, na taksówkę jak znika za rogiem i zawołali następną. Wsiedli do niej szybko i po wymienieniu adresu, zaczęli się całować jak szaleni. Taksówkarz uśmiechnął się tylko pod nosem, nie takie rzeczy już widział. A tych dwoje całowało się tak – jakby nigdy już nie mieli się rozłączyć. Ale musieli, bo byli już pod hotelem. Musiał parę razy powtarzać, że już są na miejscu, bo go po prostu nie słyszeli, tak bardzo byli sobą zajęci.

Potem szybko przemknęli do windy, aby ich nikt nie zobaczył. Emilka trzymała Clarka za rękę. Nie mówili nic. Wysiedli na jej piętrze i pędem pognali do numeru Emilki. W pokoju znów bez zbędnych słów, wpadli sobie w ramiona i długo stali przytuleni do siebie. Potem powoli jedno drugiego zaczęło rozbierać, nie przestając się całować. I znowu popłynęli do innej galaktyki. To nie był seks, oboje myśleli to samo, to co robią z innymi to jest seks, a to co ich łączy to jest kosmiczne przeżycie dwóch dusz, które należą do siebie.

– Mój najsłodszy kwiatuszku – szeptał w jej włosy Clark, twoja skóra, twój oddech, twój zapach, twój głos: to wszystko co chcę widzieć, czuć słyszeć nawet nie wiesz jak jestem szczęśliwy, że mogą jeszcze raz cię mieć przy sobie, chcę rozpłynąć się w tobie, aby być częścią ciebie,

– Ja też, ja też, kochany mój najukochańszy, najmilszy...

Szeptali sobie najczulsze, najsłodsze słowa między pocałunkami i pieszczotami, kochali się i odpoczywali i znowu się kochali. Świat przemienił się w południe, telefon dzwonił, ktoś dobijał się do drzwi, oni nie reagowali nie słyszeli świata wokół nie widzieli, bo nie chcieli widzieć.

Oprzytomnieli, gdy ktoś wtargnął do pokoju. Była to sprzątaczka z wściekłym Stefanem. Leżeli splątani ze sobą i smacznie spali. Stefan wściekły do niemożliwości, potrząsnął brutalnie ramieniem Emilki.

– Emily, Emily wstawaj natychmiast, za dwie godziny mamy samolot – słyszysz wydzierał się i szarpał ją. Clark usiadł na łóżku objął Emilkę i powiedział spokojnym głosem:

– W porządku, ona będzie za pół godziny gotowa. Może pan jechać, przywiozę ją na lotnisko, tylko proszę się nie wydzierać, jak pan już wchodzi do cudzych apartamentów.

– Nie cudzych tylko służbowych – ona tu jest służbowo, a nie dla własnych wyuzdanych przyjemności – mówił dalej wściekle Stefan.

– A pani nie ma prawa, wprowadzać obce persony do pokoi w których nie mieszkają – powiedział Clark do pokojówki, która cała czerwona, mruczała coś przepraszająco, że ten pan ją zmusił itp.

– I wynoście się wreszcie! Oboje! Krzyczał już teraz Clark.

Wyszli. A oni znowu rzucili się sobie w ramiona.

– Clark najdroższy muszę iść, naprawdę muszę iść. Ale Nowy Jork pozostanie na zawsze naszym miastem. A TY NA ZAWSZE W MOIM SERCU.

– Tak, Słoneczko moje. Wiesz co, będziemy się spotykać co roku o tej samej porze w tym mieście na tydzień.

– Tak, tak, to cudowny pomysł. Musisz wymyślić coś takiego, żeby Lola nie miała podejrzeń, nie chcę jej więcej sprawiać bólu.

– Nie martw się już Kwiatuszku coś wymyślę. Tak, teraz będzie mi łatwiej się z tobą rozstać, gdy wiem, że za rok...

– Myjemy się?

– Nie, chcę czuć zapach twojej skóry przez cały lot do Los Angeles.

– Masz rację ja też. Przynajmniej cały długi lot do Europy będę zapachowo miała cię przy sobie.

Ubrali się szybko i pojechali na lotnisko. Naburmuszony Stefan już czekał. Burknął

– No nareszcie i skierował się do ich gate'u. Emilka jeszcze raz wpadła w ramiona Clarka szepnęła – kocham cię nad życie, do zobaczenia za rok.

– Ja też, nad życie – odszeptał Clark – ten sam czas, ten sam hotel – i Emilka zniknęła.

Gdy Emilka przeprowadziła się do Kurta, jego ojciec był nie pocieszony. Musicie odwiedzać nas tak często, jak tylko będzie na to czas. Przecież wiesz jak uwielbiam z Emily rozmawiać o firmie. Emilka zwracała się zawsze do niego – Szef – do matki Kurta i Leo – Frau Trudi, a z Leo była w przyjaźni.

Nie były przyjaciółkami, co to wszystko sobie opowiadają i zwierzają się z każdego sekretu, ale chodziły razem kupować ciuchy, do baru na prosecco, lub drinka, a czasem do kina. Można było powiedzieć, że wsiąkła w tą rodzinę. Wszyscy byli w różny sposób emocjonalnie z nią związani, lecz Emilka traktowała ich jako odskocznię do dalszej kariery i rozglądała się na boki szukając nowych możliwości.

Pod dachem rodziców, nie chciała przespać się z Kurtem, co zmobilizowało go do kupna mieszkania. Zresztą od tego wspaniałego przeżycia w NY – nie odczuwała potrzeby seksu. Wystarczyło zamknąć oczy i powracał obraz tamtych chwil i wystarczał jej na cały rok. Musiał wystarczyć. Ale miała też coś, na co mogła się cieszyć.

Miała już załatwiony stały pobyt w Austrii. Teraz potrzebne jej było obywatelstwo. Na razie mogła wyjść za mąż za Kurta. Co jej szkodzi?

Przecież istnieją rozwody! A przez małżeństwo, dostanie szybciej obywatelstwo i pozbędzie się niewygodnego do wymawiania nazwiska Grzybowska, a także jako Austriaczka będzie miała większe szanse na zrobienie kariery.

Pierwsza noc w nowym mieszkaniu, dla Kurta była pełna echów i achów, a dla niej normalny seks. On był czysty, zadbany w miarę przystojny.

Głupi, owszem, bardzo próżny i głupi. W łóżku nie za dobry, ale nic to...

Oświadczył się przy kolacji u rodziców. Dostała pierścionek, taki sobie, odpowiedni do kandydata. Tatuś był w siódmym niebie. Mamuśka też. Leo cieszyła się naprawdę. Wzięli ślub w urzędzie stanu cywilnego i z Emilki Grzybowskiej była teraz Emily Zimmermayer. Pojechali w podróż poślubną na Seszele.

Za podróż zapłacił teść. Seszele są drogą przyjemnością, ale i wartą ceny. Oczywiście w innym hotelu, ale na tej samej wyspie spędzali swój urlop, teściowie. Maślane oczy teścia, zmieniły się w oczy pełne pożądania. Korzystał z każdej możliwości dotknięcia synowej. Poszedł już w zapomnienie dobry wpływ Lorelay na Emilki charakter. Teraz była wstrętną wyrachowaną suką. I taka metamorfoza odpowiadała jej najbardziej. Teraz z przyjemnością patrzyła na siebie w lustro.

Taka była, bo taką chciała być. Prawdziwa i najczystsza miłość była w Nowym Jorku – tylko w ramionach Clarka. Reszta była imitacją życia. Ale ten rok pomiędzy – też trzeba było przeżyć. To przeżywała. Najważniejsze były stopnie kariery, a reszta...

Na Seszelach chodziła w bardzo skąpym bikini, wtedy, gdy widziała teścia w pobliżu i sprawiała jej przyjemność, obserwacja przez ciemne okulary jego erekcji, którą likwidował udając się pędem do wody. Emilka miała wspaniałe ciało, a szczególnie piersi i wiedziała o tym. I sprawiało jej przyjemność, że tak na teścia działa. Była jeszcze wściekła na niego za występ w NY, a potem kazanie na ten temat w samolocie. Myś-lała sobie, ty zakichany hipokryto, zobaczymy jak będzie z to-bą, pieprzony moralisto.

Któregoś dnia, gdy jej młody małżonek poszedł nurkować i wrócił bardzo zmęczony, odmawiając jej seksu na który ona akurat miała ochotę, postanowiła, że sytuacja dojrzała do akcji.

Kurt po trudach nurkowania spał w ich chatce, a ona udała się na plażę mając na sobie bikini składające się z trzech maleńkich trójkącików, a z tyłu z małej niteczki. Położyła się na brzuchu i czekała. Za dwie minuty pojawił się teść z pytaniem, czy nie nasmarować jej pleców. Zgodziła się smarował długo i delikatnie, najwięcej czasu poświęcając krągłym pośladkom.

Potem leniwie Emilka obróciła się na plecy i pozwoliła mu pieścić piersi, gdy smarował je olejkiem. Jego męskość była tak duża, że prawie chciała wyskoczyć z kąpielówek.

– Jaka ty jesteś piękna –mówił zachrypniętym z pożądania głosem.

– I chcesz mnie prawda? –powiedziała zalotnie Emilka

– Jesteś żoną mojego syna – mówił pieszcząc jej piersi i nie mogąc od nich oderwać wzroku.

– Ale masz na mnie ochotę, no przyznaj się – czarowała Emilka

– Od pierwszej chwili jak cię tylko ujrzałem, nie tylko cię pragnę, ja oszalałem na twym punkcie, kocham cię, kocham jak opętany –chodź – wziął ją za rękę i prowadził w kierunku hotelu w którym oni mieszkali z teściową.

– A żona? – zapytała Emilka.

– Mamy oddzielne pokoje, ona okropnie chrapie, ja podobno też.

Wprowadził ją do pokoju, zamknął drzwi na klucz i pchnął na łóżko. Nerwowo zrywał z siebie kąpielówki. Jego penis sterczał gotowy i ogromny.

Położył się na Emilce i zaczął ją całować od szyi w dół, dłuższą chwilę zatrzymał się przy piersiach, mrucząc, o Got jak ja o tym marzyłem, potem zębami rozwiązał jej majteczki od bikini wiązane po bokach. Emilka jęczała z rozkoszy myśląc – ojciec wiele razy lepszy niż syn. Kurt był jedynie zdolny do jednego razu na noc, a często bywał zmęczony i nie miał ochoty. Emilka ochotę miała zawsze. Teść był bardziej witalny od syna, dał radę dwa razy.

Po tym drugim razie, Emilka leżała zaspokojona i zadowolona, a on pieszcząc jej ciało, mówił o wielkiej miłości jaką do niej odczuwa. Dobrze, że chociaż możemy pracować razem, każda minuta bez ciebie to katorga.

Gdybym był młodszy dziewczyno, gdybym był młodszy – mówił słowami polskiego wieszcza, nie zdając sobie z tego sprawy – rzuciłbym ci cały świat pod nogi, gdybyś mnie tylko zechciała. Powiedz, lubisz mnie trochę?

– Lubię cię, nawet bardzo, jesteś fajny gość, lepszy od syna. Stefan uśmiechnął się szczęśliwy.

– A mogłabyś mnie kiedyś pokochać?

– Nie.

– Dlaczego?

– Słuchaj, nie odbieraj tego osobiście, ja po prostu nie umiem kochać, nikt mnie nie nauczył i nie potrafię. Wiesz trudne dzieciństwo itd. Ale seks z tobą jest super, lubię cię, to powinno ci wystarczyć!

– A ten niby krewny z Nowego Jorku?

– To jest temat tabu, nie waż się nawet wymieniać jego imienia przy mnie, dla mnie to jest świętość.

– Nie rozumiem.

– I nie musisz – nawet nie chcę, żebyś rozumiał.

– Jak chcesz ukochana, ale ja będę cię kochał tak mocno, że starczy na nas dwoje.

– Twoja sprawa, ale lepiej dla ciebie by było, abyś odbierał ten nasz romans w kategoriach takich, jak ja to widzę. Dobry seks, ok?

– Romans? To zechcesz się jeszcze ze mną spotkać?

– Przecież stale się widzimy!

– Ale wiesz, o co mi chodzi, o takie spotkanie jak to.

– No pewnie, ja to lubię, a twój syn nie bardzo.

– Pewnie, wrodził się w matkę, ona też nie za bardzo chętna.

– Jedno jest pewne, że w 100% nie w ciebie, zaśmiała się gardłowo Emilka, znowu podniecona jego pieszczotami, zaczęła pieścić starszego pana który po chwili znów był gotowy do miłosnych igraszek.

I tak zostało już do końca urlopu. Skwarne popołudnia spędzali na seksie w jego pokoju, a Kurt nurkował, a potem bywał zmęczony, a teściowa, strzelała sobie drzemkę, a potem szła na podwieczorek i ploty do baru.

Po powrocie do domu, wszystko wróciło do normy. Jedyną różnicą było to, że gdy tylko zostali sami, teść wyznawał jej płomienną miłość, lub całował ją namiętnie.

Teraz wyjeżdżali częściej niż normalnie i z taką różnicą, że część nocy na wyjazdach spędzali razem.

Emilka po pewnym czasie, stwierdziła, że małżeństwo z Kurtem, było ogromną pomyłką. Nie dorastał intelektualnie do pięt, nie tylko swemu ojcu, ale i żonie. Nie mieli sobie nic do powiedzenia, już w rok po ślubie. Jego interesował tylko tenis, jego samochód i nic więcej. Nawet jego firma leżała odłogiem. A tego nie przeżyje żaden interes. Po nie długim czasie Emilka była businesswoman pełną gębą. Liczyli się z jej zdaniem nie tylko w firmie ojca, ale i w firmie z którą współpracowała jak i w Nowym Jorku. Natomiast Kurt przez brak zainteresowania, stracił klientelę i jego firma poszła w plajtę. Specjalnie go to nie zmartwiło. Żył na garnuszku u żony i bez ceregieli, brał pieniądze z jej konta, gdy potrzebował, na benzynę, czy reperaturę samochodu, nową rakietę tenisową, lub opłatę w klubie tenisowym. Szastał jej pieniędzmi na lewo i prawo. Emilka znosiła to w spokoju do czasu dostania obywatelstwa. Gdy go miała w kieszeni, zaczęła się buntować. Ale liczne rozmowy nic nie dawały. Śmiał się jej prosto w oczy. W sypialni zapanowała też posucha. Przestał z nią sypiać.

A jeśli to bardzo rzadko. I to tylko gdy wychodził gdzieś nocami, to po powrocie był zdolny do seksu.

Emilkę ta sprawa intrygowała, wynajęła prywatnego detektywa. I co się okazało? Miły małżonek chadzał co noc do burdelu. Z normalną kobietą miał trudności, a z prostytutką nie. Gdy chciał przespać się z żoną, to w burdelu – za pieniądze oczywiście Emilki – zostawał odpowiednio podniecony, aby mógł spełnić obowiązek małżeński!

Tego Emilce było za wiele. Była przerażona, że może jej jeszcze do domu przywlec jakąś chorobę. Zażądała rozwodu. Wyśmiał ją. Powiedział, że byłby głupi, gdyby pozbył się kury znoszącej mu złote jajka! Zagroziła, że jak się nie zgodzi, to nie tylko ojcu, ale wszystkim opowie, pokazując zdjęcia, gdzie on spędza wolny czas. Przestraszył się

– Nie zrobisz mi tego – powiedział pierwszy raz normalnym głosem.

– Oczywiście że zrobię, ty mnie jeszcze nie znasz, nie wiesz do czego ja jestem zdolna!

– Ok., ok. Dam ci ten rozwód.

– Z obopólną zgodą i żadnych pretensji?

– Tak.

Ponieważ wszystko przebiegło bez komplikacji, rozwód dostali prędko, Emilka wyprowadziła się od niego, uznając, że to jego mieszkanie. Zresztą miała gdzie mieszkać. Zakochany teść, zaraz po powrocie ze sławetnej podróży poślubnej, w której więcej sypiała z teściem niż z mężem – kupił mieszkanie, w pięknym domu położonym trochę daleko od śródmieścia, ale za to w pięknej okolicy.

Była to tylko sypialnia i salonik, ale ładna obszerna kuchnia do tego i dość duża łazienka.

Teść rozszalał się w tym zakochaniu. Teraz więcej czasu spędzał w jej mieszkaniu, niż we własnym domu. Emilkę zaczynało to już nudzić. Poza tym ta sytuacja kochanki byłego teścia, nie bardzo jej się podobała. A z drugiej strony jego uciążliwe już uczucie, przeszkadzało jej w dalszym rozwoju. Zakochany do nieprzytomności Stefan, niegdyś tak dobry w interesach, stracił w nich nosa.

Nie interesowało go nic, poza miłością do Emilki. Stał się potwornie zazdrosny, robił jej awantury o każdy uśmiech, czy miłe odezwanie do jakiegokolwiek mężczyzny.

I obojętne było, czy to był kelner, listonosz czy klient firmy. Powoli ich podróże, które przedtem były zawsze owocne, teraz zamieniały się w awantury zazdrosnego kochanka. Emilka zaczynała mieć dość i postanowiła intensywnie rozglądać się za lepszą możliwością pracy. Wiedziała, że na tym trudnym świecie, nie łatwo jest zrobić karierą tylko dlatego, że jesteś świetnym fachowcem, pracowitym i lojalnym.

Za to wiedziała, że posiada dar. Dar usidlania mężczyzn. Że w związku z tym darem osiągnąć może więcej, o wiele więcej, niż osoba z kilkoma fakultetami. Jedynym przekleństwem w tym było, że ci głupi mężczyźni zamiast brać co im daje, chcieli wielkiej miłości, tak jak by im seks nie wystarczał.

Minęły jeszcze dwa lata na użeraniu się ze Stefanem. Przy życiu trzymały ją tylko te spotkania z Clarkiem w Nowym Jorku. W pierwszym roku poleciała tam sama (urlop) z drżeniem serca wchodziła do hotelu i pytała w recepcji czy Pan Clark Dinemenn już jest w pokoju. Był, był i czekał na nią wytęskniony z otwartymi ramionami w które wpadała jak w ogrody szczęśliwości i znowu było cudownie i znowu było nieziemsko.

Cieszyło ich wszystko to, co przeżywali wspólnie i jak zawsze był to najkrótszy tydzień w całym roku, najkrótszy, ale najcudowniejszy i pełni zaklęć miłosnych rozjeżdżali się do swego życia, aby za rok znowu ukraść światu tę odrobinę szczęścia.

A potem wracała do rzeczywistości w której męczył ją Stefan. Męczył swą miłością, męczył swą zazdrością. Wreszcie zagroziła mu, że jak jej nie da spokoju, to pójdzie do jego żony i opowie jej wszystko o ich związku. Z Leo nie utrzymywała już tak jak przedtem kontaktu, od momentu jak dziewczyna zwierzyła jej się z przypuszczenia, że ojciec ma kochankę. Bała się, aby przyjaciółka nie domyśliła się prawdy. Wstyd by jej było przed Leo, bo uważała, że dużo jej zawdzięcza. W domu rodzinnym, nie odwiedzała jej już dawno. Nie potrafiła popatrzeć w oczy Trudi. Spokojnej, pobożnej, nudnej Trudi. Ona nigdy nie zrobiła jej nic złego, a przeciwnie, była zawsze dla niej dobra, gdy jeszcze Emilka mieszkała u nich. Zawsze miała trudności ze zranieniem ludzi, którzy na to nie zasługiwali. Uważała to za słabą stronę swego charakteru.

Stefan zachował się zupełnie inaczej niż na to liczyła:

– Kochanie moje, jeżeli pójdziesz do mej żony i opowiesz jej o nas, to wykonasz tzw. „mokrą robotę" za mnie. Już dawno to chciałem zrobić. Najchętniej byłbym tylko z tobą i zamknął cię przed całym światem. Ale mam opory ze względu na to, że ta moja Trudi, to sama poczciwość i za co tu ją karać na stare lata?

– No właśnie. Za co?. Najlepiej będzie jak wrócisz do żony. Nie chcę być niedelikatna, ale twoja emerytura tuż, tuż. Należy ją spędzić w zaciszu domu, z osobą z którą byłeś młody i z którą się zestarzałeś. Ty jesteś przy końcu swojej drogi, a ja na jej początku. Nie nadaję się na pielęgniarkę staruszków.

Ja chcę w tym życiu jeszcze nie jednego dokonać i niejedno przeżyć. Nie interesuje mnie życie z tobą. Byłeś dobry na pewnym jego odcinku, przeżyliśmy wspaniały romans, a teraz pora powiedzieć sobie – żegnaj!

– Ależ Emily, ja cię kocham nad życie, nie będę mógł żyć bez ciebie, proszę cię nie odchodź ode mnie.– błagał.

– Widzisz jaki jesteś zachłanny. Na początku naszej znajomości byłeś już szczęśliwy, gdy mogłeś mnie widzieć, potem chociaż dotknąć, potem przelecieć, a teraz jak to wszystko dostałeś, to chcesz mnie na zawsze, ale zrozum – ja tego nie chcę – nie kocham cię, nigdy nie kochałam i nigdy nie pokocham. Wiedziałeś o tym od początku. Zachowujmy się jak dorośli i pozwól mi odejść.

– Nie mogę, nie mogę, za bardzo cię kocham, błagam cię Emily zostań ze mną chociaż na trochę, ale zostań. Będę robił co zechcesz, tylko bądź, błagam cię bądź.

Ale Emily, miała już zaklepaną pracę w tej firmie dla której robiła kampanie reklamowe przez lata. Z ramienia agencji reklamowej, wykonała dla nich świetny kawał roboty. Trudno się więc dziwić, że chcieli ją jak najprędzej mieć u siebie jako pracownika.

Firma znajdowała się w Monachium i chciała rozwinąć się w kierunku wschodu. W między czasie padł mur w Berlinie i do dawnych „Demoludów", zaczął powoli zaglądać kapitalizm.

Mówiło się o demokracji, ale jak na razie więcej mówiło, niż ją wprowadzało w życie.

Gdy zaczęto ją wprowadzać, to ludzie nie bardzo byli na nią przygotowani.

Mylili ją – ze źle pojętą wolnością, bezprawiem i bandytyzmem. Ale to były inna para kaloszy. W biznesie to nie przeszkadzało, a jeśli – to nie w tym w którym poruszała się Emilka.

Rozdział dziewiąty
Monachium

W nowej firmie zaczęła pracę jako konsultant na rynek wschodni. Bała się trochę, aby zazdrosny i zakochany Stefan, nie bruździł jej na drodze nowej kariery. Obiecała mu spotkania raz w tygodniu. Do czasu jak była w Wiedniu, to musiała się z nim spotykać, przecież to było jego mieszkanie. Ale po wyjeździe do Monachium, już nie. A więc Stefan został na lodzie.

Najpierw dostała służbowe lokum, ale rozglądała się za własnym. Mieszkania drożały rok za rokiem i trzeba było już czegoś dla siebie szukać. Jednak nie chciała zadowolić się byle czym. Zajmując się swą nową karierą, nie miała czasu na miłostki. A na świecie powoli zaczął zbierać swoje żniwo AIDS nowa zapora na rozwiązłość.

Stały partner i do tego sprawdzony nie był zły. Do tego jeszcze, Stefan starając się zatrzymać ją jak najdłużej przy sobie, w łóżku był cudowny, czuły, wyrafinowany i zawsze w doskonałym humorze. Przychodził też, każdy raz z prezentem i to nie byle jakim. Miała wspaniałą, najdroższą bieliznę od niego (znał jej rozmiar, lepiej niż ona sama), najlepsze kosmetyki i perfumy, no i oczywiście biżuterię. Czasami czuła się jak ko-

kota z dziewiętnastowiecznej Francji. Ale miała Nowy Jork. Co roku tydzień. A reszta...

W firmie w której zaczęła karierę, pracowała już jedna Polka. Horror. Wszyscy współpracownicy jak jeden mąż, nie znosili baby jak dżumy. Baba nazywała się Szywniorek, a nazywano ją popularnie świniorek. Była wielka, gruba o profilu tzw. gładkim. Czyli w twarzy nie wyróżniało się nic, podbródek przechodził w biust, a biust w brzuch. Poza tym na głowie nieliczne włosy w ogromnym nieładzie, duże głupawo wytrzeszczone oczy, nos typu gąbka i ogromna brodawa na tej kończącej się na biuście brodzie. Z brodawki sterczały zawsze trzy długie włosy. Do tego dochodziło ubranie (zawsze gdzieś plama, lub dziura, lub coś oberwane) i cudowny zapach składający się ze złego odżywiania, papierosów, niedomycia i nie pranych nigdy żakietów. Spódniczki oczywiście zawsze mini, pokazywały serdelkowo-grube nogi.

Do obrazu dodajmy, że ten stwór miał charakter delikatnie mówiąc francowaty, darł mordę przy każdej okazji, ale i 10 zmysł, żeby przed szefostwem pokazać się jak najlepiej. Ten okaz prawdziwej urody damskiej, był przekonany że jest kobietą wartą pożądania i miał zwyczaj informowania o tym całego świata. Świniorek posiadał dziecko, nikt nie wiedział jakim cudem, mówiono że z gwałtu. Znaczy się męskiego. Znaczy się mówiono, że zgwałciła chłopa wątłego, który nie miał siły bronić się przed cielskiem. Każdy nowy osobnik, odwiedzający lub pracujący w firmie zadawał to samo pytanie:

– A któż, coś takiego przyjął do roboty?

I było to pytanie tzw. retoryczne, na które nikt nie umiał odpowiedzieć. Bo w firmie nie było nikogo, kto by przyznawał się do tego przestępstwa. A stwór zadręczał otoczenie swymi powabnymi kształtami, przekonując wszystkich wokoło, że jest piękna i gdyby tylko chciała, ale na razie nie chce. Napastowała klientów firmy, i uciekali przed nią nie tylko, Niemcy, Polacy, ale i Rosjanie.

Na jednej kolacji z ostatnimi któryś z biesiadujących wzniósł toast (U Rosjan picie alkoholu bez toastu to pijaństwo) za naczelników. Na pytanie dlaczego i kto to jest naczelnik. Rosjanin spokojnie odpowiedział:

– To człowiek z ogromnym brzuchem więc pije za siebie i za gaspaże Szywniorek! – co bynajmniej świniorka nie zbiło z pantałyku, bo była zachwycona, że tylko za nią piją, tak ważni klienci – jak Rosjanie.

Innym razem w Polsce, jedna piękna pani z firmy dostawczej, opowiadała dlaczego nie mogła wykonać zamówienia w terminie i wysłać zamówionych przez Niemców bluzeczek, ponieważ jej hurtownik dostarczający materiał zawalił. I ona teraz za niego musi świecić oczami.

– Żebym jeszcze była młodą blondyną z dużym biustem (mówiła to pani, którą niejeden chłop by z łóżka nie wyrzucił, a przeciwnie siłą w nim zatrzymał) to bym miała lepsze argumenty, zażartowała – a na to Swiniorek:

– Trzeba było mnie poprosić – mówiła to patrząc na swój nie mający końca i początku biust – to ja bym dla ciebie wszystko załatwiła z moimi walorami – i zamrugała zalotnie wyłupiastymi oczyma bez rzęs, ale za to wymalowanymi na niebiesko tak, że wyglądała jak kura po zabiciu. Do tego posłała uśmiech nr 3 pełen zepsutych zębów.

Od momentu zatrudnienie w tej firmie, Emilka zdobywała coraz większą pozycję sławę i pieniądze. Ale koszmarem dla niej było babsko, które pchało się wszędzie i było nie do dobicia. Scenki takie jak na zebraniu zarządu i kierownictwa, powtarzały się często (babsko było kierownikiem odcinka polsko-rosyjskiego). Zmuszało to Emilkę do oglądania egzemplarza co najmniej raz w tygodniu, i żeby to tylko na oglądaniu i zapachu się kończyło! Gdzie tam! Babsko było elokwentne i stale odczuwało potrzebę przekazu jakie jest wspaniałe, a do tego kwiatki takie jak:

– Dyrektorze, muszę wyjść bo dostałam miesiączkę – i wyjście z paczką waty pod pachą – komentarze na sali – kto w dzisiejszych czasach używa watę?

– Ależ to jest jej tampon, na tę objętość może być tylko taki.

Babsko wraca siedzi chwilę i zgłasza znów swój głos

– Dyrektorze, muszę wyjść, bo już przesiąkłam – na sali odruchy wymiotne nie tylko u mężczyzn.

Emilka wstydziła się tego najbardziej, że babsko było Polką jak ona. W Niemczech gdzie ogólnie nie bardzo kochano jej rodaków, takie przykłady nie były najlepsze.

I tak po roku, zrezygnowała z pracy w firmie. Tylko i wyłącznie dlatego, iż tłumaczenie, że nie wszystkie kobiety w Polsce są takie jak ww. koleżanka – znudziło ją.

Rezygnacja ta, była poprzedzona zalotami pewnego starszawego, nadzianego pana,

Wyżej wymieniony posiadał firmę odzieżową, no, może to za mało powiedziane. Była to olbrzymia tekstylna fabryka, szyjąca do całej sieci domów towarowych, a także specjalne kolekcje tzw. markowe do butików. Pan był o jakieś dwadzieścia lat starszy od Emilki, posiadał żonę i trójkę dzieci już podrośniętych nieco.

Nie przeszkadzało mu to adorować Emilkę, przy każdej możliwej okazji.

Sytuacja ze Stefanem wyjaśniła się sama. Sprzedał firmę, a za pieniążki kupił sobie w Alpach w Austrii olbrzymi dom, gdzie zamieszkał razem z Trudii. Z wiekiem stracił już zainteresowanie seksem. Twierdził dalej, że ją kocha, ale już nie z taką zawziętością jak przedtem.

Emilka wiedziała, że może się uwolnić od niego całkowicie – tylko za pomocą małżeństwa.

Musi wyjść za mąż. Tylko za kogo? Właściwie było jej to zupełnie obojętne i tak kochała tylko Clarka. Ich coroczne spotkania w Nowym Jorku, były dalej dla niej powodem do życia i bycia. Miała już 30 lat, a on 49. W tych spotkaniach może tylko zmieniło się to, że było mniej seksu a więcej czułości.

Dla Fabrykanta, także się nieco zmieniło po zjednoczeniu Niemiec i powrocie tzw. „Osi" czyli NRD, – odzyskał to i owo. Parę domów i gruntów. Czyli stał się jeszcze bogatszy niż był.

Świecił tym bogactwem Emilce w oczy, myśląc, że ją tym pozyska. Nie wiedział biedak, że trafił na osobę, której w tej dziedzinie nigdy niczego nie brakowało.

Pieniądz ją kochał. Fabrykant, któremu na imię było Ulrich, poznał Emilkę w dawnej pracy i na początku zaintrygowała go obrotność i profesjonalność w tym co robi – tej młodej osoby. Zaczął przyglądać się jej z zainteresowaniem i z tego przyglądania, jak to już u innych panów bywało, nabawił się wielkiej ochoty na posiadanie tej panienki. Myślał swymi kategoriami. Pomacham jej pieniędzmi przed nosem i pójdzie za mną jak w dym. Ale się niestety mylił. Dziewczyna nie zwracała na niego uwagi. Zaczął posyłać jej kwiaty. Nic. Zaprosił na kolację.

Odmówiła. Czym bardziej była niedostępna, tym bardziej jej pożądał.

A dziewczyna odmawiała. Wreszcie nie patrząc na nic – przeprowadził rozwód.

Trawło to cały rok. Majątek był ogromny i całe stada adwokatów trudziły się nad podziałem. Ale tego dokonano. Ulrich był wreszcie wolny.

Ale przed ostatnią rozprawą przyszła do Emilki, żona Ulricha – Sonia.

– Jestem żoną Ulricha von Walden.

– Bardzo mi miło – odparła Emilka.

– Chciałam zaprosić panią na dinner – mówiła Sonia wyniosłym głosem.

– Mnie? A to z jakiej okazji? – udawała głupią Emilka.

– Bardzo Panią proszę, mamy do pogadania – już bardziej proszącym głosem mówiła pani von.

– My? Do pogadania? Nie jestem tego pewna – odpowiedziała Emilka.

– Wolałabym rozmawiać z Panią na neutralnym gruncie, a nie tutaj w pracy – odpowiedziała zmieszana Sonia.

Emilka przyjrzała jej się z ciekawością. Bardzo elegancka, Chanel – kostiumik czarno-biały, do tego buty i torebka w tej samej kolorystycznej gamie. Twarz ze śladami dawnej urody i trochę tęgawa postura, ale co się dziwić była dobrze po pięćdziesiątce i urodziła trójkę dzieci!

– Dobrze, gdzie i kiedy? – spytała Emilka

– Za pół godziny w restauracji – i tu wymieniła nazwę – Czekam na Panią – i wyszła.

Emilka zjawiła się punktualnie, wiedząc, że ta rozmowa nie będzie miła.

Usiadła naprzeciw Sonii, na razie czytały kartę menu i nie mówiły nic.

Gdy zjadły w kompletnym milczeniu, jeszcze popijały wino i Sonia zaczęła.

– Poprosiłam Panią o to spotkanie, bo mój mąż po dwudziestu siedmiu latach małżeństwa i muszę do tego dodać, dobrego małżeństwa – nagle zażądał rozwodu i to z powodu Pani. Wcześniej miewał miłostki, wie pani jak to z mężczyznami bywa, ale zawsze zachowywał się tak, żeby mnie nie zranić. W sumie nie o wszystkich wiedziałam i dobrze, bo nie chciałam wiedzieć, tak było dla nas lepiej. Mamy przecież troje dzieci. Ale teraz na punkcie pani zwariował zupełnie, wniósł sprawę o rozwód.

– I czego Pani ode mnie oczekuje? – spytała Emilka

– Tylko Pani może mu przemówić do rozumu!

– Tak Pani myśli?

– No, tak, ja już wszystkiego próbowałam, on jest głuchy i ślepy.

– Pani von Walden!

– Proszę mi mówić Sonia.

– Dobrze, Pani Soniu, jest Pani w dużym błędzie. Mnie pani mąż nie interesuje wcale, powtarzam mu to, co 10 minut. Interesuje mnie tylko posada u niego.

– A na resztę nie mam niestety wpływu.

– A on o tym wie?

– O czym?

– No, że Pani nie jest nim zainteresowana jako mężczyzną!

– Powinien wiedzieć, przecież wspominałam już, że mówię o tym stale!

– Ma Pani rację, to cały on, jak sobie coś wymyśli, to nie ma siły go od tego odwieść.

– No właśnie. Nie wiem czego Pani ode mnie oczekuje. Nie umawiam się z nim, nie przyzwalam na nic. I teraz mam do niego pójść i powiedzieć, że nie chcę aby się rozwodził? Pani wybaczy, ale gdybym to zrobiła, on by pomyślał, że mi na nim zależy, nie zna Pani mężczyzn?

– Właściwie to nie, on był moim pierwszym i jedynym.

– To błąd, ale Pani sprawa, tylko jeśli tak jest – powinna Pani go znać najlepiej.

– Może ma Pani rację, ale co ja powiem dzieciom, on mi kazał z nimi porozmawiać, jak zwykle tchórz.

– A w jakim wieku są dzieci?

– 22, 18 i 15 lat

– To chyba dużo tłumaczyć nie trzeba, same zrozumieją, przecież to dorośli ludzie!

A Pani radzę jeszcze raz porozmawiać z mężem, może to coś da, życzę sukcesów.

Po tym spotkaniu zgłosił się najstarszy syn do Emilki. Pewnie matka go nasłała jak nie pomogła rozmowa z mężusiem – myślała Emilka.

Chłopak był młody, średnio przystojny. Przywitał się z Emilką, naskoczył na nią, że to i owo (na pewno słowa wciśnięte przez matkę). A gdy Emilka spokojnie go spytała, o co mu właściwie chodzi, to pogubił się, ręce mu się pociły i na koniec zaproponował randkę.

– Jak masz na imię mały? – spytała ze śmiechem Emilka

– Edward – mów mi Eddi – spotkasz się ze mną?

– Dziecko, idź do mamy. Na pewno by się nie ucieszyła z takiego obrotu sprawy! – i Emilka zostawiła chłopaka i odeszła szybko jak tylko mogła.

Te rodzinne wizyty ustały, gdy wyrok o rozwodzie zapadł. Żona dostała połowę, bardzo dużego majątku i zaniechała nachodzenia Emilki.

Po jakimś czasie, Emilka spotkała ją. Sonia była w towarzystwie młodego człowieka w restauracji.

Emila siedziała sama przy stoliku czytając jakieś sprawozdanie w trakcie jedzenia.

Sonia podeszła do niej z uśmiechem na twarzy i przywitała się z nią.

– To synek? – spytała Emilka złośliwie.

– Ach nie, – powiedziała Sonia śmiejąc się perliście – to zarządca mojego majątku, wie Pani Emily, po rozwodzie, dostałam tego tyle, a ja zupełnie się na tym nie znam...

I znowu perlisty śmiech.

– Chodź kochanie, nasz stolik jest gotowy – odezwał się młody człowiek.

Sonia skwitowała to znowu perliście i odpłynęła cała w skowronkach – do swojego stolika.

– I wszyscy zdrowi – skomentowała to Emilka w myślach

Fabrykant był wolny i starał się, długo się starał. Wreszcie Emilka postanowiła odpuścić. Bardzo chciała zmienić pracę, a u fabrykanta mogła grać pierwsze skrzypce. Facet nie był głupi, wyczuł sytuację i przystąpił do ataku.

Przyjechał do firmy gdzie pracowała Emilka, był maj, wkoło pachniało bzem i trafił na trzydzieste pierwsze urodziny swej uwielbianej. Miał szczęście. Było dużo szampana i Emilka miała w czubie. Zgodziła się, więc na kolację z fabrykantem. Zamówił całą restaurację tylko dla nich dwojga. Było dużo picia i orkiestra, która grała tylko dla niej. Przy akompaniamencie skrzypiec podarował jej kolię wartą wielkie pieniądze. Mimo stanu wskazującego na spożycie, Emilka prezentu nie przyjęła. Ale popiła dobrze. Tańczyli dużo, a fabrykant, pieścił czule dziewczynę. Po tym wieczorze nie była w stanie jechać do domu (mieszkała dalej w wynajętym mieszkaniu). Fabrykant zaniósł ją na rękach do pokoju hotelowego w restauracji którego balowali. I tam zajął się Emilką. Nie miała nic przeciwko temu. Tylko głupio się chichrała, gdy ją rozbierał. Potem wreszcie Ulrichowi udało się! Przespał się z dziewczyną, o której marzył od dwóch lat, dla której się rozwiódł, dla której był gotowy na wszystko. Rano Emilka zbudziła się w obcym łóżku, w obcym hotelu, przy obcym chłopie.

I nie pamiętała nic.

– Panie von Walden, co ja tu robię?

– Ależ Emily, kochanie, jesteśmy już na ty.

– Tak? To jak masz na imię?

– Nie pamiętasz nic?

– Nic. Czy myśmy czasem...?

– Tak, kochanie i było wspaniale!

– Czyżby?

– Zapewniam cię, na pewno nic nie pamiętasz?

– O tak, poszliśmy chyba na kolację?

– Tak.

– I restauracja była pusta?

– Tak, tylko dla nas.

– I była orkiestra tak?

– Była i tańczyliśmy długo, a potem cię tu zaniosłem na rękach i kochaliśmy się.

– No teraz to mi możesz wmówić wszystko, pamiętam tylko, że przyszłam do tej sali, jedzenie było znakomite, ale już więcej nie pamiętam, kurcze film mi się urwał pierwszy raz w życiu!

Gdy to mówiła Ulrich von Walden, odpowiadał na jej pytania, nie przestając całować jej piersi. Emilka o dziwo nie miała kaca, tylko była rozleniwiona, może to przez te jego pieszczoty, nigdy nie miała nic przeciwko dobremu seksowi, więc pozwalała mu na pieszczoty, myśląc – i tak się już z nim kochałam, to obojętnie raz czy dwa, teraz przynajmniej coś z tego mam, bo wiem co robimy.

Ulrich całował dalej, więc Emilka zaprzestała pytań i poddała się zmysłom, pozwalając mu na wszystko leżąc bez ruchu, pojękując tylko z rozkoszy. Był dobry, po długiej chwili musiała to stwierdzić, podniecił ją już tak bardzo, że nie mogła dłużej czekać, sama weszła na niego i poruszając się szaleńczo, pozwoliła by rozkosz zalała jej ciało.

– Teraz to już zdawałaś sobie sprawę z tego co robiliśmy? – zapytał Ulrich jeszcze zdyszanym głosem, całując jej włosy.

– Teraz tak.

– I co?

– A co chcesz usłyszeć, że byłeś wspaniałym ogierem?

– Nie, chcę usłyszeć, co czułaś?

– Co czułam? Dobry seks nic więcej!

– Nic więcej? Dziewczyno, ja umieram z miłości do ciebie, a ty dobry seks!

– A czego się spodziewasz? Jakoś jeszcze żyjesz, więc z tym umieraniem to przesada. Prawie cię nie znam. Znalazłam się w twoim łóżku, szczerze mówiąc nie wiem jak, przeleciałeś mnie, umiesz to robić, nie powiem, ale czego się spodziewasz, że wyznam ci miłość bezgraniczną?

– No może nie miłość bezgraniczną, ale mam nadzieję, że mnie kiedyś pokochasz, jeśli nie tak jak ja ciebie, to przynajmniej polub mnie trochę.

– Na to nie licz. Jedno co chcę, to z tobą pracować. Podoba mi się twoja firma, i za dobrą posadę u ciebie – mogę pomóc ci wejść na rynek rosyjski.

– Ok. Umowa stoi. Będziesz dyrektorem handlowym, moją prawą ręką – i wyciągnął do niej dłoń.

– O nie, nie jestem dziwką, nie przyjmuję propozycji pracy w łóżku! – odepchnęła jego dłoń.

– To co mam zrobić? – błagalnym głosem zapytał Ulrich. Emilka popatrzyła na niego i zaczęła się chichrać. Przed nią siedział na łóżku w kucki (jak Budda) dość wysportowany starszawy mężczyzna, ale już z zapowiedzią brzuszka, proponował jej posadę dyrektora w ogromnej firmie i podawał jej dłoń na potwierdzenie, przyjęcia stanowiska.

– Nie rozumiem co cię tak śmieszy, ja mówiłem całkiem poważnie! – już obrażonym głosem powiedział Ulrich.

– Co mnie śmieszy? Nie wiesz co mnie śmieszy? Popatrz na sytuację z boku. W łóżku siedzi goły facet, koło niego leży goła babka i rozmawiają o polityce firmy, przecież to wic, nie uważasz?

– To co według ciebie powinienem zrobić?

– Ubrać się, jechać do firmy, wyznaczyć mi spotkanie o tej i o tej, zaproponować mi stanowisko, gdy oboje jesteśmy w ciuchach, zaproponować mi zapłatę i co za nią wymagasz itd., no normalnie, jak się takie sprawy załatwia. Nawet oświadczyn nie składa się z interesem na wierzchu. Nie uważasz? – Emilka zauważyła zmieszanie na jego twarzy.

– Wiesz co, z nas dwojga ty jesteś lepszym dyrektorem, niż ja kiedykolwiek byłem – smarkata – prychnął, ale już zadowolony Ulrich.

– Tylko nie smarkata, mam już 31 lat, a doświadczenie większe niż niejeden pięćdziesięciolatek!

– No w to nie wątpię, miałem okazje się przekonać!

– Ja mówię o życiu, a nie o seksie ty idioto!

– Mów mi Ulrich, to wolę!

– Tak na pewno nie będą cię nazywać!

– A to dlaczego?

– Wiesz, wychowałam się w Polsce, to jest taki kraj z którym na wschodzie graniczycie, a za którym nie specjalnie przepadacie, nawet historycznie biorąc...

– Dziękuję, za naukę, ale ja wiem gdzie leży Polska i nic przeciwko temu krajowi nie mam, a jedną Polkę nawet kocham szalenie – przerwał jej Ulrich.

– A to świetnie, że jesteś taki obeznany i znasz też historię. Nas tym karmili w szkole i czytaliśmy jako lekturę taką książkę i oglądaliśmy film zrobiony na bazie tej książki pod tytułem „Krzyżacy". To z XV-go wieku o zakonie krzyżaków i walce Polaków z nimi. Tam była taka czarna postać Ulrich von Jungiengen. Gdy będę się do ciebie zwracać Ulrich, zaraz przyjdzie mi to do głowy. Mogę cię nazywać Ulli.

– Jak sobie życzysz, ale u nas mówią tak do kobiet, które mają na imię Ulrike.

– Nie szkodzi będziesz męskim Ulli.

– Jak tylko chcesz kochanie.

– A więc o której mam się stawić w Pana gabinecie, Panie Dyrektorze – mówiła Emilka ubierając się.

– Jutro o dziesiątej, uprzedzę sekretarkę – odpowiedział Ulrich już rzeczowo, poważnie.

Na drugi dzień, Emilka poszła wcześniej do pracy złożyła wymówienie i poprosiła – z natychmiastowym skutkiem. Trochę się certolili, ale miała dużo zaległego urlopu, więc musieli ją puścić.

Punkt o dziesiątej zameldowała się w sekretariacie u Ulricha. Sekretarka była młodą śliczną dziewczyną, całą w uśmiechach i ukłonach. Emilka pomyślała – gdybym była chłopem, wolałabym tą dziewczę, niż mnie. Jest młodsza, ładniejsza i na pewno nie trzeba tyle zachodu co ze mną. Nigdy nie zrozumiem mężczyzn, czym się kierują w wyborze. Ale ją urobił dobrze, bo wita mnie jak delegację prezydencką.

– Jakże się cieszę, że mogę Panią poznać. Pan dyrektor już czeka. Co mogę podać, kawę, herbatę, koniak lub wino?

– O tej porze alkohol? Nie za wcześnie?

– Co tylko Pani sobie życzy.

– Kawę proszę z ekspresu, mocną, czarną.

– Już się robi.

Emilka weszła do gabinetu. Musiała przyznać, że urządzonego z dużym smakiem.

Ulrich prezentował się też całkiem, całkiem. Świetne ubranie, doskonale do tego dobrana koszula i krawat (dobrze, że się tak starannie ubrałam, nie ma plamy)

– Witam, Emily kochanie, co do minuty, to lubię, to świadczy o profesjonalizmie.

– Witam Panie dyrektorze i w pracy proszę bez kochanie. Nie muszą od razu wszyscy wiedzieć, że sypiamy ze sobą.

– Znowu ten profesjonalizm – to lubię, to lubię.

– Ulli, przestań pieprzyć i przejdźmy do sprawy.

Omówili wszystko szybko i sprawnie. Ulrich znał Emilkę od strony pracy, przyglądał się jej długo i wiedział co bierze. Zaproponował jej taką pensję, że jej w głowie zawirowało, ale powiedziała tylko:

– Ok.

– Będziemy pracować razem. To znaczy, od produkcji mam dyrektora. Potem ci go przedstawię, jak i resztę biura i całą załogę. Zajmie nam to dużo czasu, bo jak widziałaś, biurowiec jest olbrzymi.

Rzeczywiście, teraz dopiero Emilka zdała sobie sprawę, że wieżowiec do którego weszła cały należał do firmy. Zrobiło jej się gorąco z podniecenia. A więc wreszcie. Osiągnęła szczyt kariery. Jest dyrektorem w olbrzymiej firmie niemieckiej. Jej słowo wiele znaczy. A właściciel je jej z ręki.

Ach władza, sukces! Czyż to nie piękne słowa?

– Do zakresu twoich zajęć – wyrwał ją z zamyślenia głos Ulricha – będzie należało zdobywanie nowych rynków, dla nas. Myślę o Polsce i Rosji. I nadzór nad rynkiem jaki już firma posiada.

I zaczął się nowy rozdział w życiu Emilki. Praca fascynowała ją. Jeździli z Ulrichem na pokazy mody na całym świecie, oceniali własne kolekcje. Decydowali o modelach kierowanych do masowej produkcji, jak i o tych do butików, czasem pojedynczych sztuk. Emilka poznała wszystkich, wiedziała o wszystkich, kto jest dobry, a kogo trzeba zwolnić lub przenieść do innego działu, bo tam się lepiej sprawdzi.

Wpadała do wszystkich działów na kontrolę i była bezlitosna, jeżeli ktoś nie pracował tak jak powinien. Ludzie bali się jej jak ognia ale i szanowali.

Gdy już znała firmę jak własną kieszeń, postanowiła zabrać Ulricha do Rosji. Dała mu małą lekcję jak należy z biznesmenami Rosjanami pracować.

– Wiesz Ulli, nie namierzamy na tzw., „nowobogackich”, ale na ludzi, którzy potrafią pracować. Jest jeszcze dużo firm, w których pracują dawni „Towarzysze”. Z nimi trzeba inaczej i z „Nowobogackimi” trzeba inaczej.

– Po czym to można poznać, po wieku?

– Nie, nie po wieku, zostaw to mnie. Ja mam do tego nosa.

– Przykazanie pierwsze: Twój klient musi cię lubić. Rosjanie robią interesy z ludźmi, których lubią i szanują. Jeżeli mają do wyboru lepszą cenę – gorszy człowiek, to wybiorą gorszą cenę – lepszy człowiek. Muszą chcieć z tobą zjeść przy stole. Rosjanie mają takie powiedzenie „posiedzieć z kimś przy stole”. Jest to porównywalne z przyjaźnią. Z wrogiem, czy osobą niesympatyczną nie chcesz spożywać posiłku, prawda?

Przykazanie drugie: Przywieść podarek. Bo od Rosjan dostaniesz na pewno i wtedy będzie ci głupio.

Przykazanie trzecie: Musisz im prawić komplementy, bo oni tobie też będą.

Przykazanie czwarte: Przy piciu wódki, czy wina (tak, tak oni też już wino piją, nie tylko wódkę) musisz wznosić za każdym razem toast. I to ciągle inny.

Ulrich, uzbrojony w przykazania, pojechał z Emilką do Moskwy. Stolica Rosji, powoli upodobniała się do europejskich miast. Jej burmistrz nie szczędził pieniędzy na jej odbudowę, przebudowę z zachowaniem dawnego carskiego charakteru miasta. W miejscach gdzie kiedyś stały cerkwie, a od czasu rewolucji zostały zburzone, teraz wyrastały jak grzyby po deszczu, w pełnym wdzięku i krasie. A te, które przez czas rządów towarzyszy zamienione były na magazyny – odnawiano pieczołowicie. I tak na miejscu starego chramu, który został wyburzony przez czerwonych braci, zbudowano nowy – według starych planów. A stary posiadał ogromną kopułę – pokrytą złotem, która świeciła w słońcu i była widoczna z każdego miejsca Moskwy. Aby odbudować chram, aby błyszczał jak ten dawny, potrzeba było dużej ilości złota. Rosja jest ogromna, w niej żyje wiele ludzi, szczęśliwych, że wolno im wrócić do dawnej wiary, słali pieniądze lub złoto z najdalszych zakątków kraju. I teraz znowu cieszą oko, każdego kto Moskwę odwiedza jak i każdego mieszkańca, nie tylko złote kopuły Kremla, i innych mniejszych cerkiew, ale i ogromna kopuła chramu Chrystusa Zbawiciela.

Moskwiczanie z upodobaniem, opowiadają historię tego miejsca. Po rewolucji gdy chram zburzono, na jego miejscu zbudowano budynek partii. Ale grunt na której przedtem stał chram jest podmokły i budynek partyjny zaczął się zapadać w ziemi. Ludziska przyjęli to jako znak z niebios i stało się miejscem kultu religijnego. To władzom partyjnym nie mogło się podobać, więc zburzono budynek i wybudowano basen.

Firma, z którą Emilka chciała pracować, była dowodzona przez dawnego wysokiego urzędnika państwowego. On wiedział jak się przyjmuje delegacje zagraniczne, nawet te z którymi chce się robić interesy.

Już przy wyjściu z samolotu, Prezydent (w Rosji dyrektorzy dużych firm zwani są prezydentami) firmy czekał na nich. Z bukietem róż dla Emilki. Przywitali się. Przeszli wszyscy do poczekalni V.I.P'u, gdzie zostali poczęstowani wódką i grzankami z czarnym kawiorem. Następnie po omówieniu programu wizyty, zostali przewiezieni do hotelu „Metropol". Jest to hotel z czasów carskich, odremontowany z dużą pieczołowitością. Hotel położony jest w samym sercu miasta, czyli vis á vis „Balszoj Teatr" i placu Czerwonego, a co za tym idzie Kremla.

Jedna rzecz zdziwiła bardzo Ulricha, że wszyscy dyrektorzy mieli samochody z kierowcą. I gdy udawali się z kimś do restauracji, czy na zwiedzanie, czy do teatru, to kierowca czekał w samochodzie jak pies łańcuchowy przy budzie. I to obojętnie jaka była pogoda, mróz czy skwar. Zagadnął przez tłumacza jednego z dyrektorów o tą sprawę – ten ze zdziwieniem wyjaśnił:

– Nie rozumiem, przecież to jego zawód. On jeździ, albo czeka, są trudniejsze zawody od tego.

Przy rozmowach z Rosjanami, Ulrich nie odzywał się wcale. Przypatrywał się tylko Emilce jak sobie wspaniale radzi. Na dzień obrad z firmą, wzięto tłumacza dla Ulricha, tak, że rozumiał co jest tematem rozmów. I tym bardziej podziwiał Emilkę.

Firma do której przyjechali, miała nadzór nad wszystkimi domami towarowymi w całej Rosji. Mieli też Butiki w Moskwie i Sant Petersburgu. Doszło do dobrych kontraktów dla obu stron, co zostało przypieczętowane kieliszkiem wódki i wszyscy udali się na obiad do restauracji hotelu Savoy, który jest położony vis á vis.

Sala restauracyjna kapała od złota i rokokowych zdobień i malowideł. W środku sali była fontanna w której pływały złote rybki, lecz żadna nie przemówiła ludzkim głosem.

Po południu było zwiedzanie Kremla. Tzn. tamtejszych cerkwi, tak zwanego. Almaznowo fonda – czyli skarbca cesarskiego, pełnego złota (największa bryłka złota ważąca ponad 36 kg, znaleziona na terenach Rosji) biżuterii i brylantów. Także zbiorów carskich skarbów, przeważnie podarków innych władców dla Rosji: sreber, złota, zbroi jak i takich cacek jak słynne jaja Faberge w które wbudowane były różne cacka jak np. maleńki pociąg wykonany ze złota.

Wieczorem obejrzeli w Teatrze Wielkim premierę „Rosłana i Ludmiły" – pierwszy raz przedstawianego jako balet na której była cała śmietanka Moskwy. Przepiękna bakla kolorowa i wspaniale odtańczona. Tancerze niczym ptaki przepływali przez scenę.

W przerwie kolacja. Taki tam zwyczaj, by jadać w teatrze. Ulrich był zafascynowany publicznością moskiewską. Reagowała tak spontanicznie, że od razu każdy wiedział, która z tancerek jest primabaleriną. Wstawali krzyczeli, tupali gwizdali. Atmosfera była tak gorąca i wciągająca, że zimny zwykle w zachowaniu Ulrich zachowywał się jak mały chłopiec, któremu pozwolono rozbić drogocenną wazę. Był tak podniecony tą atmosferą, że przeniosło się to do ich sypialni. Tak dobrego seksu nie mieli dawno. Emilka musiała to przyznać w duchu.

Już od dawna sypiali ze sobą, przede wszystkim na wyjazdach, bo w Monachium, Emilka nie chciała się z nim umawiać.

Potem zaczęła od czasu do czasu, zezwalać mu na jakieś spotkanie, bo bez tego wyjazdom nie byłoby końca.

Następnego dnia zwiedzili Chram Chrystusa Zbawiciela i niedaleko stojące od niego Puszkin muzeum, w którym było malarstwo z całego świata. Aby zachować ciągłość – był obiad w restauracji „Puszkin", która znajdowała się w starej bibliotece. Spożywało się posiłek w otoczeniu wiedzy zebranej tu przez wieki. Po obiedzie była galeria Trietijakowskaja w której zebrano dzieła tylko rosyjskich malarzy.

Potem kolacja w romantycznej restauracji, gdzie do kolacji, śpiewano im romanse. Piękne, rzewne, cudowne, rosyjskie romanse, śpiewane przez znanego pieśniarza rosyjskiego – Malinina. To wprowadziło Emilkę w bardzo romantyczny nastrój, co nie uszło uwadze Ulricha. Poprosił towarzyszących Rosjan, aby zostawili ich samych jeszcze trochę w restauracji.

Pożegnano się i Malinin, zaśpiewał tylko przy ich stoliku, romans o spełnionej i pięknej miłości starszego mężczyzny do młodszej kobiety. Gdy skończył Ulrich wziął ręce Emilki w swoje, ucałował je i powiedział:

– Kochanie moje, nie wiem, czy jest ktoś na świecie, kto bardziej cię kocha niż ja (Emilka pomyślała, żebyś ty wiedział, jest i to kto!). Pracujesz dla mnie tak, jak by to była twoja firma. A ja chcę by była twoja. Dlatego też proszę wyjdź za mnie, a będziesz miała życie usłane różami! – i podał jej kieliszek szampana na którego dnie błyskał brylantem pierścionek. Emilka była tak rozmarzona sytuacją i alkoholem, że właściwie nie miała nic przeciwko temu. Wypiła szampana, odwróciła kieliszek dnem do góry i pierścionek wypadł na blat stolika. Ulrich wziął go ze stołu i włożył na palec Emilki. Ona przyjrzała się swej ręce z pierścionkiem, który wykąpany w szampanie, rozdawał blaski na wszystkie strony. Ulrich wpatrywał się w jej twarz tak intensywnie, jakby pragnął zmusić jej zmysły do opowiedzenia się po jego stronie.

Emilka przeniosła wzrok z ręki na twarz Ulricha. Pomyślała: czemu nie? Kocham tylko Clarka, a nie dostanę go nigdy. To czyją jestem żoną, jest mi w sumie obojętne.

A do tego uwielbiam pracę w tej firmie, a jeszcze gdy stanę się jej właścicielką, to będę mogła wprowadzać zmiany jakie zechcę. Przyjmować i wyrzucać ludzi jakich zechcę. Władza, totalna władza. Cóż za cudowne uczucie! Tak, powiem mu tak.

Facet mnie kocha, rozwiódł się dla mnie.

Ulrich, zaniepokoił się panującą ciszą, przestraszył się, że dostanie odpowiedź odmowną i powiedział:

– A w prezencie ślubnym, jeżeli się zgodzisz, jeżeli powiesz tak, dostaniesz cała firmę, przepiszę ją na ciebie, będę twoim pracownikiem. Uzależnię się od twej łaski i nie łaski, tylko mi powiedz tak.

– Ok – powiedziała Emilka.

– Ok? To znaczy tak? To znaczy, że się zgadzasz?

– A nie wiesz co znaczy ok?

– Ale ja proszę, powiedz – tak, chcę usłyszeć to słowo – tak!

– Niech ci będzie, no więc – tak, zgadzam się zostanę twoją żoną!

– Wódka dla wszystkich – zawołał po angielsku Ulrich i kelner go dobrze zrozumiał. Wszyscy z całej sali, przybiegli stuknąć się kieliszkiem i wołali:

– Zdarowia, wsiowo najludszowo! Pozdrawlajem Was! Emilka uśmiechała się do wszystkich, a Ulrich szalał z radości.

Gdy wrócili do domu, Emilka przeprowadziła się ze swego wynajmowanego, drogiego i niezbyt ładnego mieszkania do domu Ulricha. Był to nowo zbudowany (po rozwodzie, dawny dom rodzinny zostawił Ulrich – porzuconej rodzinie) ogromny dom, z dużym ogrodem i całym inwentarzem. To znaczy, była pokojówka (do której także należało sprzątanie) i kucharz. Dom był urządzony z takim smakiem, że Emilka nie mogła uwierzyć, że jej Ulrich, aż taki dobry smak posiada. Powiedziała mu to, a on zażenowany wyznał, że architekt wnętrz maczał w tym palce. Emilce właściwie było to obojętne, ważne, że nie musiała dużo zmieniać.

Ślub miał się odbyć w sierpniu. Przed tym terminem Emilka wyjechała do Nowego Jorku spotkać się jak co roku z Clarkiem. Ulrich chciał z nią jechać, ale wytłumaczyła mu, że to jej warunek, że każdego roku o tej samej porze wyjeżdża do USA, a po co, to już jej tajemnica i nie powinno go to obchodzić.

– Kobieta bez tajemnicy, to kobieta przegrana i mało interesująca – tłumaczyła Ulrichowi.

A jemu nie pozostawało nic innego – jak się zgodzić!

Spotkali się jak zawsze – Clark wyglądał według niej, wspaniale.

Mieli w zwyczaju, nie opowiadać sobie, co zdarzyło się w tym roku, bo to co przeżyli bez siebie, nie liczyło się wcale. Liczyło się tylko – tu i teraz.

Trwaj chwilo, chwilo jesteś piękną.

Było to dziwne, lecz ich nie dziwiło wcale. Gdy tylko się zobaczyli, to lata spędzone bez siebie nie istniały. Było wszystko tak, jakby rozstali się przed godziną. Była ta sama miłość, było to samo serca bicie, przyspieszony oddech, dreszcz, gdy ręce się łączyły, motyle w brzuchu, gdy łączyły się usta i to nie gasnące pożądanie. Nawet nie zauważali, że z wiekiem, kochają się nie raz po razie, ale raz na noc i tak było pięknie, i tak było cudownie – czuć dotyk drugiego, jego ciepły oddech na szyi, czy ręce na ciele. Gdy byli ze sobą, to jaśniej świeciło słońce, a gdy padał deszcz, to był tak ciepły, że można było chodzić bez parasola, a noce były gorące i tak jasne od księżyca, nawet gdy go zasłaniały chmury.

Łóżko było wygodniejsze, jedzenie smaczniejsze, a oni tak piękni jak w pierwszy dzień gdy się zobaczyli. Oczy Clarka była tak zielone, jak bywa trawa na wiosnę, a ciało Emilki tak jedwabiste jak najdroższy materiał. Wszyscy ludzie byli pogodni i uśmiechali się do siebie, i nie było takiej sprawy, ani rzeczy, która mogła ich wyprowadzić z tego błogiego stanu zauroczenia.

Siedzieli w wannie razem, patrząc na siebie i uśmiechając się czule. Clark podniósł rękę Emilki do ust i całował każdy jej palec. Wtem zobaczył na palcu pierścionek.

– Co to jest? – spytał.

– Pierścionek zaręczynowy – odpowiedziała, nie odrywając oczu od jego zieleni.

– Zaręczyłaś się?

– Tak.

– Z kim?

– Z firmą.

– Z firmą? Jak można zaręczyć się z firmą?

– Można, ja to właśnie zrobiłam.

– I firma dała ci ten pierścionek?

– No, do tej firmy doczepiony jest penis, a do penisa facet, ale te dwie rzeczy są drugorzędne.

– I do ołtarza pójdzie z tobą firma, facet czy penis?

– Nie do ołtarza, bierzemy ślub cywilny, i pójdzie penis z facetem, a facet był już żonaty więc tylko cywil.

– Aha, a kiedy to będzie?

– Za miesiąc. Wiesz co, jutro pójdziemy kupić razem coś do ślubu. Ubiorę to, pójdziemy razem do kościoła, nie, lepiej do katedry i tam weźmiemy razem nasz ślub, osobisty.

– I kto nam go da?

– Sami sobie damy, to będzie nasz ślub, prywatny i potem jak się ubiorę do tego ślubu z firmą, to już on będzie mniej ważny, bo tylko pierwszy się liczy prawda?

– Tak, kochana bigamistko, kupimy jutro najpiękniejszą suknię w Nowym Jorku, i weźmiemy ślub na wieczność. Nawet po śmierci będziemy razem.

– Dlaczego mówisz o śmierci? Czy powinnam coś wiedzieć?

– Nie, nie, nic, tylko tak powiedziałem, bo nasza miłość jest nie po grób, tylko – na wieczność.

– Tak kochany na wieczność.

Na drugi dzień kupili, piękną, oczywiście jasno niebieską sukienkę – kolor ich miłości – z belgijskich koronek, uszytej tak, że Emilka wyglądała w niej jak w obłoku.

– Jesteś tak piękna, że gdy na ciebie patrzę, brak mi tchu, nie chcę byś była taka piękna dla niego!

– Znowu zazdrośnik z ciebie wychodzi, ale przecież umówiliśmy się, że to życie poza tym tygodniem w Nowym Jorku nie istnieje naprawdę. Jest tylko tu i teraz. Ta chwila, ta która teraz trwa, a reszta, reszta się nie liczy, tak jak nie liczy się naprawdę firma, facet i jego penis.

– Tak kochanie masz rację, liczymy się tylko my.

Weszli do katedry. Na zewnątrz panował upał i mocno przygrzewało słońce. W środku było ciemno, ponuro, ale panował przyjemny chłodek. Stanęli przed ołtarzem twarzami do siębie, wzięli się za ręce i patrzyli w oczy.

Pierwszy zaczął mówić Clark:

– Jedyna moja, od pierwszej chwili, gdy tylko cię zobaczyłem, zaczęło się też moje życie, zdałem sobie sprawę, że do tej pory wegetowałem, nie żyłem. Byłem głuchy, ślepy i nie czułem nic. To ty nauczyłaś mnie słuchać ptaków, muzyki nocy i szumu morza, to ty pokazałaś mi jak piękny jest świat. Jak cudowny jest człowiek, jak wspaniała może być z nim miłość, jak dobrze jest kochać, choć to częściej boli, niż cieszy, nie umiem być bez ciebie, chcę się w ciebie wtopić, by zostać z tobą na zawsze!

– Kochany mój, ty nauczyłeś mnie co znaczy słowo kocham. Do chwili gdy ciebie poznałam, nie znałam go, lub nie znałam jego znaczenia. Ty pierwszy obudziłeś we mnie uczucia, o których istnieniu nie wiedziałam, otworzyłeś mi wrota miłości i pozwoliłeś mi przez nie przejść. Od pierwszej chwili utonęłam w zieloności twoich oczu i już nie chcę z nich wypłynąć. Była to naprawdę miłość od pierwszego zielonego spojrzenia. Zachowaj mnie w tej zieleni na zawsze.

Potem pocałowali się i nie mogli od siebie oderwać. Gdy tak stali i całowali się przed ołtarzem, wyszedł ksiądz i chwilę się im przyglądał. Potem podszedł do nich i powiedział:

– Cóż za śliczna z was para, ale w kościele nie można się całować, chyba że zaślubieni.

– My proszę księdza jesteśmy właśnie zaślubieni, mógłby ksiądz nas pobłogosławić?

Ksiądz staruszek, nie bardzo rozumiał co oni mówią, jaki ślub, przecież dzisiaj nie było żadnego ślubu w programie, ale pobłogosławić zawsze można. Wziął stułę i związał nią ich ręce i pobłogosławił.

Wyszli razem w jasne słońce i byli tacy szczęśliwi, jakby naprawdę przed chwilą wzięli ślub. Dla nich ten ich, tylko ten był ważny.

Po powrocie do przykrej rzeczywistości – pierwszy tydzień, Emilka chodziła jak zaczarowana. Nie słyszała co do niej mówią, nie wiedziała co się wokół niej dzieje. Ale po tygodniu, wszystko wracało do normy. Czasem, melodia, zapach czy głos przypominał jej Clarka boleśnie – naprawdę on zawsze był przy niej.

Do swego ślubu podchodziła z rezerwą. Wszyscy wokół niej byli na 150, bo przecież trzeba to, tamto owo. Ją to specjalnie nie interesowało. Ona już była po ślubie – tym jedynym, właściwym. Reszta to komedia. Pomyślała – jestem aktorką, gram rolę. Ta rola jest duża – na cały rok, a tylko przez tydzień, ten jeden, jedyny tydzień, mogę wracać do siebie. Do swego ukochanego i do swego życia. Reszta to komedia, czasem dramat, jak to w teatrze bywa.

Ślub był zorganizowany z wielką pompą. Była wynajęta łąka, gdzie zawsze odbywa się „Oktober Fest". Były namioty na złą pogodę i deski do tańca na dobrą. Była orkiestra i dużo jedzenia. Byli wszyscy pracownicy, ogromna ilość ludzi, znajomych i przyjaciół Ulricha. Była telewizja, bo Ulrich należał do elity tego miasta.

Emilka, która dzwoniła tylko do Steni i z nią miała kontakt, chciała aby stara opiekunka jako jedyna z rodziny na tę uroczystość przyjechała. Jednak Stenia odmówiła. Pobłogosławiła ją przez telefon, ale wytłumaczyła się złym samopoczuciem. A matki i Marka Emilka nie chciała jeszcze widzieć.

Emilka w swej mgiełce, wyglądała ślicznie, uśmiechała się do wszystkich, a Ulrich w białym smokingu wprost nie posiadał się ze szczęścia. Łąka ta jest położona w środku miasta i dostępna dla wszystkich mieszkańców, nie ma ogrodzeń. To i gapiów było dużo. Po pewnym czasie Emilka miała dość. Musiała tańczyć z tyloma gośćmi, że już nogi odmawiały jej posłuszeństwa.

Najbardziej śmieszyła ją adoracja synów Ulricha. Szczególnie najmłodszego, który szesnastoletni już – prosił ją stale do tańca, ręce miał spocone i był okropnie podniecony. Szeptał jej, że jeszcze nigdy nie spotkał takiej kobiety jak ona, że zazdrości ojcu. Przyciskał ją do siebie mocno, i czuła, jego podniecenie. Próbowała go odsunąć, i mówiła do niego – uważaj jestem teraz twoją mamą.

– Nieprawda – mówił – ja już mam mamę, a ty jesteś super babka.

Musiała do pomocy, wezwać swego nowo poślubionego. Prosiła tylko, aby obchodził się z synem ostrożnie, bo to może być pierwsza miłość, chłopaki w tym wieku wybierają do „zakochania" dojrzałe kobiety, a chłopak tak młody, jest strasznie wrażliwy. Zaproponowała, aby jak najprędzej się zmyli. Pokroją tort, rzuci bukiet i wybędą. A ludzie niech się bawią. Ulrich, niczego jej odmówić nie umiał, to i teraz zrobili jak chciała.

Na następny dzień wyjeżdżali na urlop – podróż poślubną – oczywiście tam gdzie ona chciała. A ona chciała na Bahamas.

Polecieli. Ulrich nie wiedział, bo wiedzieć nie mógł, że Emilka ten wyjazd traktowała nie jako ich podróż poślubną, ale tą „prawdziwą" czyli z Clarkiem.

Wcześniej zadzwoniła do niego na komórkę, tak, tak, to był już, czas gdy ludzie zaczynali korzystać z tego wynalazku. Zadzwoniła na którą wyspę lecą. A on jej oddzwonił gdzie będzie mieszkał.

Od pierwszego dnia urlopu, Emilka nie czuła się dobrze, wieczorem w sypialni ciągle jej się coś działo. Zakochany i ślepy z miłości stary „pan młody" tulił ją czule do snu, mówiąc:

– Nic nie szkodzi skarbie, mamy przed sobą całe życie!

A Emilka rano ożywała i wyrażała ochotę spaceru po plaży, ale sama, bo chce pomyśleć.

– Dobrze, kochanie, to pójdę sobie ponurkować.

Gdy mąż jej udawał się pod wodę, ona biegła – by nie stracić ani jednej cennej minuty – do domu który dla siebie wynajął Clark. Baraszkowali razem w basenie, lub w łóżku, leżeli na słońcu – robili wszystko to, co zakochani ludzie robią w swej podróży poślubnej. Bo to była ich podróż, a dla Emilki ta jedyna ważna.

Ale ten intensywny tryb życia, upał, spowodowały, że Clark poczuł się pewnego dnia źle. Oczywiście nie przyznał się do niczego Emilce, bo szkoda mu było tego czasu, którego mieli tak mało dla siebie. Aż tak po tygodniu zasłabł. Emilka wezwała pogotowie. Pojechała z nimi do szpitala. Okazało się, że Clark ma wprawdzie lekki, ale zawał serca. Po to by móc z nim być w szpitalu do przyjazdu Lorelay, opowiedziała Ulrichowi wymyśloną historyjkę, że szła plażą i przed nią joggował mężczyzna, zasłabł to zadzwoniła z pobliskiego hotelu po pogotowia oczywiście pojechała z nim do szpitala, a że facet jest sam na urlopie, to dopóki jego rodzina nie przyjedzie, to ona obiecała do niego wpadać. Nie bardzo wierzył, ale nic nie mówił. Zaproponował jednak, że pójdzie z nią do szpitala, ale wytłumaczyła mu:

– Kochanie, nie ma potrzeby abyśmy razem tracili czas, ty lubisz nurkować to sobie ponurkuj, a ja go odwiedzą raz czy dwa, a potem pójdę się wykąpać, ok?

– Mój ty skarbie, jakie ty masz wspaniałe serce! – mówił Ulrich nieszczerze, a

Emilka z uśmiechem zażenowania przyjmowała te niesłuszne pochwały.

Siedziała w szpitalu i gdy tylko można było wejść do Clarka, już przy nim była.

Ukochany mój – mówiła do niego obcałowując jego twarz i całując ręce pełne różnych rurek. Ale mi napędziłeś strachu, musisz uważać na siebie, bo cóż ja zrobię bez ciebie, jesteś moim światłem, pamiętaj o tym. Na szczęście to nie był rozległy zawał, ale trzeba już uważać, dietka i żadnych figli – uśmiechnęła się przez łzy do niego. Clark odwzajemnił uśmiech i powiedział:

– Tak mi przykro, jedyna moja, że zepsułem nam podróż poślubną...

– Nie gadaj głupstw, było cudownie, prawda, że było cudownie? – Clark pokiwał głową – byliśmy ze sobą cały tydzień, pomyśl cały tydzień! To jest dodatkowy tydzień w tym roku, premia – można powiedzieć. Widocznie los przeznaczył na nasze szczęście tylko tydzień i gdy go przekraczamy, to nas karze. Ale to nic, to nic. Pomyśl ilu ludzi żyje na tym świecie i nigdy nawet sekundy takiego szczęścia jak my mamy – nie mieli!

– Tak, Kwiatuszku masz rację, ale teraz zmykaj, bo będziesz miała trudności.

– Nie, zostanę z tobą całą noc. Lekarz powiedział mi, że Lorelay przylatuje pierwszym rannym samolotem. To jest o szóstej rano. Zostanę u ciebie do szóstej. Lekarzowi powiedziałam, że jestem przypadkową osobą – nie wiem czy uwierzył – ale ma tak powiedzieć Lorelay w razie czego.

– A twój mąż?

– Ty jesteś moim mężem, tylko ty. Tamto to tylko inne, nie ważne życie.

– Tak, Kwiatuszku tak.

– Już nic nie mów, zamknij oczy i śpij, jedyny, sen dodaje sił, jest dla ciebie zbawienny...

– Tak mi szkoda zasypiać jak wiem, że tu jesteś. Boję się, że gdy zasnę, a potem otworzę oczy, to ciebie już nie zobaczę.

– Może nie zobaczysz, ale jestem, przy tobie, zawsze jestem przy tobie i znowu całowała jego twarz, jego ręce.

Powieki Clarka były takie ciężkie i trudno było je utrzymać. Słyszał kojący głos Emily i czuł jej pocałunki i było mu tak błogo, tak błogo.

Emilka, zobaczyła, że zasnął, ale nie wypuszczała jego ręki, dalej całowała każdy jego palec jak wtedy, jak wtedy w samochodzie w pierwszy dzień, wtedy gdy się poznali.

Nagle ktoś położył jej rękę na ramieniu.

– Emily kochanie, co ty tu jeszcze robisz, jest noc. Ja się o ciebie martwię, szukam cię wszędzie, a ty siedzisz w szpitalu u obcego człowieka i go obcałowujesz? Ja tu czegoś nie rozumiem. I płaczesz? Skarbie, dlaczego płaczesz? Jeszcze nigdy nie widziałem twoich łez!

– I nie prędko znowu je zobaczysz, Ulli proszę cię idź do hotelu, jak wrócę to ci wszystko wytłumaczę, a teraz idź stąd, proszę cię idź.

Ulrich wprawdzie niechętnie i jeszcze oglądając się za siebie opuścił pokój.

O piątej Clark otworzył oczy. Czuł się znacznie lepiej, Emilka zawołała lekarza, który stwierdził, że kryzys minął.

Do szóstej Emilka rozmawiała z Clarkiem, wymienili wzajemne zapewnienia o wiecznej miłości i ciepłe pocałunki.

– Już prawie szósta, ukochany do zobaczenia w Nowym Jorku i dbaj o siebie, aby nasze spotkanie doszło do skutku. Już za tobą tęsknię!

– Ja też Kwiatuszku, ja też, zrobię wszystko co w mojej mocy, abyśmy się spotkali znowu. Do zobaczenia Słonko!

Emilka jeszcze raz wróciła od drzwi, objęła za szyję Clarka, o ile to było możliwe, i mocno pocałowała w usta. Potem już nie oglądając się za siebie, wybiegła z pokoju.

Po twarzy płynęły jej łzy strumieniem. Prawie przez nie nic nie widziała, mimo tego gdy wyszła przed szpital, uderzyło ją mocne światło słońca. Włożyła słoneczne okulary. Przeszła na drugą stronę ulicy, obserwując wejście do szpitala. Za jakiejś 10 minut podjechała taksówka i wybiegła z niej Lorelay. Emilka poznała ją bardziej po sylwetce i sposobie poruszania się, niż po twarzy, bo Lorelay wbiegła prosto z taksówki do szpitala.

A więc mogę już iść. Clark ma zapewnioną opiekę. Powłócząc nogami poszła do hotelu. Była tak zmęczona przeżyciami i nie przespaną nocą, że marzyła tylko o tym, aby znaleźć się w łóżku. Ale w hotelu czekał na nią Ulrich spragniony informacji.

– Potem, kochany potem, teraz padam z nóg, jak się prześpię to ci wszystko powiem co chcesz, ale nie teraz, nie teraz. Mówiła i kładła się już na łóżko tak jak stała. Zasnęła natychmiast. Obudziła się na kolację. Musi zejść do jadalni i opowiedzieć mu prawdę, przeznaczoną dla niego. Bo w to, że prawda jest tylko jedna, nie wierzyła już dawno. Wiedziała, że ilu ludzi tyle prawd. A ona umiała opowiadać swoje prawdy, czy kłamać – jak kto woli to nazywać. Była zdania, że czasem kłamstwo jest lepsze, by nie skrzywdzić kogoś tą cała prawdą. Zjedli w milczeniu, a potem przy winie Ulrich powiedział:

– A więc słucham cię kochanie, opowiadaj, bo już nie mogę doczekać się twych wyjaśnień.

– Mam ciotkę w Ameryce, jest to cioteczna siostra mojej mamy, ich matki były bliźniaczkami.

– A to piękne, że dopiero po ślubie dowiaduję się coś o twojej rodzinie, myślałem, że wszyscy nie żyją, jeżeli nie chcesz ich zaprosić na ślub?

– Wszyscy żyją i nie chcę ich zapraszać na cokolwiek. Ok? Pozostańmy przy tym, bo nie chcę na ten temat mówić.

– Wybacz, ale nie mogę zrozumieć jak to można nie zawiadomić swoich rodziców o własnym ślubie!

– Jak widzisz jest to możliwe i to jak możliwe!

– No, dobrze, może ci przyjdzie ochota kiedyś o tym porozmawiać, jestem dobrym słuchaczem.

– Miło to słyszeć, ale przygotuj się na to, że nie należę do osób skorych do zwierzeń. Powinnam ci wystarczyć taka jaka jestem tu i teraz. Nie oczekuj ode mnie bagażu wspomnień, czy zwierzeń!

– Dobrze, już dobrze, jak chcesz! – powiedział nieco poirytowanym głosem Ulrich.

Był wściekły, że nie może przebić tej skorupy w którą schowała się jego żona i dostać do jej wnętrza, do tej prawdziwej Emily. Dawała mu z siebie, to co chciała dać i była zdania, że powinno mu to wystarczyć. Ale jemu to nie wystarczało, chciał ją poznać taką jaka jest naprawdę.

– Mów dalej co z tą ciotką? – zapytał już łagodniejszym głosem.

– Żyje w Los Angeles ze swym mężem Clarkiem. Mieszkałam u nich przez trzy lata i dużo im zawdzięczam, ten człowiek z atakiem serca, to mój wujek Clark.

– To czemu nie powiedziałaś od razu, że twoja rodzina tu jest. Spotkalibyśmy się razem.

– Bo, on tu był sam. Spotkałam go przypadkiem na plaży, właśnie jak dostał ten atak i musiałam z nim zostać, do czasu aż ciotka nie przyleci z L.A. Dzisiaj rano przyleciała, to wróciłam do domu.

– To musimy go koniecznie jutro odwiedzić w szpitalu!

– Niestety, nie możemy, bo już polecieli dzisiaj po południu do LA.

– Coś tu kręcisz, tak szybko, po zawale serca?

– Ale to był na szczęście bardzo lekki zawał, już rano Clark czuł się dobrze.

– To wszystko wygląda bardzo nieprawdopodobnie!

– Gówno mnie to obchodzi, chciałeś wiedzieć to ci mówię, chcesz wierzyć to wierz, nie chcesz – to nie wierz, mam to w dupie, czy dla ciebie to wiarygodne, czy nie – i wypadła z płaczem, z jadalni. Wszystkie głowy były zwrócone w ich stronę, bo Emilka nie krzyczała, a wrzeszczała. Ulrich pospiesznie wyszedł z jadalni i pobiegł za nią. Emilka zatrzasnęła mu drzwi przed nosem. Ich apartament składał się z dwóch sypialni (na prośbę Emilki, bo Ulrich rzekomo, strasznie chrapał) i jednego pokoju wspólnego i dwóch łazienek, przylegających do sypialni. Ulrich przyłożył ucho do drzwi i nasłuchiwał. Długo słyszał szloch Emilki, a potem wodę w łazience. Nic nie rozumiał z tego i był nieco przerażony. Wydawało mu się że zna swą żonę dobrze, jako spokojną, wyrachowaną i w każdej sytuacji opanowaną kobietę. Przeżyli w życiu zawodowym tyle stresowych sytuacji i w każdej z nich on był zdenerwowany – ona nigdy. Co się dzieje pomyślał? Ach, nagle olśnienie spłynęło na niego. Może jest w ciąży? Te zmiany nastrojów, od euforii do załamania. Ta niechęć do współżycia. To na pewno to, tak to na pewno. Uspokoił się i przyrzekł sobie obchodzić się z nią jak ze świętą krową. Tylko zapyta musi wiedzieć. A może sama nie wie? Zobaczymy jutro. Tylko czy jestem szczęśliwy z tego tytułu?

Jestem już stary mam prawie sześćdziesiątkę. Czy w tym wieku powinno się jeszcze mieć dzieci? Mam trzech synów, a gdyby tak była dziewczynka, tak urocza jak jego żona?

Już nie mógł się doczekać jutra, aby usłyszeć potwierdzenie. Zasnął z uśmiechem na ustach i całą noc śniła mu się śliczna mała dziewczynka ze złotymi lokami, która mówiła do niego – tatusiu!

Na drugi dzień przy śniadaniu, Emilka miała cienie pod oczyma, ale rozmawiała z nim już prawie normalnie. Zaczął jej się z ciekawością przyglądać i zastanawiał się jak w najdelikatniejszy sposób może ją zapytać, by jej znowu nie zdenerwować.

– Co mi się tak przyglądasz, jakbyś mnie widział pierwszy raz w życiu – powiedziała głosem zaczepno – odpornym.

– Nie, nic, tylko się zastanawiam i no nie wiem, chciałbym cię zapytać...

– Żadnych dalszych pytań rodzinnych, na nic ci nie odpowiem. Moja rodzina jest nie do rozmowy, tabu, koniec, nic, a nic – mówiła złym głosem.

– Ale nie dałaś mi skończyć i nie wiesz o co chcę cię spytać – nie będę już pytał o twą rodzinę jak sobie nie życzysz. Wszystko będzie tak jak ty chcesz kochanie. Chciałbym tylko spytać o naszą rodzinę. Bo przecież jesteśmy małżeństwem – to jesteśmy rodziną prawda?

– No, niby tak...

– Widzisz, no to chciałem cię spytać, czy ty się czasem źle nie czujesz?

– Ja? A dlaczegóż to miałabym się źle czuć?

– Te zmiany nastrojów...

– Prosiłam nie wracajmy już do tego, ja się normalnie zachowuję nie mam, i nie będę miała zmian nastrojów i koniec dyskusji.

– Jeszcze nie, bo ja bym bardzo chciał wiedzieć, czy nie jest ci czasem niedobrze?

– A dlaczego to niby ma mi być niedobrze?

– Bo tak sobie pomyślałem – odkąd tu jesteśmy, zachowujesz się dziwnie.

– Ja? Dziwnie?

– Nie chcesz ze mną sypiać, raz się dobrze czujesz, potem nagle źle, te ciągłe zmiany nastrojów, sam już nie wiem...

– Do czego zmierzasz?

Ulrich spuścił głowę i cicho powiedział:

– Chciałem po prostu spytać, czy nie jesteś w ciąży?

– W ciąży? – Emilka zaczęła się śmiać, po prostu zanosić się ze śmiechu.

– Co w tym takiego śmiesznego? – obrażonym głosem zapytał Ulrich.

– Co jest śmiesznego? My, my jako rodzice! Chcesz mieć dziecko w wieku wnuków? A ja, czy ja wyglądam na mamuśkę? Biorąc pod uwagę twój wiek, sądziłam, że ta rozmowa nie będzie konieczna. Ale jak już sam zacząłeś, to ci wyjaśnię. Nie, mój drogi, my nie będziemy darowywać światu kolejnych niepotrzebnych obywateli. Masz już trzech synów, twe nazwisko nie zginie, będziesz miał też komu przekazać twą firmę...

– Ależ zapominasz, że firma jest przepisana na ciebie, a ja jestem tylko twoim pracownikiem i na twej łasce, nie łasce!

– To nie jest teraz tematem naszej rozmowy. Informuję cię, że ja dzieci mieć nie chcę i nie będę miała. Uważam, że osoby takie jak ja, nie nadające się na matkę, nie powinny ich przywoływać do życia. I wierz mi, że wiem o czym mówię, własne przykre doświadczenie przemawia przeze mnie. I skończmy tę rozmowę bo ona do niczego nie prowadzi. A widząc rozczarowanie na twarzy męża, poklepała go czule po ręce i powiedziała:

– No staruszku, rozchmurz się, mamy przecież siebie i firmę i życie przed sobą!

– Jak zawsze masz rację kochanie – odpowiedział Ulrich smutno.

Następny dzień spędzili razem na plaży. Emilka leżąc na leżaku i obserwując brzeg morza, po którym przechadzały się pary w różnym wieku, myślała:

Jakże ludzie podobni są do siebie. Tyle nacji defiluje tu przede mną, a do póki nie odezwą się w swym ojczystym języku jakże trudno ich umiejscowić z jakiego kraju pochodzą.

Hotel w którym się zatrzymali, był istną wieżą Babel. I Emilka zauważyła pewną prawidłowość. Prawie wszystkie nacje trzymały się razem. Widoczne to było szczególnie wieczorem po kolacji, gdy ludzie siadali grupkami przy drinku. Tworzyły się małe grupki narodowościowe. Tylko Polacy nie. Co przeszkadza nam porozmawiać z rodakiem na obczyźnie? – zastanawiała się często. Zdarzało się jej nie raz zagadać po polsku do jakiegoś napotkanego w świecie Polaka, szczęśliwa że może odezwać się w swej ojczystej mowie i nie rzadko zagadnięty po prostu przed nią umykał. Tu w tym hotelu usłyszała też mowę ojczystą i zapragnęła zamienić kilka zdań zrodakami, ale zagadnięci nie wykazali ochoty na konwersację i odtąd jej unikali jak zarazy.

Po trzech dniach, ubrana w duży słoneczny kapelusz, nasunięty głęboko na oczy, do tego ciemne okulary, udała się do szpitala. Lekarz prowadzący Clarka, którego udało jej się złapać na korytarzu, także jak większość mężczyzn uległ jej urokowi, i zdradził informacje o chorym, które przeznaczone były jedynie dla bliskich. Żona pana Dinemana zorganizowała transport – i właśnie dzisiaj w godzinach porannych został przewieziony za pomocą prywatnego helikoptera do Los Angeles. Jego stan był już poprawny. Uspokojona tą informacją Emilka, mogła już zająć się mężem i urlopem.

Po powrocie do domu, firma pochłonęła ich zupełnie. Jeździli z jednego pokazu mody na drugi, spotykali się z kontrahentami i sami nie wiedzieli kiedy im upłynął rok. Jak zawsze w lipcu Emilka poleciała do Nowego Jorku. Ulrich był ogromnie ciekawy po co ona tam lata, ale nie udało mu się nic z żony wyciągnąć.

Gdy padła w ramiona Clarka, nie chciała go puścić. Trzymała się go tak mocno, jak by nie była pewna, że on istnieje naprawdę.

– Ukochany mój, tak się bałam, tak się bałam, powiedz zaraz jak się czujesz, czy wszystko w porządku, bierzesz jakieś leki, przestrzegasz diety, uważasz na siebie?

Gdy ona zapalczywie tak pytała trzymając się go kurczowo, Clark roześmiał się:

– Spokojnie, spokojnie Kwiatuszku, nie tyle pytań na raz. Jak widzisz jestem cały i zdrowy. Muszę tylko dużo się ruszać – (wyszeptał jej do ucha) co zamierzam, co zamierzam, jeść to co mi wolno i wszystko będzie ok.

Wiesz, z tym przyjazdem miałem nieco trudności, bo Lola niedawno przeszła babską operację i nie chciałem jej zostawiać samej, ale Wika – pamiętasz jej najlepsza przyjaciółka...

– Oczywiście, że pamiętam, wszystko pamiętam, a z Lolą już dobrze?

– Tak, wszystko w porządku, ona ma końskie zdrowie, no więc jak mówiłem Wika zabrała ją ze sobą do sanatorium, aby szybciej wróciła do siebie.

– To Wika wie o nas teraz? – zdziwiła się Emilka.

– Musiałem ją wtajemniczyć, bo potrzebowałem sprzymierzeńca, który by mi pomagał. A ona jest mądra, kocha Lolę i zdaje sobie sprawę, że tak dla przyjaciółki lepiej – gdy o niczym nie ma pojęcia. Wiesz, w myśl przysłowia: Co oczy nie widzą – to serce nie boli.

– Boże, jaki ten świat jest skomplikowany, właściwie nie świat, tylko miłość. Wszystko udaje się załatwić jakoś racjonalnie, tylko z miłością są kłopoty.

I znów był tydzień szczęścia, pełen miłosnych zaklęć i tak minęło następne sześć lat.

Siódmego roku Emilka jak zwykle wpadła do „ich" pokoju chcąc natychmiast znaleźć się w ramionach ukochanego – ale pokój był pusty. Zbiegła do recepcji.

Przyjeżdżali tu z Clarkiem od tylu lat, że nie było w hotelu boya czy pokojówki, którzy by nie znali ich romantycznej historii. Opowiadano ją każdemu nowemu pracownikowi. Była to słodka tajemnica tego hotelu.

– Nie Mrs Emily, Mr Clark nie dzwonił tego roku – odpowiedział zmartwiony recepcjonista.

– A jednak pokój był zarezerwowany? – Emilka raczej stwiedziła niż spytała.

– Tak, ale nie przez Mr Clarka. Trzymamy go zawsze zarezerwowanego w tym czasie dla Państwa. Należycie, można powiedzieć już do historii tego hotelu – uśmiechnął się recepcjonista.

Emilka była w panice. Ona, tak zwykle zorganizowana, chłodna w interesach, nie wiedziała co ma robić. Szamotała się w tę i we w tę i była przerażona. Na pewno coś się stało, na pewno. Ręce miała spocone i trzęsła się jak w gorączce – zadzwoniła na komórkę do Clarka – wyłączona. Wreszcie nie mogła już dłużej wytrzymać, przemogła się i zadzwoniła do domu do Malibu. Długo nikt nie podchodził do telefonu. Ona uparcie trzymała słuchawkę przy uchu. Jej palce były białe –

tak ściskała plastyk słuchawki i uparcie czekała nie przerywając połączenia. Chodziła tam i z powrotem po pokoju powtarzając uparci – odbierz, odbierz. Wreszcie ktoś się zlitował:

– Hallo? – usłyszała nieśmiały głos.

– Lola? – spytała Emilka.

– Nie, tu Consuelos.

– Consuelos, pamiętasz mnie? Emily?

– Emily, si, si...

– Co się tam u was dzieje? Nie ma nikogo?

– Ach seniora Emily nieszczęście, u nas nieszczęście!

– Nieszczęście? – pod Emilką ugięły się nogi, przed oczami zaczęły latać kółka, musiała usiąść – Jakie nieszczęście?

– Senior Clark, senior Clark nie żyje, a seniora poszła... dalej już Emilka nic nie słyszała. Kółka przed oczami były coraz większe, coraz większe, telefon wypadł jej z ręki i wszystko znikło. Emilka osunęła się z krzesła na ziemię. Ocknęła się na podłodze z guzem na głowie. Powoli dochodziła do siebie. Wracała rzeczywistość. Nie to nie może być prawdą. Clark nie żyje? Nie to nie może być, nie może być, wszystko tylko nie to. Przecież bez niego nic nie ma sensu, nic. Muszę tam pojechać, zaraz, teraz, już.

Zadzwoniła do recepcji, aby przygotowali rachunek i załatwili jej najbliższy lot do Los Angeles. Był za dwie godziny. Z lotniska zadzwoniła do męża, że leci do LA

– Ale po co kochanie? Stało się coś?

– Tak, mój wujek nie żyje – i wyłączyła komórkę.

Emilka wylądowała w LA wieczorem.

Wsiadła w taksówkę, rzuciła krótko – Malibu i sprecyzowała adres. Gdy podjechała pod dom, cała posesja była mocno oświetlona. Przed dom wybiegła Consuelos i zabrała od niej jej małą walizeczkę. Emilka weszła do domu i stanęła oniemiała. W fotelach siedzieli: Lola, a naprzeciwko jej Sarah z Markiem. Lorelay gdy tylko ją zobaczyła, rzuciła się z płaczem w jej ramiona. Teraz obie obejmując się zaniosły się szlochem. Sarah z

Markiem patrzyli na tę scenę ze zdziwieniem. Gdy wypłakały się dostatecznie, Lola przez łzy powiedziała.

– Popatrz, kto przyjechał!

Emilka podeszła do matki i Marka i oboje pocałowała w policzek. Lolę zdziwiło nieco takie przywitanie po tylu latach, ale głowę miała zaprzątniętą tragedią jaka ją spotkała.

– A teraz opowiadaj jak to się stało, ponaglała ją Emilka, na razie nie patrząc w stronę przybyłych.

– O Boże, już nie wiem od czego zacząć. Wiesz przed sześciu czy siedmiu laty, zachciało się nagle Clarkowi na Bahamas i w dodatku uparł się jechać sam. Wiesz od twego wyjazdu bywał dziwny, więc się zgodziłam. Pomyślałam dobrze nam to zrobi, ale tak po tygodniu dostałam telefon, że mój mąż leży w szpitalu, po wprawdzie lekkim, ale zawale. Od razu tam poleciałam i załatwiłam transport tu do szpitala. W L.A. doszedł do siebie. Wiesz on od paru dobrych lat jeździł co roku o tej samej porze do Nowego Jorku. Było to Męskie spotkanie kolegów, z którymi studiował literaturę, a większość jego kumpli mieszka i pracuje w Nowym Jorku jako dziennikarze, tylko on był z Hollywood (Emilka pomyślała, ach to byłam kumplami ze studiów, ale nie dała nic po sobie poznać i słuchała dalej). Lekarze przestrzegali go, miał całą listę od nich jak żyć, ale znasz go, a raczej znałaś (i tu znowu szloch). Znowu pojechał na to swoje spotkanie, mimo że ja jechałam do sanatorium i mógł pojechać ze mną. Za każdym razem jak wyjeżdżał to bałam się o niego. I w tym roku jak zawsze znów się wybierał, był bardzo podniecony – zawsze był bardzo podniecony przed tymi wyjazdami i taki szczęśliwy, że nie miałam serca go zatrzymywać. A tym razem powinnam, bo niedługo po starcie podobno to się stało. Nawet zawrócili do L.A. Ale ja już dostałam zaplombowaną trumnę (znowu szloch). Nawet nie mogłam się z nim pożegnać lub go zobaczyć.

Emilka przytuliła do siebie drobną postać Loli i znowu zapłakały razem. Sarah z Markiem patrzyli na to wszystko, jak na przedstawienie w teatrze. Nie znali Clarka i trudno im było wczuć się w sytuację tragedii po stracie.

Gdy Lorelay zadzwoniła do Sarah, jako do jedynej krewnej, od razu z Markiem postanowili jechać. Chcieli ją poznać, a poza tym dowiedzieć się czegoś o Emilce. Czym byli starsi, tym bardziej odczuwali potrzebę spotkania z dzieckiem. Nie myśleli, że ją tu zastaną. Wiedzieli, że była tu prawie trzy lata, ale nie przypuszczali, że te dwie kobiety mają dla siebie tyle uczuć.

Marek przyglądał się trzem paniom. Sarah i Lorelay były do siebie bardo podobne, z tym, że jego żona była ładniejsza i wyglądała od kuzynki – młodziej. Lola, chyba przez cios jaki ją spotkał, jakby się w sobie skurczyła. Marek nie wiedział, że Lola miała już niejedną operację plastyczną, a jego żona była samą naturą. Przyglądał się też Emilce. Nie mógł wiedzieć, że ona na swe 40–te urodziny zafundowała sobie operację podniesienia, dużych i ciężkich piersi, jak i jej chluby – pośladków. Miała teraz włosy tylko do ramion, ale złote loki nie straciły koloru, tylko dla kontrastu, dodała do nich kilka miedzianych i kilka ciemnych. Ogromne ciemne oczy, patrzyły zza okularów w bardzo modnej i drogiej oprawce. Musiał przyznać, że jego przybrana córka i potem kochanka, wygląda wspaniale. Była ubrana w bluzeczkę i obcisłe jeansy. Marek wpatrywał się w nią z podziwem – myśląc – ile to już lat jej nie widziałem, 20? I przypomniał sobie jak wtedy przed laty wrócił z podróży do domu, a Emilki w nim już nie było. Jak długo cierpiał z tego powodu i jak musiał to cierpienie ukrywać przed żoną. Ale już pożądanie minęło. Była dla niego teraz, piękną dojrzałą kobietą, ale już nie było w nim tego „apetytu na Emilkę" i nie bardzo rozumiał jak mógł kiedyś przez nią zdradzić swą ukochaną ponad wszystko żonę.

Sarah też przypatrywała się Emilce i myślała: Dlaczego nie potrafiłam jej pokochać, dlaczego więc to ukłucie w serce, gdy zobaczyłam jej zażyłość z Lolą? Potem popatrzyła na swego męża, jak bardzo mimo siwizny jest jeszcze przystojny. Widziała to w oczach młodych dziewczyn, gdy na niego patrzyły. Ale on widział tylko ją, zawsze tylko ją. Nigdy nie dawał jej powodów do zazdrości, całe ich życie był dobrym kochającym Markiem. Tylko jej córka zdołała, tylko ona... Teraz zobaczyła, że znów na nią patrzy i myślała dalej, dobrze, o jak dobrze, że ją od siebie wysłałam.

A Emilka nie zdając sobie sprawy co dzieje się w głowach jej rodziców, zajęta była jedynie rozpaczą swoją i Loli. Nawet nie przypuszczała, że ta wspólna rozpacz połączy je bardziej, niż przed tym jakiekolwiek wcześniejsze uczucie. Weszła Consuelo i poprosiła na kolację. Emilka krzyknęła – za chwilę – i pobiegła do swego dawnego pokoju, który wyglądał tak, jakby z niego wyszła przed godziną. W szafie wisiały jej sukienki, jej białe futerko, które dostała od Loli na dwudzieste pierwsze urodziny. Na komodzie stało duże zdjęcie w ramkach, pierwsze zdjęcie w tym do-mu. Na nim trzy osoby w kostiumach kąpielowych przed domem na plaży. Clark uśmiechnięty w środku, a po bokach dwie zwrócone do niego twarze. I choć Clark obejmuje czule obie panie, to jednak twarz ma zwróconą do młodszej blondynki całej w złotych lokach... Emilka wzięła zdjęcie do ręki i ucałowała je, potem szybko umyła się pod prysznicem i założyła pierwszą lepszą sukienkę z szafy. Nie zdziwiło ją nawet, że chociaż sukienka miała już tyle lat, pasowała jak ulał.

Wszyscy siedzieli już przy stole. Lola popatrzyła na nią i uśmiechnęła się.

– A więc znalazłaś swój pokój?

– Oczywiście, wszystko jest jak było – dziękuję – jest tak, jakbym wróciła do mego rodzinnego domu! – a Sarah poczuła znowu to ukłucie w serce.

Jedli w milczeniu, popijając wspaniałym kalifornijskim winem.

– Kiedy pogrzeb? – spytała Emilka.

– Jutro o czternastej – odparła Lola grobowym głosem.

– To zdążyłam w samą porę – powiedziała Emilka smutno. Muszę zaraz rano kupić coś do ubrania, nie mam nic czarnego.

– Pójdę z tobą – nieśmiało powiedziała Sarah – wprawdzie mam czarną sukienkę ale jest chyba za ciepła.

– Ok – odpowiedziała z roztargnieniem w głosie Emilka.

Rano matka z córką pierwszy raz w życiu, poszły razem na zakupy. Marek chciał z nimi iść, jednak Emilka zaprotestowała:

– Panowie nam niepotrzebni, damy sobie same radę, i poszły.

Na pogrzebie byli wszyscy, cały liczący się Hollywood. Sarah nie mogła się powstrzymać, aby nie zerkać na wszystkie strony. Tylu znanych aktorów srebrnego ekranu i to w dodatku w jednym miejscu!

Emilka z Lorelay jak dwie wdowy po jednym mężczyźnie, stały razem w czarnych sukienkach pod szyję, bez rękawów, w ogromnych czarnych kapeluszach i ciemnych okularach, które nie potrafiły zakryć łez. Mimo tych okularów widać było rozpacz na twarzach obu kobiet.

Emilka trzymała ramię Lorelay, kurczowo. To takie straszne, nieodwracalne. Nagle poczuła, że ktoś podtrzymuje ją pod łokieć. Kątem oka zobaczyła Ulricha, ale nie poświęciła mu nawet spojrzenia. Ani ona, ani Lola nie zwróciły na niego uwagi.

Obie wpatrzone były w trumnę i zachowywały się tak, jakby cały świat wokół nich przestał istnieć. Wreszcie uroczystości pogrzebowe dobiegły końca i do spłakanych kobiet zaczęli podchodzić kondolenci. Marek poczuł się jak nikły robak, gdy w ramiona brały Emilkę największe sławy ekranu i wszyscy mówili jej miłe i pocieszające słowa. Po uroczystościach, gdy przeszli już do samochodów, Emilka przedstawiła wszystkim eleganckiego starszego pana – jako swego męża..

Rozdział dziesiąty
Ulrich

Pradziadek Ulricha, był znakomitym krawcem. Tak znakomitym, że dwór bawarski często zamawiał u niego, dużo garderoby codziennej i na wszelakie uroczystości. Po niedługim czasie, gdy rozeszła się wieść o wspaniałym krawcu, dostawał tyle zamówień, że musiał wziąć personel. Gdy umierał przekazał swemu synowi dobrze prosperujący warsztat krawiecki.

Syn, czyli dziadek Ulricha odziedziczył po ojcu nie tylko warsztat, ale i talent. Talent, nie tylko do krawiectwa, ale i do interesu. Gdy on umierał, przekazał ojcu Ulricha wspaniale prosperującą fabrykę tekstylną.

Ojciec smykały do krawiectwa nie miał, ale za to ogromną do interesu. Zakupił wiele kamienic i gruntów budowlanych w całych Niemczech i wybudował dwie fabryki.

Gdy Ulrich, na początku lat siedemdziesiątych, przejął z rąk swego ojca pałeczką, było to już prawdziwe imperium. Do jego majątku doszły jeszcze po zjednoczeniu Niemiec domy i grunty w dawnej NRD. Majątek był ogromny, ale Ulrich nie odziedziczył po swych przodkach, ani sprytu do interesów, ani umiejętności krawieckich.

Dopóki ojciec żył, a żył na szczęście długo, Ulrich pracował u niego jako asystent. Ożenił się z ładną, ale nudną dziewczyną, z którą spłodził troje dzieci, rodzinną tradycją synów.

Lecz zabawa w małżeństwo, znudziła mu się szybko. Jego żona była doskonałą, żoną i matką. Jednak jako partnerka dla niego, była nieciekawa. Nudna w łóżku, nudna w rozmowie. Gdy ojciec żył i zajmował się prowadzeniem firmy, Ulrich miał więcej czasu, a co za tym idzie więcej kochanek. Gdy pod koniec lat osiemdziesiątych ojciec odszedł – nie tylko ze stanowiska, ale i ze świata, na Ulricha spadła odpowiedzialność za firmę. Skończyło się beztroskie życie. Trzeba było pilnować interesów. Zaczął się rozglądać za dobrym dyrektorem. Przeżył ich chyba z pięciu i żaden nie był na tyle dobry, aby mógł mu powierzyć interesy firmy, a samemu zająć się jak wcześniej dolce vita. Nadeszły czasy w których zaczęła się walka o klientów, a co za tym idzie, korzystanie w tym celu z reklamy. Nawiązał kontakt z jedną z lepszych agencji reklamowych. Tam też po raz pierwszy zobaczył Emily w akcji. Zafascynował go sposób pracy tej młodej kobiety. Zaczął ją obserwować.

Pracowała tak profesjonalnie z takim zapamiętaniem, że pomyślał – to jest mój człowiek! Kogoś takiego potrzebuję. Z urody nie podobała mu się wcale. Lubił brunetki, ognisty południowy typ, a przy tym łagodne w obejściu i spolegliwe.

Nie nudne jak jego żona, ale obłaskawione jak kotka. A Emily była totalnym przeciwieństwem tych cech kobiecych, które uwielbiał. Jednak był zafascynowany.

Chciał koniecznie pozyskać ją dla swej firmy. Gdy nawiązał już z nią kontakt, to znaczy został jej przedstawiony, nagle wbrew sobie zaczął ulegać jej urokowi.

Wtedy pomyślał: prześpię się z nią, kupię jej za to jakiś bardzo drogi drobiazg i już będzie moja, a wtedy zaprzęgnę ją do pracy. Jak dotąd nie miał kłopotów ze zdobyciem tej czy innej pani. Kłopot sprawiało czasem, pozbycie się delikwentki, gdy już przestawały działać na niego jej uroki. Ale pierwszy raz w życiu nie zrobił na tej kobiecie żadnego wrażenia! To go zezłościło, ale i zachęciło do walki. Obudziło w nim naturę łowcy. Prawie rok się o nią starał. Posyłał codziennie kwiaty, jakieś drobiazgi z biżuterii, czekoladki.

Wszystko wracało z powrotem. Zapraszał ją prawie codziennie na kolację, imprezy, teatr, operę. Bez reakcji... Odmawiała, ciągle odmawiała. To Ulricha doprowadzało do pasji. Postanowił się rozwieść. Dawno brał to już pod uwagę, ale właściwie nie było powodu i związane było z zachodem i pieniędzmi. Myślał, że jako wolny człowiek, będzie miał u Emily większe szanse. Ale nie – też się mylił. Czym bardziej ona mówiła – nie – tym bardziej jej chciał. Doszło już do tego, że przez jej niechęć do niego – wmówił sobie gorące uczucie. Gdy się jej oświadczał był gotowy na wszystko. Dlatego oddał jej firmę. Zresztą to nie było takie głupie posunięcie. Wiedział, że jeżeli firma będzie figurowała na jej nazwisko, to ona wszystko dla niej zrobi. I w tym punkcie miał rację. Emily okazała się jego wybawieniem i ratunkiem dla firmy. Już od lat nie mieli tylu zamówień co teraz, tyle ciekawych kontaktów. I całą czarną robotę, odwalała za niego – jego nowa młoda i czarująca żona. Umiała wspaniale poradzić sobie z ludźmi. Mimo, że była ogromnie wymagająca, nie znosząca obijania się czy partactwa – z drugiej strony była bardzo ludzka. Znała wszystkich pracowników z nazwiska i imienia. Znała ich stan cywilny. Potrafiła pamiętać o każdym wesołym jak i tragicznym zdarzeniu w rodzinie. Dla każdego miała czas. Ludzie bali się jej – ale i kochali. Czasami zostawali po pracy, tylko dla szefowej. Umiała zganić i ukarać, ale i pochwalić, czy dać nagrodę. Ulrich podziwiał ją.

Jednak była dla niego tajemnicą.

Miała swoje sprawy, o których nie chciała mu mówić. Już podróż poślubna, zawierała tyle zagadek. Gdzie znikała na całe dnie? Dlaczego nie mówiła prawdy o tym rzekomym wujku? Pytania te dręczyły go okrutnie. I te coroczne wyjazdy do Nowego Jorku. Gdy ją o to pytał, dostawała prawdziwego szału.

Wreszcie nie wytrzymał. Wynajął detektywa. Bardzo drogiego, ale podobno doskonałego.

I opłaciło się. Wiedział już gdzie jego żona bywa w Nowym Jorku i z kim. Gdy detektyw złożył mu dokładny raport, przestał już mieć złudzenia, że jego żona będzie go kiedykolwiek darzyć uczuciem czułości, czy miłości. A czym był starszy tym bardziej mu tego brakowało. Jego synowie byli dorośli, ułożyli sobie życie. Zresztą nigdy nie miał z nimi dobrego kontaktu. To byli synkowie mamusi. Gdy się rozwiódł przypisali jemu całą winę za rozpad rodziny i widywali się z nim niechętnie i sporadycznie.

On w swoim egoizmie, nie cierpiał bardzo z tego powodu. Ale teraz było mu źle.

Był po sześćdziesiątce i nie chciało mu się już pracować, a z Emilką musiał.

Marzyła mu się ciepła kobietka, tylko dla niego, która go popieści, przytuli i porozmawia z nim o pogodzie, kwitnących kwiatach i pomidorach na grządce.

O tym wszystkim myślał, gdy jak co roku Emily pakowała swoją walizeczkę na spotkanie z kochankiem w Nowym Jorku. Potem zadzwoniła, że leci do Los Angeles. Wiedział już, że coś się stało, jeżeli zmienia plany. Postanowił pojechać. Wiedział gdzie – od detektywa miał dokładny adres. Na lotnisku w Nowym Jorku, kupił gazetę i w niej przeczytał – dlaczego. Zobaczył zdjęcie Clarka i wiadomość o pogrzebie. Jej wujka, jej kochanka.

Gdy podjechał pod dom, służba powiedziała mu, że wszyscy są na pogrzebie.

Pojechał tam taksówką. Zobaczył żonę i podszedł do niej. Jak zwykle nie zwróciła na niego uwagi. Ale po pogrzebie, gdy wsiadali już do samochodów, żona przedstawiła go swojej rodzinie. Był zachwycony, że wreszcie może ją poznać... Teraz już wiedział po kim odziedziczyła urodę. Chociaż myślał, Emily nie dorasta do pięt swojej matce czy ciotce. Był oczarowany urodą tych dwóch dojrzałych kobiet.

I choć matka Emily, była jeszcze piękniejsza niż jej kuzynka, zachwycił się właśnie nią – Lorelay. Cóż to za piękne imię. Lorelay! Powtarzał, rolując je na języku jak jaką pieszczotę. Cóż za wspaniała kobieta! Na twarzy jej widział rozpacz, ale pod nią już zauważał tę kotkę, mruczącą z zadowoleniem, gdy ją pieszczono. Sarah natomiast robiła na nim wrażenie zaszczutego zwierzątka.

– Jakże jestem szczęśliwy, że wreszcie mogę poznać rodzinę mojej żony. – i całował ręce obu pań.– Nie wiem dlaczego Emily pozbawiła mnie przyjemności poznania tak pięknych kobiet – obie panie uśmiechnęły się na ten komplement.

Wypytywał ich o ojca Emilki, o to dlaczego jego żona nie chciała ich zaprosić na ślub, lecz każde z nich było bardzo powściągliwe w udzielaniu odpowiedzi i nie dowiedział się wiele.

Jednak był tak zafascynowany świeżą wdową, że spędził cały wieczór na rozmowach z nią. A raczej był wyrozumiałym i cierpliwym słuchaczem, bo Lola potrzebowała się wygadać. Jednego nie mógł pojąć. Od detektywa wiedział, o trójkącie – ciotka, wujek siostrzenica. Wiedział, że Lorelay miała pojęcie, o miłości męża do Emily i nie rozumiał, dlaczego mimo wszystko, te dwie kobiety odnoszą się do siebie z takim uczuciem. Widział jak serdeczny był ich stosunek, w przeciwieństwie do własnej matki.

Emily, jak zwykle nie miała dla niego czasu, nawet nie spytała skąd się tu wziął, chociaż był przygotowany na to pytanie, ale nie sprawiła mu tej satysfakcji.

Ponieważ Sarah z Markiem chcieli zwiedzić Amerykę, bo byli tu po raz pierwszy, postanowili po dwóch dniach pobytu wyjechać.

Natomiast Ulrich, chciał zostać tu jak najdłużej. Na szczęście Emily nie wybierała się wracać. Chciała zostać z Lorelay, by ta nie czuła się samotnie. Wiedziała, że ciotka nie pracuje od dwóch lat i martwiła się co będzie, gdy zostanie sama w tak dużym pustym domu. Jej najlepsza wspaniała przyjaciółka Victoria, zmarła przed pół rokiem na raka. Emily bała się, że na Lorelay spadło za dużo tragedii w ostatnim czasie i sama sobie z tym nie poradzi.

Po wyjeździe matki z Markiem, Emilka godzinami rozmawiała przez komórkę regulując najpilniejsze sprawy w firmie. Ulrichowi było to bardzo na rękę, bo mógł się całkowicie poświęcić pocieszaniu Loli.

Rozdział jedenasty
Lorelay i Ulrich

Sarah nie chciała dłużej zostawać u kuzynki. Obecność córki, jej serdeczny stosunek z Lorelay irytowały ją. Oboje z Markiem byli już na emeryturze, więc czasu mieli dosyć, postanowili wynająć samochód i pojechać w Amerykę.

Marek chętnie zostałby jeszcze parę dni w fabryce snów, jednak Sarah nalegała na wyjazd. Była urażona zachowaniem córki, która nawet nie spytała, co porabiali przez tyle lat.

– A ty ją spytałaś? – Marek wziął jak zawsze stronę Emilki.

– Nie, ale ja jestem matką, ona córką to ona powinna...

– Dobrze – przerwał jej Marek – to dlaczego nie poszłaś nawet na grób swoich rodziców?

Sarah nie odpowiedziała. Musiała w duchu przyznać mu rację, jednak głośno nie chciała mu jej przyznać za żadne skarby.

I wyjechali.

Po dwóch tygodniach pobytu Emilki w Malibu, wyniknęły jakieś kłopoty z dostawą materiałów na nową kolekcję i trzeba było lecieć do Hongkongu. Gdy przyszedł termin lotu, okazało się, że Ulrich ma temperaturę. Lola stwierdziła, że w takim stanie nie może w żadnym wypadku lecieć. Ona się nim zaopiekuje, a Emilka niech leci sama.

I poleciała. Było to jej na rękę. Praca. Dużo pracy. Jedyny sposób na przeżycie.

Musiała zabić w sobie ten wieczny smutek. Nie ma Clarka. Nie ma tygodnia życia.

Prawdziwego, wspaniałego życia. Została tylko scena. Na której musi grać, tak jak potrafi i dokąd jej sił starczy.

Wyprawa do Chin zajęła jej trzy tygodnie. Następny tydzień zajmowała się firmą z Hongkongu, która przyleciała do Monachium na rozmowy. Wszystkie jedwabie i tkaniny z naturalnych włókien sprowadzali z Chin lub Tajlandii.

Resztę kupowali w Europie w zależności od cen i jakości produktu. Do drogich kolekcji, nie patrzyli na cenę – tylko jakość grała rolę. Natomiast kolekcje robione w większych ilościach, a sprzedawane w domach towarowych całej Europy musiały być przede wszystkim tanie i można było oszczędzać tylko na cenie materiału. Bo szyte było wszystko w firmie w Monachium. Emilka miała oczywiście dyrektora odpowiedzialnego za zakup materiałów. Jednak była zdania, że pańskie oko konia tuczy i wolała od początku swej pracy w firmie wszystkiego sama dopilnować. Poza tym znała swój dar przekonywania i negocjacji i wolała sama brać udział w pertraktacjach.

A w tej branży kolekcja goniła kolekcję. Minęły trzy miesiące może więcej, gdy pomyślała o mężu i biednej Loli. Była z nimi w kontakcie telefonicznym, ale były to telefony w przelocie.

– Wszystko w porządku, tak? A u ciebie?

I żadnych konkretów. Był już koniec października i postanowiła polecieć do L.A.

Nie uprzedzała. Po prostu wsiadła w samolot. Z lotniska wzięła taksówkę i skonana długim lotem – zasnęła. Taksówkarz obudził ją gdy podjechali pod dom w Malibu.

Dom jakby spał. Tylko z jednego okna sączyło się światło i słychać było muzykę

Mozarta. Emilka weszła nie robiąc hałasu do „pokoju muzycznego" jak go szumnie nazywała Lorelay. Na kanapie przed płonącym kominkiem, siedzieli przytuleni i zasłuchani Lola i Ulli. Wyglądali tak uroczo! Dwoje starszych, zadowolonych z życia ludzi. Emilka weszła na palcach i uśmiechając się stanęła przed nimi. Ach „Don Jovani" – pomyślała.

Mieli zamknięte oczy, nie zauważyli jej. Stała tak bez ruchu i przyglądała się im. Wreszcie płyta skończyła się. Otworzyli oczy, pewnie chcieli podzielić się wrażeniami z przeżyć słuchania pięknej muzyki – i zobaczyli ją. Odskoczyli od siebie jak oparzeni. Jak nastolatki, które zostały przyłapane na paleniu papierosów. Zaczęli się tłumaczyć, coś tam opowiadać. Ale Emilka nie słuchała tego, podeszła do nich, objęła oboje i powiedziała:

– Ok, ok, wszystko rozumiem, nie musicie się tak zachowywać jak szczeniaki.

Wszystko jasne, sytuacja zbliżyła was do siebie. Nie mam pretensji. Nigdy nie byłam wzorową żoną. Jeżeli znaleźliście upodobanie w sobie – nie będę robiła przeszkód.

Stali przed nią ze spuszczonymi głowami. Emilka patrząc na nich roześmiała się i popchnęła oboje na kanapę.

– A teraz proszę usiąść jak poprzednio i porozmawiamy – powiedziała poważnie.

Usiedli. Blisko koło siebie i patrzyli na nią. Emilka nalała sobie trochę koniaku i wzniosła kieliszek w ich kierunku.

– Wasze zdrowie kochani!

– To znaczy, nie masz do nas żalu? – zapytał Ulrich nieśmiało – bo my sami nie wiemy, jak to się stało. Lola tak serdecznie opiekowała się mną gdy byłem chory, a ja ją pocieszałem i tak dużo rozmawialiśmy i doszliśmy do wniosku, że mamy tak dużo podobnych upodobań, lubimy taką samą muzykę, jedzenie, książki, lubimy tak samo spędzać wolny czas. Jeżeli nie masz nic przeciw temu, to ja, to ja...

– No wykrztuś że wreszcie, nie jestem potworem, żebyś miał takie zahamowania – powiedziała Emilka ze śmiechem

– To ja najchętniej bym tu został... dokończył nieśmiało Ulrich.

– A co ty na to? – spytała Emilka – Lorelay.

– Ja byłabym szczęśliwa, gdyby tak się stało – powiedziała Lola – i zaczerwieniła się jak nastolatka.

– Jesteście uroczy, jak dzieci, naprawdę jak dzieci – bawiła się sytuacją Emilka – pewnie, że nie mam nic przeciw temu. Już ostatnio sama prowadziłam firmę, bo obijałeś się gdzie i jak tylko się dało i wykręcałeś się od podróży... Jeśli to da wam szczęście to macie moje błogosławieństwo! A teraz dajcie coś zjeść, bo umieram z głodu!

Emilka zobaczyła jak napięcie opada z nich i już oswobodzeni od niego wstali z kanapy i Lola wołała już na Consuelo, aby podawała kolację. Gdy zasiedli do stołu, rozmowa toczyła się już innym torem. Było wesoło i swobodnie. Emilka zauważyła z jaką atencją i serdecznością odnoszą się do siebie Lola i Ulrich. Patrzyła na nich z zadowoleniem, nie, nie odczuwała zazdrości, chyba tylko o to, że jej Clarka już nie ma, nie ma i nigdy nie będzie. I ona Emilka, zostanie już do śmierci nieszczęśliwą duszą błąkającą się po tym nieprzyjaznym świecie. Bo dla niej nie było już szczęścia, bez niego nie.

Po kolacji, oni poszli obejrzeć jakiś film, a ona zmęczona podróżą poszła spać.

Została z nimi jeszcze tydzień. Patrząc jak są szczęśliwi, myślała o tym, że Ulrich bardziej pasuje do jej ciotki niż do niej. Chociaż był od Lorelay młodszy, to nie było widać różnicy. Lola w tej nowej miłości, rozkwitła jak róża, przed zwiędnięciem.

Po tygodniu żegnając się z nimi, spytała Lolę – jesteś szczęśliwa? – a ciotka popatrzyła na nią błyszczącymi oczyma – i właściwie już nie potrzebowała odpowiedzi. Lola pokiwała głową i wyszeptała jej w ucho – dzięki Emily.

A Ulrichowi, przy pożegnaniu szepnęła – Jak jej zrobisz krzywdę, to przyjadę i urwę ci jaja – Ulli roześmiał się i powiedział:

– Zlituj się dziecko, cóż to za słownictwo!

Słownictwo, słownictwem, a ja zrobię tak naprawdę – powiedziała już na głos Emilka.

– Nigdy nie spotkałem kobiety, tak ciepłej, czułej, serdecznej i wspaniałej jak Lorelay! – powiedział patetycznie Ulrich.

Odwieźli Emilkę na lotnisko i pożegnaniom nie było końca.

Po powrocie do Monachium, zwołała zebranie wszystkich dyrektorów, na którym to podała do wiadomości, że z dniem dzisiejszym – ona jest nie tylko jedynym właścicielem firmy, ale i jedynym decydentem. Z wszystkimi ważnymi sprawami, należy się zgłaszać się do niej i tylko do niej. Ale na wyjazdy i do pertraktacji z kontrahentami potrzebuje asystentki lub asystenta. Osoby kompetentnej ze wszech miar. Ma się znać na prowadzeniu przedsiębiorstwa i branży, być wszechstronną (-nym) i znać co najmniej trzy języki perfekt. Do konkursu na to stanowisko zaprasza wszystkich czujących się na siłach i nie ukrywa, że osoby pracujące w firmie, mają większe szanse niż osoby z zewnątrz.

Po sali przeszedł szmer. Wiedziała, że gadają o niej niestworzone rzeczy, ale było jej to obojętne. Była ponad to. Nigdy nie przejmowała się tym co mówią inni, to tym bardziej teraz, gdy miała władzę, władzę nad nimi wszystkimi. Nigdy nie podnosiła głosu. Była zdania, że ten co krzyczy, okazuje słabość. A mimo to przed nią mieli respekt wszyscy. Respekt i szacunek.

– Kto czuje się na siłach, tego zapraszam na rozmowę do mnie. Będę przyjmowała codziennie od 16-tej do 17-tej godziny u mnie w gabinecie. Terminy proszę uzgodnić w sekretariacie. A teraz życzę wszystkim owocnej pracy.

I wyszła.

Udała się do swego gabinetu i poprosiła sekretarkę do siebie. Była to pani mniej więcej w wieku Emilki, bardzo zadbana i kompetentna.

– Elwira, chcę w tym roku urządzić dla pracowników, specjalne „Weihnachtsfeier" Rok był dobry, mieliśmy niezłe zyski, wszyscy dostaną premię, ale to omówię już z księgowym. Urządzimy całą imprezę na dole w foyer. Proszę się zająć terminem, zamówieniem odpowiedniego cateringu i dobrej orkiestry.

– Orkiestry? – zdziwiła się sekretarka

– A tak, orkiestry, chcę by ludzie bawili się dobrze, a jak wiadomo taniec zbliża. I mieli miłe wspomnienia z dnia kiedy przejęłam władzę.

Elwira uśmiechnęła się do szefowej, a w duchu pomyślała: władzę to ty miałaś od samego początku – ale nie była to myśl złośliwa. Elwira bardzo lubiła szefową i nie tylko lubiła, ale i podziwiała. Była surowa szalenie wymagająca, ale i bardzo ludzka.

Elwira nie mogła pojąć, jak ona mogła zapamiętać imię i nazwisko każdego pracownika. Rozumiała jeszcze, że znała z imienia wszystkich projektantów mody. Nie był to duży dział, pracowali tam sami „artyści", których trzeba było chwalić, aby nie urazić ich „ego", a już w żadnym wypadku nie pomylić nazwiska czy imienia.

Ale szefowa pamiętała nie tylko to, ale i imiona dzieci wszystkich pracowników, wiedziała zawsze w którym domu zdarzyło się nieszczęście i odpowiednio do jego rozmiarów reagowała. A u nich pracowało prawie 300 ludzi!

Specjalnie uczulała na takie rzeczy kierowników działów. Mawiała: Pracownik musi czuć się jak w rodzinie, musi kochać firmę w której pracuje, wtedy zrobi dla niej wszystko. I to się sprawdzało. Ludzie pracowali, gdy tego wymagała sytuacja, jak w swojej firmie, nie licząc czasu i sił. I to był sekret sukcesu firmy. Pocztą pantoflową przekazywane były dobre warunki pracy w firmie, co ułatwiało zatrudnienie najlepszych fachowców, a co za tym idzie, o ich kolekcje biły się butiki i różne sieci handlowe.

Nadszedł dla Emilki trudny okres. Musiała wybrać swoją prawą rękę. Wiedziała, że nie może w pojedynkę prowadzić firmy. Bała się, że coś przeoczy, coś jej się wymknie z pod kontroli. A wiedziała doskonale, że zbudowanie dobrego obrazu firmy trwa lata, a jeden błąd może zniszczyć jej wiarygodność.

Kandydatów było dużo. Codziennie przez jej gabinet przewijały się osoby pewne swych możliwości, a po bliższym poznaniu okazywało się, że ta pewność była jednostronna. Niektórzy byli już tuż, tuż stanowiska, wszystko pasowało, a na koniec Emilka stawiała jakieś pytanie, na które trzeba było spontanicznie zareagować i było po kompocie. Delikwent plątał się i gubił nie wiedział co i jak. Emilka zauważyła, że większość z nich miała wyuczone odpowiedzi. Gdy przychodziło zaskakujące pytanie nie bardzo mogli sobie z nim poradzić.

I tak przeszedł czas do Bożego Narodzenia, a kandydata (-tki) jak nie było, tak nie było.

Zbliżały się święta, a Emilka uświadomiła sobie, że pierwszy raz w życiu, przyjdzie jej te rodzinne święta spędzić w pojedynkę.

Jej mąż, zakochany w innej, spędzał święta pod słońcem Kalifornii. Zadzwonili do niej zapraszając do Malibu – gruchając jak dwa gołąbki. Gdy odmówiła – przekazali życzenia świąteczne, nie przejmując się już, jak spędzi te święta. Trochę się Emilka dziwiła, że Lorelay po Clarku potrafi jeszcze raz kogoś pokochać. Ona nie potrafiła.

Ale rozumiała też, że na stare lata, ciotka spotkała mężczyznę czułego, troskliwego, spełniającego każde jej życzenie – a tego właśnie potrzebowała. Te cechy charakteru Ulricha, które denerwowały Emilkę, dla Lorelay były spełnieniem marzeń o wyśnionym mężczyźnie.

Święta, to taki okres, kiedy myśli się o bliskich, o rodzinie. Nie chciała jechać do Kalifornii, bo marzył jej się śnieg za oknem, zmarznięty nos i prawdziwa choinka w pokoju. I co? I będę przy niej siedzieć sama? – pytała się w duchu. Nie mam rodziny, przyjaciół, dzieci. To wszystko zastępował mi Clark i tylko Clark. A teraz go nie ma i nigdy nie będzie. Aby nie zawładnęła nią rozpacz, postanowiła zadzwonić do Steni.

Zanim zacznę się rozczulać nad sobą – muszę pomyśleć o innych. Okazało się, że Stenia nie chce przylecieć samolotem.

– Dziecko, nigdy nie latałam samolotem, to na starość nie będę próbować. Boję się, po prostu się boję. Wiesz jak to jest, czym człowiek starszy, to tym bardziej się życia czepia – zaśmiała się Stenia.

– Ok, to ja przyjadę – powiedziała Emilka.

– To dopiero będzie radość, tak się cieszę, dziecko tak się cieszę!

Okazało się, że Stenia sprzedała dom w lasach i mieszka razem z Sarah i Markiem w Krakowie w ich willi. Emilka postanowiła spędzić z nimi święta, a potem zabrać Stenię do siebie. W tym celu nie mogła skorzystać z szybkiej podróży samolotem, musiała jechać samochodem.

Święta w tym roku wypadały, korzystnie dla pracujących – było wiele wolnych dni.

Emilka chciała pokazać Steni okolice Monachium i trochę z nią pobyć, a potem odwieść do domu. Marek z Matką także po świętach wyjeżdżali do ich domu do Szwajcarii.

Przyjęcie w pracy wypadło wspaniale. Powiedziała parę słów do pracowników i jej słowa przyjęte były aplauzem. Wszyscy byli we wspaniałych humorach, bo premia jaką otrzymali, nastroiła wszystkich pozytywnie, nie tylko do szefowej, ale i całego świata. Ich szefowa umiała świetnie dozować powiedzonko o kiju i marchewce.

Już stała kolejka chętnych panów do tańca z nią. Ale ona z sztucznym uśmiechem na ustach i krwawiącym sercem (chcę tańczyć tylko z Clarkiem) odtańczyła parę kawałków i z życzeniami dobrej zabawy i wspaniałych świąt i wypoczynku, po którym oczekuje od wszystkich solidnej pracy – zniknęła z przyjęcia.

Przedtem, gdy jeszcze miała ten tydzień w Nowym Jorku, to wiele rzeczy cieszyło ją w tym filmie jakim było jej życie i w którym grała główną rolę. Ale teraz już nie. Teraz pozostała jej jedynie wegetacja na tym nieprzyjaznym świecie.

W dzień wigilii wsiadła w samochód – bardzo nie lubiła prowadzić, całe życie miała do tego jakiegoś osobnika płci męskiej – bo jedynym mężczyzną na całe jej życie był i na zawsze będzie Clark, tylko Clark, mimo, że go nie ma, że go nie ma. Ale ze mną jest na zawsze – myślała.

Wyjechała z domu świtem. Droga z Monachium do Wiednia była prosta i czysta od śniegu – cały czas autostrada. Jechała prędko. Przed Wiedniem w ulubionej restauracji na autostradzie, przekąsiła coś i pojechała dalej. Czeskie drogi też już były świetne. Gorzej natomiast było w Polsce. Ale mimo tego wszystko w ojczyźnie ją zachwycało! Nie było jej tu przeszło 20 lat! Ale jak podjechała pod dom, wszystko wyglądało jak kiedyś. Tylko w ogrodzie rosły nie znane jej drzewa i krzewy i mimo śniegu, widać było, że jest bardzo zadbany. Chciała postać trochę przed domem zanim wejdzie i pogrążyć się nieco we wspomnieniach. Jednak Stenia czekała już od rana i na odgłos zajeżdżającego samochodu – wybiegła przed dom z otwartymi ramionami. Miała już dobrze ponad osiemdziesiąt lat, a poruszała się jak nastolatka.

– Emilka, dziecko kochane, wchodź, wchodź, nie zmarzłaś? Zmęczona jesteś? a może głodnaś? – pytała na jednym tchu.

– Nie, nie kochana ciociu na wszystkie pytania odpowiadam – nie, wszystko jest ok.

– No to idziemy do twego pokoju, wyrychtowałam go na twój przyjazd, rodzice w jadalni, idź się przywitaj, a ja już puszczam ci wodę do wanny.

Emilka przez tą krzątaninę Steni, poczuła się naprawdę jak w domu.

Weszła do jadalni i pierwszy raz w życiu przywitała się z Matką serdecznie. Sarah widocznie na stare lata odczuwała potrzebę czułości i o dziwo wzięła ją w ramiona i przytuliła do siębie, a potem pocałowała.

Następnie wylądowała w ramionach Marka. I już słyszała pokrzykiwania Steni – chodź już wanna jest pełna!

Po kąpieli, przebrała się odświętnie, wyjęła liczne prezenty zapakowane błyszcząco i kolorowo i zeszła na dół. Przy stole czekali już wszyscy. Stenia przeszła samą siebie. Stół był przepięknie udekorowany, pod obrusem siano i 12 potraw stało przygotowanych do konsumpcji.

Sarah z Markiem mieli pomoc w domu „do sprzątania" – jak mówiła Stenia, a w zasadzie przyjęli ją, aby odciążyć staruszkę. Teraz miała kim zarządzać i nie czuła się niepotrzebna. A ponieważ trudno było jej dogodzić, wzięto dziewczynę, która całe życie pracowała u Steni na gospodarstwie, a teraz przyszła za nią do Krakowa.

Pod dyktando Steni, podawała potrawę za potrawą. Najpierw był karp w galarecie (po żydowsku), zupa grzybowa, barszcz z uszkami, gołąbki z grzybami, pierogi ruskie i z kapustą, karp smażony, kluski z makiem, kutia i makowiec a na koniec kompot z jabłek i suszonych śliwek. Po zjedzeniu „wszystkiego po trochu" (musisz spróbować, tak się nastałam w kuchni, żeby ci dogodzić, a jesteś taka chuda) Emilka czuła się jak balon.

Przed jedzeniem, oczywiście wszyscy podzielili się opłatkiem, życząc sobie najlepszego, a przede wszystkim częstszych spotkań razem.

Po zjedzeniu przenieśli się pod choinkę do salonu, gdzie w wygodnych fotelach oglądali prezenty i zachwycali się otrzymanymi podarkami w miarę szczerze.

Emilka jako tzw. „Polonia" otrzymała głównie poloniki: książki o Polsce, płyty z muzyką polskich kompozytorów i pamiątki ze srebra i bursztynu.

Potem przy kieliszku Martini, zebrało się wszystkim na zwierzenia i wynurzenia.

– Chciałam cię prosić moje dziecko, żebyś – jeśli potrafisz – wybaczyła mi, brak matki w twoim dzieciństwie.– mówiła Sarah

– Już ci dawno wybaczyłam mamo – i wzięła jej rękę w swoją gładząc ją pieszczotliwie, to ja cię proszę o wybaczenie tej sprawy z Markiem...

– Nie trzeba, dziecko, nie trzeba...

– Kiedy ja muszę – byłam młoda zbuntowana i ogromnie zraniona twym brakiem miłości. Teraz już wiele wiem, wiele rozumiem. Często wstydziłam się za me głupie wybryki młodości. Wiem już jak to boli, kiedy twój ukochany jest u innej, to też już znam i wiem też, że w życiu nic nie jest czarne albo białe, że życie ma wiele odcieni szarości ale i wiele barw.

– Nie mówmy już o tym, było minęło, ja wiem i Marek wie, że to była twoja zemsta i teraz wiem, że miałaś do niej prawo – mówiła Sarah czułym głosem.

– Nikt nie ma prawa do zemsty Mamusiu – powiedziała miękkim głosem Emilka.

– A wiesz – wtrąciła Stenia chcąc przerwać te dyskusje – Artur zmarł zeszłego roku i to na babie.

– Jak to na babie? – ze zdziwieniem powiedziała Emilka

– No na babie, poderwał jakąś młódkę, poszedł z nią do hotelu i w czasie miłosnych igraszek zszedł. Aha, podobno zażył dwie wiagry naraz! To mój brat – ciągnęła dalej Stenia bez emocji – i powinnam to inaczej przyjąć, ale gdy się o tym dowiedziałam, pomyślałam tylko – dobrze mu tak. Nawet na pogrzeb nie poszłam. A ta jego Weroniczka wstydu się najadła na całą Warszawę. Na pogrzebie była podobno w woalce, żeby oczami przed ludźmi nie świecić. Jadwisia mi to opowiadała, pamiętasz Jadwisię?

– No, oczywiście, że pamiętam, przecież to twoja siostra, przyjeżdżała do Ciebie czasem, jak byłam mała. Wyszła za mąż do Kielc– zdaje się?

– Tak, kochanie, pamiętasz, no widzisz, i ona ta Jadwisia, utrzymywała kontakt z Arturami w przeciwieństwie do mnie. Podobno zrobiłaś niezłą rozpierduchę...

– Steniu, ty takie wyrazy? – zdziwiła się Sarah

– To tylko cytat, ja tylko cytuję jak opowiedała mi Jadwisia. Tak więc mówiła, że niezłą rozpierduchę zrobiłaś Emilko przed wyjazdem do Ameryki u Arturów. Marcin zaraz potem, wyjechał na stałe do Ameryki i do śmierci ojca nie zamienił z nim słowa. Weroniczka zaś, wyprowadziła się do tatusia (leciwego już nieco, mamusi się zeszło z tego świata) i Arturek ją błagał przez trzy miesiące, aby do niego wróciła i musiał przysięgać w Częstochowie przed obrazem cudownym „Czarnej Madonny", że już nigdy nawet nie popatrzy na żadną babę. Wyobraźcie sobie – niegdysiejszy pierwszy sekretarz, przysięga w Częstochowie swojej, mocno kiedyś czerwonej żonie!

Gdy Stenia to opowiadała, Emilka uzmysłowiła sobie, że przecież mówi o jej ojcu, ale nawet ukłucia w serce, nic kompletnie nic. Opowiedziana historia jedynie ją śmieszyła. Pomyślała – to ojciec, to mój ojciec – a ja odbieram to, jak anegdotę o obcym, zupełnie obcym człowieku.

Wszyscy się śmiali, a Marek obejmując i przytulając Sarah do siebie powiedział:

– Ciesz się dziewczyno, że się go pozbyłaś i że w zamian masz mnie!

A Sarah ze śmiechem pocałowała go w policzek.

– Właściwie mamo, powinnaś być wdzięczna Weroniczce, że cię wyzwoliła od tego Casanovy! – powiedziała Emilka.

– Przestańcie już – zawołała Sarah – to przecież był jej ojciec!

– O nie, mylisz się mamo, on nigdy nie był moim ojcem, plemnikodawcą tak, ale nie ojcem! – Mówiła Emilka zapalczywie – Moim ojcem był Marek. To on mnie kąpał i zmieniał pieluszki, uczył jeździć na nartach i rowerze, pomagał w lekcjach. To co stało się później, nie ma nic do rzeczy. To była zwykła reakcja samca, na prowokację siksy. Ale do dzisiaj gdy myślę rodzice, to myślę – przepraszam cię Mamo – Stenia i Marek..

– A Artur zrobił przynajmniej jedną pożyteczną rzecz w życiu – dał nam Emilkę – zakończyła dyskusję Stenia.

Potem wszyscy o północy poszli na pasterkę. Było biało, śnieżnie, mroźnie i cudownie. Szli powoli na piechotę rozkoszując się tą piękną zimową wigilijną nocą w którą nie tylko zwierzęta przemawiały ludzkim głosem, ale czasem i ludzie.

Na drugi dzień wstali prawie w południe, zjedli śniadanie, a właściwie brunch, zapakowali się w dwa samochody i pojechali razem do Monachium. Późnym wieczorem jedli już kolację w domu Emilki.

Sarah z Markiem, byli szczęśliwi, że mogą oglądnąć wreszcie jak „dziecko" mieszka. Zachwyceni domostwem zostali jeszcze dwa dni i spędzili je na siedzeniu w domu i nadrabianiu ponad dwudziestoletniej luki w wiadomościach. Tak więc gadali, gadali i gadali.

Po świętach goście wyjechali do Szwajcarii, a Emilka została sama ze Stenią.

W pozostałe dni zwiedzały miasto i okolice. Stenia narzekała, że gosposia Emilki źle gotuje, źle sprząta i w ogóle jest do niczego.

– To zostań ze mną, sama widzisz jak cię potrzebuję! – zawołała Emilka.

– Och, bardzo chętnie dziecko, zostałabym u ciebie, a raczej z tobą, ale gdybym miała z 60-tkę. Ale teraz? W moim wieku? Nie przesadza się starych drzew.

Spędziły razem Sylwestra, oglądając polskie programy z satelity, o północy wypiły butelkę szampana i poszły spać. Emilka czuła się znowu jak młoda dziewczyna, gdy Stenia mówiła:

– Ubierz się ciepło dziecko, bo mróz, zjedz coś bo jesteś taka szczupła, idź spać bo już późno...

W tych słowach było tyle miłości i troski. Dobra kochana Stenia.

Po sylwestrze zawiozła starą opiekunkę do Krakowa.

Po powrocie do pracy, zaczęła się ta sama polka co przed świętami. Szukanie igły w stogu siana, czyli odpowiedniego człowieka na stanowisko asystenta. Wszyscy byli do niczego. Czyż nie ma ludzi odpowiednich – myślała Emilka – czy to ja jestem za bardzo wymagająca lub wybredna?

Aż któregoś dnia, do jej pięknie urządzonego gabinetu, wszedł młody człowiek.

Już od progu wydał jej się jakiś znajomy, ale nie mogła go nigdzie umiejscowić. Jedno było pewne, nie należał do grona jej pracowników. Nie tylko się tym chlubiła, ale naprawdę znała wszystkich.

Musiała w duchu przyznać, że wejście miał dobre, pewne. To jej się podobało.

Wszedł ukłonił się i podszedł śmiało do biurka (bez tych ceregieli, czy mogę, nie przeszkadzam itd.) Pokazała mu ręką, aby usiadł. Lecz on stał i czekał uśmiechając się.

Podała mu więc rękę mówiąc:

– Von Walden.

Wziął jej rękę i ucałował (zaskoczyło ją to nieco, u Niemców ten sposób witania kobiety – był mało popularny) i powiedział:

– Ebenfals (także).

To ją zbiło nieco z tropu i więcej zapytała niż powiedziała:

– Nie rozumiem?

– Nazywam się Robert von Walden – powtórzył młodzieniec.

– Ach, jesteś synem Ulricha! Tak?

– Tak.

– Najmłodszym? Już parę lat minęło jak was widziałam, a byliście wtedy w tym wieku, że człowiek najbardziej się zmienia – Robert – powtórzyła – Bobbi, ach wiem już – mój adorator z wesela! Spocone rączki i stójka w spodniach, tak? – mówiła już ze śmiechem Emilka.

Zobaczyła, że po raz pierwszy jak wszedł do jej gabinetu – był zmieszany. Ale szybko się zreflektował i odpowiedział też ze śmiechem:

– Stare czasy, teraz już potrafię panować nad emocjami. Od tamtego czasu upłynęło dużo lat. Przez ten czas skończyłem studia i zaliczyłem trzy lata praktyki.

– Jakie studia?

– Zarządzanie przedsiębiorstwem.

– Praktyka?

– U Joop'a.

– To dlaczego tam nie zostałeś, to przecież świetna firma?

– Bo zrobiłem praktykę w domu mody specjalnie, aby móc pracować u ciebie.

– Dlaczego?

– Jest wiele powodów.

– To proszę wymień je – mam czas!

– Po pierwsze wychowałem się praktycznie w tej firmie. Ojciec na moją prośbę często mnie tu zabierał. W każde ferie jeden miesiąc tu pracowałem, nie wiedziałaś o tym?

– Ach, Ulrich prawie o was nie mówił, albo nie zwróciłam na to uwagi.

– Właśnie – powiedział Bobbi zgryźliwie – dla ciebie ważny był tylko tydzień w Nowym Jorku nie?

Teraz Emilka zmieszała się.

– Skąd o tym wiesz? – podniosła głos.

– Emily, spokojnie wiem o tobie wszystko. Przyznaję się do tego – szpiegowałem cię, jeździłem za tobą wszędzie, przychodziłem tu do firmy żeby na ciebie popatrzeć choć z daleka.

– To straszne, jak obsesja – oburzyła się Emilka.

– Nie, to pierwsza szczeniacka, ale i prawdziwa miłość – szczeniacka przechodzi, a ta nie. Myślałem, że się zestarzejesz, zbrzydniesz i przestaniesz na mnie działać. Spałem z tyloma dziewczynami, aby cię zapomnieć, próbowałem się zakochać, ale nic z tego. Ale odłóżmy na bok te sentymenty. Nie przyszedłem tu, prosić cię o rękę – tylko o posadę. Gdy ogłosiłaś konkurs na twą prawą ręką, wiedziałem, że to posada dla mnie. Liczyłem na coś takiego od momentu jak już wiedziałem, że mój stary zostawił cię dla ciotki.

– Ale... – próbowała wtrącić coś Emilka

– Wiem, wiem, za twoim przyzwoleniem – wszedł jej w słowo Bobbi – nie musisz mówić, znam sprawę. Wiedziałem od początku, że ojczulka nie kochasz, że jest dla ciebie firmą. Chciałaś władzy i ją masz. Lubię kobiety, które wiedzą czego chcą. Dlatego też między innymi byłem i jestem tak tobą zafascynowany. Zresztą ja nie mam żadnych pretensji o firmę, nikt z nas nie ma. Ojczulek obdarował nas po rozwodzie bardzo hojnie. A nie nauczono nas pazerności. Podobasz mi się jako szef firmy. Jesteś w tym lepsza niż ojczulek był kiedykolwiek i pochwalam jego decyzję. A że na stare lata się zakochał i jest szczęśliwy, czyż nie jest to cudowne zrządzenie losu?

Emilka przyglądała mu się w czasie tej jego przemowy, i myślała, to mój człowiek. reprezentatywny, wygadany, pewny siebie, znający się na rzeczy, nikt go nie zaskoczy, przygotowany na każdą ewentualność. Już była pewna, ale spytała:

– Dlaczego zgłaszasz się dopiero teraz?

– Psychologiczne posunięcie – odpowiedział pewnie – Chciałem, aby te wszystkie zera zgłosiły się przede mną. Wiem co jestem wart, że jestem dobry, nic nie potrafi mnie zaskoczyć, nerwy mam ze stali, odporny jestem na stres i zawsze na wszystko znajdę replikę i umiem żyć z ludźmi...

– Godna podziwu pewność siebie – udało się wtrącić Emilce.

– To nie pewność siebie, to wiedza – odparł pewnie

– No nie wiem – wahała się jeszcze Emily

– To może zrobimy tak – przyjmiesz mnie do firmy na trzy miesiące – jeśli się nie sprawdzę – wywalisz mnie po prostu i szukasz dalej. Lecz jeśli jest tak jak mówię to pracujemy razem. OK?

– OK – odpowiedziała Emilka i przypieczętowali to uściskiem dłoni – Na razie dostaniesz najniższą stawkę, a potem zobaczymy.

– Zgoda – odpowiedział chłopak.

Na drugi dzień, gdy Emilka zjawiła się w pracy, Bobbi już był. Zapukał i spytał:

– Mogę?

– Nie, nie teraz, rano muszę zawsze w spokoju wypić kawę i przeczytać poranną prasę. Muszę przecież wiedzieć co się na świecie dzieje.

– Nie musisz, zrobiłem ci mały skrót – tylko najważniejsze rzeczy – ze wszystkich – dzisiejszych dzienników. Pij kawę, a ja ci zrelacjonuję!

I ten zwyczaj stał się codzienną rutyną. Emily piła kawę, a on składał relacje. Najpierw ogólne o politycznej stronie świata. Codziennie jakaś katastrofa, zamach terorystyczny, lub inne problemy tego globu pełnego przemocy. Potem przechodził do spraw branżowych. To znaczy, który dom mody miał największą sprzedaż, najlepszą kolekcję, najlepsze modelki do dyspozycji, najlepsze materiały, w którym kraju można dostać najniższe ceny za materiały przy zachowaniu jakości wykonania, potem giełda – akcje której firmy tekstylnej poszły w górę, a które lecą na tak zwany pysk. A jak ich własne akcje itp.

W pierwszych dniach Emily była zachwycona. Spodziewała się, że chłopak Ulricha (jak go w pierwszych dniach nazywała) jest dobry, do tego miała nosa, ale nie aż tak.

Po miesiącu nie wyobrażała sobie firmy bez niego. Po dwóch myślała: jak ja w ogóle bez niego dawałam sobie radę?

I zatrudniła go jako dyrektora handlowego i swą prawą rękę z pensją 10 x większą niż wyjściowa. Przez cały czas chłopak w stosunku do niej zachowywał się poprawnie. Czekał jakby na znak z jej strony, aby nie narazić się na odmowę. Jeździli często służbowo, po świecie bo należało dopilnować ważnych kontaktów zakupu ważnych do kolekcji materiałów i Bobbi zachowywał się nad wyraz przyzwoicie. Odprowadzał ją pod jej pokój całował w rękę i policzek na dobranoc i szedł grzecznie spać do swego pokoju.

Emilka patrząc na niego, myślała czasem: „Czemu nie? Już tak dawno nie miałam mężczyzny". W czasach, gdy tylu ludzi umiera na aids, nie uśmiechały jej się przygodni znajomi. Stały partner, to było to. Ale miała opory. Opory natury estetycznej. „Gówniarz" jak go potem nazwała po „chłopaku Ulricha" (przecież nie mogła tak do niego mówić.) – miał 26 lat ona 43, bała się, że jak zobaczy ją rozebraną, nie, nie chodziło o to że się zrazi. Pal sześć – myślała – nie ten, to się znajdzie inny. Ale sama dla siebie – czuła by się źle, gdyby coś nie tak.

Zawsze miała idealną figurę i przyzwyczaiła się do tego. Teraz ze strachem patrzyła w lustro oglądając się z każdej strony, czy nie pojawiło się coś nieestetycznego.

Po roku powiedziała Gówniarzowi, że on sobie już świetnie radzi sam. Ona może zrobić sobie urlop. Ma zamiar pojechać do Szwajcarii odwiedzić matkę. Bobbi przystał na to bez oporów, spytał tylko czy w razie katastrofy można ją złapać na komórkę.

– Oczywiście – odpowiedziała i pojechała do Zurichu.

Sarah w tym czasie była w Polsce i nie o niej myślała teraz Emily. Pojechała do kliniki chirurgii plastycznej, do tej samej w której poprawiano jej piersi i pupę.

– Co tym razem robimy Madam von Walden? – zapytał uprzejmie najlepszy z chirurgów kliniki.

– Właściwie to nie wiem – niech pan zadecyduje patrząc na mnie nie jako chirurg, lecz jako mężczyzna. Rozebrała się i stanęła przed nim naga.

Doktor Sielbert przyglądał jej się długo.

– Powiem tak, jako mężczyzna nie mam żadnych zastrzeżeń, a wręcz przeciwnie, no a jako chirurg – może troszeczkę odessiemy tłuszczyku z ud i brzucha. I brzuszek wyrównamy. Na twarzy niewiele, no może maleńką korektę, ale bez liftingu, bo jak zaczniemy raz, to potem musimy już regularnie powtarzać, a ja naprawdę nie widzę potrzeby. A te drobiazgi usuniemy laserem. Ok?

– Wszystko co pan uważa doktorze, chcę bez oporów pokazać się w bikini i nie straszyć twarzą.

– O na to, to musi pani jeszcze długo czekać – zaśmiał się Sielbert.

Po miesiącu Emily wróciła ze Szwajcarii „Jak nowa". Stanęła naga przed lustrem i z upodobaniem przyglądała się sobie – jak przed laty.

Brak akceptacji przez matkę, gdy była dzieckiem, świadomość nieobecności ojca odzwierciedlała się w dorosłej kobiecie – brakiem akceptacji własnego wyglądu. To że była kimś, że liczyli się z nią wielcy tego świata, że kochało ją tylu mężczyzn, to wszystko było mało. w środku została tą małą dziewczynką, która nie miała mamy ani taty, tylko Stenię i Marka.

Wróciła do Monachium. Spojrzenie szarych oczu Gówniarza, powiedziało więcej niż tysiąc słów, a więc były gotowa, gotowa na niego. Po długim dniu pracy Gówniarz po raz pierwszy zaprosił ją na kolację. Zgodziła się.

Przy aperitifie Emily powiedziała:

– Bobbi, gdy wychodzimy prywatnie, to ani słowa o firmie, dobrze?

– Jestem za, jestem za – powiedział

Opowiadał jej, a ona słuchała. Mówił tak pięknie, melodyjnie, że pozwoliła mu opowiadać o sobie. Mówił o swym pięknym dzieciństwie. A potem o ciosie – jakim był dla nastolatka rozwód rodziców. Jak bardzo chciał ją poznać – tę przyczyną swego nieszczęścia – i znienawidzić, wykrzyczeć jej w twarz tę nienawiść i krzywdę jaką mu zrobiła przez odejście ojca. Lecz stało się inaczej, bo gdy tylko ją zobaczył, zakochał się pierwszą młodzieńczą miłością i już nigdy się od tej miłości nie uwolnił.

Mówił o tym że myślał, że matka po odejściu ojca pogrąży się w rozpaczy, a ona od razu rzuciła się w ramiona tego żigolaka prawnika, zarządcy majątku, który owszem zarządza nim bardzo dobrze, ale tylko dlatego, że ma z tego zysk, bo poślubił mamuśkę jak tyko zobaczył ile tego jest i korzysta z tych pieniążków, a matkę zdradza na prawo i lewo, a ona jest tak zaślepiona miłością do niego i bredzi banały takie jak – gdy zamykają się jedne drzwi, to otwierają drugie. I ona tym drugim wszystko wybacza w imię miłości, bo tak jest nią zaślepiona. A ten młody mężuś publicznie ją poniża – czego on zupełnie nie może zrozumieć, bo według niego miłość polega na czym innym.

– No widzisz – wtrąciła Emily – mnie też by taki los czekał, gdybym się z tobą związała.

– Ależ skąd – Gówniarz aż podskoczył na krześle z oburzenia. – Ja chcę być z tobą dla ciebie, a nie dla twych pieniędzy!

– I dla firmy – dodała Emily.

– I dla firmy, ale firmy z tobą. Mnie pieniądze nie interesują – interesujesz mnie ty i tylko ty!

Po kolacji odprowadził ją do domu i przed domem jak nastolatki długo się całowali.

W pewnej chwili Emilka oderwała się od niego i powiedziała

– Dobranoc, to był naprawdę cudowny wieczór – dziękuję – i zniknęła.

Na drugi dzień po pracy zaprosiła go na kolację do domu. Oczywiście nie gotowała sama, bo nie miała do tego ani talentu, ani pojęcia. Potrawy przygotowała gosposia.

– Elfi jak podasz kolację to znikaj, ok?

– Dobrze, proszę pani.

Gosposia przygotowała łososia w sosie z porów w białym winie. Do tego popijali wytrawny szampan – francuski. Emily rozpuściła swe loki. Do pracy czesała się w proste fryzury (o ile to było możliwe, przy jej kręconych włosach) spięte do góry.

Na gołe ciało narzuciła czerwoną sukienką na cienkich ramiączkach.

Gdy po kolacji usiedli razem na wygodnej kanapie naprzeciw kominka i popijali szampana, Gówniarz zaczął całować szyję Emily, a rękę położył na jej kolanie pieszcząc ją cały czas, zaczął ją całować coraz intensywniej, przesuwając pieszczotę ręki coraz wyżej i wyżej. Wreszcie gdy znalazł się pod sukienką i nie napotkał oporu w postaci bielizny, spojrzał zdziwiony i zapytał:

– Można?

– Jeszcze nie słyszałam głupszego pytania – oparła Emilka gardłowo.

A on nie przestając jej całować, zdjął jej sukienkę, popatrzył chwilę i powiedział:

– Waaaauuuu!

– Co spodziewałeś się ukrytej staruszki pod sukienką? – śmiejąc się zapytała Emily.

– Głupstwa opowiadasz – mówił nie przestając jej całować– ale to co zobaczyłem jest za piękne – by mogło być prawdziwe!

– Jak mam to rozumieć– spłoszyła się.

– Że jesteś tak piękna, jak sobie wymarzyłem, a teraz już nic nie mów, nic nie mów. Poddała się jego pieszczotom i rozpłynęli się w namiętności.

Po zaspokojeniu zasnęli na kanapie, zbudziło ich uczucie chłodu. Gówniarz wstał zarzucił ciało Emilki jak ręcznik przez ramię i spytał krótko:

– Gdzie sypialnia?

– Na górze.

O świcie obudziły ją pieszczoty Gówniarza i kochali się znowu.

Gdy się zbudziła, jego już nie było. Wykąpała się rozmyślając o tym co się stało.

Pomyślała, że tak długo nie zdradzi Clarka, jak długo jej serce będzie biło tylko dla niego, a reszta? Czy to Gówniarz czy inny, to przecież obojętne. A tak pracują razem, a więc czas na igraszki miłosne mogą sobie razem wyznaczać. Czy mam opory, że jestem jeszcze przed prawem żoną jego ojca? Nie, chyba nie, – myślała.

Ulricha nie kochałam tak jak i nie kocham jego syna. Ale obaj byli mi od początku sympatyczni, to czemu nie?. Po tym rachunku sumienia poczuła się lepiej i zaczęła zbierać się do pracy. Gówniarz już tam był i jak każdego dnia złożył jej przy kawie codzienne sprawozdanie z katastrof tego świata i wydarzeń w branży. Emily podobało się to i pochwaliła się w duchu za dobry wybór. Nie było żadnych:

– Jaki byłem? Czy byłem dobry? To był wspaniały wieczór, było ci dobrze? Czy daj buzi, kocham cię nad życie itp. Nic z tych rzeczy. Profesjonalista jak ja.

Był taki jakiego chciała mieć: w pracy praca i znajomość rzeczy na każdym kroku i to samo w łóżku bez zbędnych słów.

Potem to już samo się potoczyło... Spali u niej lub u niego.

U niego nie bardzo lubiła, nie podobało jej się, to proste kawalerskie mieszkanie.

I tak powoli w gościnnej łazience w jej domu przybywało męskich akcesoriów. Gdy Ulrich zdecydował się na Kalifornię, spytała go co ma zrobić z jego kosmetykami i osobistymi rzeczami. Powiedział – wyrzuć co nie da się podarować, a resztę rozdaj.

I tak zrobiła.

Wszystkie jego ubrania zawiozła do organizacji dla bezdomnych

Tak więc w łazience była najpierw szczoteczka do zębów, potem przybory do golenia, następnie szafa po Ulrichu zaczęła zapełniać się jego ubraniami, gabinet Ulricha jego książkami, dokumentami na biurku stał jego laptop i dokumenty. Z czasem przeniósł się sam, likwidując swoją kawalerkę.

Zaczęło się toczyć ich wspólne życie. W pracy w pełnej zgodności i w podróży.

Miał rację, potrafił wspaniale rozmawiać z ludźmi i wiele z dobrych kontraktów zawdzięczali jego urokowi osobistemu, albo dyplomacji. W domu bywało różnie. Była pełna harmonia, albo kłótnie powodujące, że większość sprzętów zmieniała swe miejsce, a najczęściej po kłótni lądowała na śmietniku. Oboje mieli charaktery wybuchowe, nie, nie w pracy. W pracy pełne opanowanie i odporność na stres, a w domu odreagowywanie. Oboje apodyktyczni, zawsze mieli rację, nie znosili sprzeciwu. Można powiedzieć mieszanka bardzo wybuchowa. Ale w pracy nigdy. Gdy coś w firmie doprowadzało ich do wrzenia, zabierali to wrzenie do domu i tam dawali upust swojej złości. I czasem nawet drogie antyki kończyły swój żywot na ścianie lub podłodze.

Zwykle po burzy jest słońce i w ich związku także tak było.

I tak im przeszło parę lat.

Ale nadszedł czas, że Emily uzmysłowiła sobie, że zbliża się do 50-tki, a tak naprawdę to życie bez Clarka straciło kolor i smak. Męczyły ją liczne wyjazdy, na niektóre wysyłała Roberta samego. Krzywił się certolił ale jechał. Chcąc ją czasem zmobilizować, bojąc się by nie popadła w depresję, dokuczał jej często, że widocznie jest już za stara na to czy tamto. Ale osiągał odwrotny skutek niż się spodziewał. Nie mobilizowało to ukochanej, a raczej odwrotnie przyznawała mu racją i się jej nie chciało. Specjalnie jeśli chodziło o przyjęcia, które Robert uwielbiał, a ona nie znosiła. On uwielbiał mieć dom pełen ludzi, muzykę tańce, dużo alkoholu i do rana! Nie opuszczał też żadnego bankietu na które często bywali zapraszani. Świat mody pracował ciężko, ale i lubił się bawić. A ona nie znosiła tego stałego targowiska próżności, gdzie wszyscy się znali, wszyscy o wszystkich wszystko wiedzieli – czułe słówka, słodkie komplementy, a za plecami obelgi. Nie znosiła tego – mimo że przypominało bardzo Hollywood.

No tak, ale wtedy świat wyglądał inaczej. Ona była młoda i po świecie chodził Clark..

Ostatnimi czasy właśnie na punkcie przyjęć wybuchały okropne awantury.

Aż do tego „Gardenparty" u nich w domu, którego tak nie chciała, przed którym tak się broniła. Wiedziała że wygląda świetnie, a Gówniarz chcąc jej dopiec zakończył awanturę ironicznymi słowami:

– Starzejemy się co? Już nam się nic nie chce?

Te słowa doprowadziły ją do wściekłości. Może właśnie dlatego, że miał rację i to jak miał rację!

Rozdział dwunasty
List

Zeszła na dół i uśmiechała się do gości uroczo. Tu uśmiech, tam komplement, och, jak cudownie, że wpadliście, jaka piękna sukienka, ale schudłaś! A w duchu: żeby was pokręciło, leziecie wszędzie gdzie można ponapychać się za darmo pysznościami. A ty nie powinnaś wziąć do ust nic więcej, ani tego wieczoru, ani nigdy, ty baleronie – a na głos – co zrobiłaś Colette, że tak schudłaś wyglądasz wspaniale, po prostu wspaniale!

Przyjęcie zorganizowano w ogrodzie, a stoły z jedzeniem ustawiono na tarasie.

Było to jedno z tych przyjęć na stojąco, oczywiście wiele osób siedziało na licznych wygodnych meblach ogrodowych. Emily musiała podejść do każdego i zamienić z nimi chociaż kilka słów. A szczególnie słodki miód, miała lać dwóm starszym brzuchatym panom. Gówniarz chciał, aby zawróciła im w głowie „swym czarem" jak się wyraził, bo byli mu potrzebni do realizacji jakiegoś pomysłu. Gdy Emily tak „fruwała" po trawniku rozdając nieszczere komplementy, takież uśmiechy i podobnymi była obdarowywana, podszedł do niej obcy człowiek nie pasujący do tego otoczenia, odzianego w Armaniego,

Versace czy innych znanych twórców mody. W tym otoczeniu jego garnitur wyglądał tanio i byle jak.

– Mrs von Walden? – zapytał

– Tak – odparła zdziwiona.

– Mrs Emily von Walden?

– Yes – odparła jeszcze raz Emily

– Mam dla pani list – powiedział po angielsku z wyraźnym akcentem amerykańskim – ale muszę być w 100% pewny, że to pani, inaczej nie mogę pani go przekazać.

– Proszę przejść ze mną do domu, pokażę panu prawo jazdy.

Weszli do przedpokoju. Emily wyjęła z torebki dokument – pokazała mu, studiował chwilę porównując zdjęcie ze stojącą przed nim osobą, oddał jej prawo, potem zaklejony list i powiedział.

– W porządku, przepraszam, że przeszkodziłem w przyjęciu.

Emilka patrzyła na nie zaadresowaną kopertę bez nadawcy.

Była tak oszołomiona tą wizytą, facet wyrósł przed nią jak z pod ziemi, zupełnie obcego zabrała do domu i bez gadania pokazała mu dokument, teraz jeszcze zszokowana własnym zachowaniem spytała:.

– Ale od kogo ten list i kim pan właściwie jest?

Podniosła oczy, ale człowieka już przed nią nie było. Wsunęła list do szuflady i wybiegła za nim.

Ale w ogrodzie wśród lekko już pijanych i głośnych gości nie zobaczyła tej niepasującej tu sylwetki. Usłyszała odgłos zapalanego samochodu i wybiegła przed dom, ale zobaczyła tylko tył auta znikającego za rogiem. Nie zauważyła nawet koloru samochodu, nie mówiąc już o tablicach. Wróciła do gości. Gówniarz już na nią czekał i złym głosem powiedział jej do ucha:

– No, gdzie się szwendasz, miałaś bawić tych mopsów, już się o ciebie pytali, prosiłem cię przecież!

– Zamknij się wreszcie i przestań mnie pouczać – odpowiedziała mu ze złością – i już kierowała swe kroki do brzuchaczy.

Ale nie mogła się na niczym skoncentrować. Ten list w szufladzie w holu trawił jej wyobraźnię. Co to może być i od kogo? Ten facet wyglądał jak z FBI. Nie miała dotąd do czynienia z takimi ludźmi. Widziała tylko takich na filmach, a do tych filmowych facet pasował jak ulał. Bzdura, za dużo czytam powieści. Skąd u mnie FBI? Nie jestem szpiegiem, ani nie szmugluję narkotyków, czy innych rzeczy.

Boże, żeby już sobie poszli, żeby sobie poszli. Ciekawość zżerała ją. Poczarowała te dwa brzuchy, aż podskakiwały z rechotu właścicieli i Gówniarz mógł ich przejąć.

Byli już urobieni.

Przyjęcie rozkręcało się coraz bardziej i już nie było tak eleganckie. Nikt już nie przejmował się etykietą i dobrymi manierami. Utopiono je w dużej ilości drinków, serwowanych przez pięknych i młodych chłopaków. Studentów dorabiających sobie na studia. Już nie jedna leciwa dama w pretensjach, przerobiona na młódkę oblizywała na ich widok napompowane silikonem wargi. A niektóre napalone otwierały te ogromne usta usiłując ich połknąć. Niektórzy się bronili, a niektórzy widzieli w tym dodatkową możliwość zarobków.

Emily udało się wymknąć do wnętrza domu, podbiegła do stolika wyjęła list, potem pędem do swej łazienki (dom ten miał ich trzy: damską, męską i gościnną na dole) zamknęła drzwi na klucz, usiadła na brzegu wanny. Otworzyłała kopertę. I oniemiała. Zrobiło jej się słabo. Mało nie wpadła do wanny, usiadła więc na dywaniku opierając się plecami o jej ściankę i jeszcze raz popatrzyła na list, czy jej się nie przewidziało, czy może śni? Wypiłam za dużo – pomyślała. To niemożliwe, to niemożliwe!

Uszczypnęła się mocno w ręką. Auuu, boli. A więc nie śnię i jestem przytomna.

Pismo należało do Clarka! Zamknęła jeszcze raz list i zacisnęła oczy, a kartkę przycisnęła do serca, które waliło jak oszalałe. Może to list pisany przed śmiercią?

Data, zobaczyć datę! Wyjęła znowu list z koperty i przeczytała: 12 VII 2008 roku! To przecież przed kilkoma dniami! żart, ktoś robi sobie ze mnie żarty. Ale otworzyła i jej oczy przebiegały szybko po papierze:

Kwiatuszku Kochany (to on, nikt mnie tak poza nim nie nazywał i nikt nie wiedział o tym, że on mnie tak nazywa)

Nie przestrasz się jak zobaczysz ten list, ja żyję, naprawdę żyję. Nie mogę Ci nic wyjaśnić w tym liście, ale gdy zechcesz do mnie przyjechać, jeśli nic się nie zmieniło w uczuciach do mnie, tak jak w moich do Ciebie, to proszą skontaktuj się z tym człowiekiem, który odda ten list. On mniej więcej powie, o co chodzi, a gdy się zobaczymy – powiem resztę. Nie ukrywam, że spotkanie ze mną związane jest ze spaleniem wszystkich mostów za sobą. Nie będę miał więc żalu, gdybyś nie podjęła tej decyzji. Wiem, że poukładałaś sobie jakoś życie... Ale Ty dla mnie – tak jak mówiłem w Nowym Jorku – na wieczność.

twój Clark.

I jeszcze numer telefonu pod który miała zadzwonić. Emilka popatrzyła na zegarek. była druga w nocy. W ogrodzie było jeszcze wesoło.

Druga... nic mnie to nie obchodzi, obudzę faceta, ja przecież nie zasnę, już nigdy nie zasnę, dopóki nie dowiem się wszystkiego. Zadzwoniła. Czekała długo, aż ktoś odbierze.

Wreszcie usłyszała zaspany głos:

– *Helou*?

Przedstawiła się i prosiła o spotkanie.

– Dobrze jutro o...

Przerwała mu.

– Nie, nie jutro, zresztą już jest jutro, nie moglibyśmy zaraz, bardzo proszę!

– No, dobrze i tak mnie pani obudziła – mówił jeszcze zaspanym głosem i wymienił nazwę hotelu.

– Ok, za pół godziny w barze, powiedziała pospiesznie i położyła słuchawkę.

Wyprowadziła samochód z garażu. Nie było to łatwe, wszędzie stały samochody gości i wyjeżdżała jak w labiryncie. Około pół godziny później podjechała pod hotel. Weszła do baru – ten człowiek już czekał. Bez wstępów powiedziała szybko:

– Proszę mówić wszystko dokładnie i po kolei.

– Niestety nie mam takich upoważnień. Pani znajomy jest pod specjalną opieką rządu amerykańskiego. Miał prawo do zawiadomienia o tym że żyje, jednej osoby, wybrał panią.

– Ok, ok, gdzie jest i jak mogę najprędzej się z nim zobaczyć?

– Niestety tego nie mogę pani powiedzieć.

– Nie, to znaczy? – Emily była cała pytaniem.

– Jeśli pani się zdecyduje...

– Już jestem zdecydowana!

– Proszę dać mi dokończyć, ależ Pani w gorącej wodzie kąpana!

– Niechże pan wreszcie mówi... krzyknęła, kilka głów odwróciło się w ich kierunku.

– Proszą się opanować, a więc jak mówiłem – jeśli pani się zdecyduje spalić wszystkie mosty i pojechać, to proszę mi dać znać – ja kupię bilety i pojedziemy. Teraz niestety, nic więcej pani na ten temat powiedzieć nie mogę. Jest pani osobą dość znaną, nie miałem dużych trudności w znalezieniu pani. Musi pani wymyślić wiarygodną historyjkę dla prasy – dlaczego pani znika. Ok?

– Ok, tylko potrzebuję z tydzień czasu na zlikwidowanie tutaj i w Polsce moich spraw. Wie pan, firma, trochę się tego uzbierało.

– W porządku, muszę jednak uprzedzić, że pieniędzy nie może pani przekazać na żaden bank na świecie, to chyba zrozumiałe, przez bank można dojść do człowieka bardzo prędko.

– Oczywiście, po co mi pieniądze gdy będę miała Clarka?.

Urzędnik tylko pokiwał głową. Już nie jedno widział w swym życiu, by nie wierzyć w takie stwierdzenia. Na pewno za tydzień już o niej nic nie usłyszy i będzie mógł wrócić spokojnie do domu, zamiast tłuc się gdzieś po świecie. Zanim dostarczył jej ten list, rozejrzał się trochę w sytuacji. Babka stała na świeczniku, nie było to takie trudne i nie wymagało zdolności detektywistycznych odszukanie jej. Willa jak marzenie w niezłej dzielnicy Monachium, młody przystojny kochanek, firma świetnie prosperująca, której jest jedyną właścicielką. Byłaby głupia, gdyby porzuciła to wszystko, zamieniając na niewiadome i do tego z facetem nie pierwszej młodości.

Pożegnali się i umówili za tydzień w tym hotelu.

Miał więc tydzień byczenia się na koszt rządu amerykańskiego. Miasto było piękne rozrywkowe, dawali tu świetne piwo i do tego białe grillowane kiełbaski z kapustą palce lizać. Uwielbiał kiełbaski! Tu dawali je już na śniadanie, białe grube gotowane, a do tego słodka musztarda – pycha!

Emily jechała do domu powoli, bo serce jej fikało koziołki, ciągle nie mogła uwierzyć, śnię na pewno śnię, to niemożliwe, niemożliwe – powtarzała. Clark jej ukochany Clark, żył, żył i wybrał ją. Pojedzie do niego, gdzie by to nie było, nawet na Sybir albo Biegun Północny, byle z nim, byle z nim. Wreszcie wróciło życie. Tak długo go nie było. To życie bez niego było tak okropne, tak strasznie nużące i nudne.

Gdy wróciła do domu, przyjęcie nareszcie się skończyło. Tylko w ogrodzie gdzie – niegdzie leżały pijackie zwłoki. Do tego widoku była już przyzwyczajona. Tak wyglądały zwykle wszystkie przyjęcia organizowane latem. O innych porach roku miała te zwłoki w domu w różnych dziwnych miejscach.

Nie było ani jednego studenta-kelnera. Widocznie podstarzałe, napompowane, podlotki zgarnęły wszystkich..

Poszła do łazienki zrobiła sobie gorącą wonną kąpiel i z uśmiechem na ustach, poleżała w niej długo – nareszcie życie nabrało barw.

Bobbi już spał, gdy się położyła – na szczęście. Nie musiała prowadzić niepotrzebnych dyskusji. Spali do południa – była niedziela. W tym czasie firma cateringowa posprzątała ogród, nawet pijane zwłoki zniknęły.

Leżała jeszcze nie całkiem przebudzona z uśmiechem na ustach, gdy Gówniarz przystąpił do ataku:

– Gdzieś ty się wczoraj podziała do cholery? Dom pełen ludzi, a księżniczka znika! Przypominam ci, że to twoja firma i tobie powinno zależeć na dobrych kontaktach. Ja tylko w tej firmie pracuję, powinienem to wszystko mieć w dupie! A ja się użeram z wielorybami i po co? Aby tobie przysporzyć pieniędzy!

Emily nie mówiła nic, tylko patrzyła na niego z błogim uśmiechem na ustach.

– Jeszcze się głupio uśmiechasz, nie prawdą mówię? Nie wysilam się dla ciebie? To twoja firma, nie?

– Już nie – odpowiedziała spokojnie.

– Co to znaczy? Co znowu wymyśliłaś i gdzie byłaś w nocy?

– Nieważne.

– Co znaczy nieważne – pieklił się jeszcze bardziej zirytowany jej spokojem – mieszkamy pod jednym dachem, to mi się należy jakieś wyjaśnienie.

– Już nie – powtórzyła znowu Emily z nieschodzącym uśmiechem z twarzy.

– Może mi do jasnej Anielki wreszcie wytłumaczysz co nie – już krzyczał – i gdzie byłaś!!!

Emily powoli podniosła się z łóżka i spokojnie powiedziała:

– Przestań się indyczyć i zamknij się wreszcie mały. Ok? Mnie już nic nie obchodzi.

W poniedziałek dowiesz się wszystkiego. Zwołaj zebranie na godzinę pierwszą w południe. Wszystkich całą firmę!

Robert niedowierzająco patrzył na nią jakby zwariowała.

– We wtorek wyjeżdżam do Polski.

– Zgłupiałaś zupełnie? A pokaz mody na targach w Düsseldorfie? – i nasza nowa bombowa kolekcja!

– Pojedziesz sam!

– Sam?

– Tak, możesz jak chcesz sobie kogoś z firmy wziąć, ale jadą przecież nasi desajnerzy, nie będziesz sam.

Bobbi zorientował się że Emily mówi poważnie i zmienił ton.

– Ależ kochanie, co ci chodzi po głowie, ja tylko z tobą i tylko ty się liczysz.

– Już nie – powtórzyła Emilka

– Co ty z tym – już nie?

– Wszystkiego dowiesz się w odpowiednim czasie, ok? A teraz daj mi spokój, mam ważne telefony do załatwienia.

– W niedzielę?

– W niedzielę – i wyszła.

Zadzwoniła do mamy że przyjeżdża i ma bardzo ważną sprawę. Na szczęście byli z Markiem w Krakowie, bo ostatnio nosiło ich po świecie. Na starość odkryli przyjemność podróżowania.

Potem do Kalifornii. Telefon odebrała Lola. Po jej szczebiocącym głosie poznała, że ciotka jest szczęśliwa, mimo to spytała standartowe.

– How are you?

– Wspaniale Emily, po prostu wspaniale, Ulli jest tą moją przysłowiową połówką jabłka, moim uśmiechem na stare lata – dziękuję ci za niego kochana!

– Ach, sobie i jemu dziękuj, ja z waszym szczęściem nie mam nic wspólnego, poza tym, że się dla was cieszę, bardzo cieszę!

– No, mogłaś się nie zgodzić, by został ze mną!

– Po co Lorelay? On nigdy nie był moją połówką czegokolwiek. Życzę wam samych cudownych dni razem, jak najdłużej i całuję cię mocno, a teraz mogę z nim zamienić kilka słów, mam ważną sprawę?

– Ależ oczywiście, też cię całuję i trzymaj się dziecko – Ulllliiii Emily do ciebie!

– Cześć Maleńka, co słychać, stało się coś, że dzwonisz, może potrzebujesz rozwodu? Słyszałem że świetnie radzicie sobie z Bobbim?

– Tyle pytań na raz, cały ty. Ale odpowiem po kolei, stało się coś w moim życiu i znikam, ale się o mnie nie martw, to nic złego, a wręcz odwrotnie. Ale w związku z tym, posyłam ci już podpisane papiery rozwodowe. W razie czego jakbyś potrzebował. wiesz jak to w życiu bywa.

– Jak chcesz Mała, ale po co nam na stare lata. I tak jesteśmy bardzo szczęśliwi do tego nie potrzebujemy papierka.

– Wierzę, ale to w razie czego, gdyby się odmieniło, a ja byłabym nie osiągalna, to będziesz miał jak znalazł.

– Jak chcesz, ok, ale gdzie znikasz? A może Skarbie coś powinienem wiedzieć, może to coś z twoim zdrowiem? Bo jeśli tak, to zaraz z Lolą przylatujemy.

– Nie kochany, nie trzeba, jestem zdrowa jak koń, to co innego, ale nie pytaj proszę bo i tak nie mogę nic zdradzić, a poza tym sama wiem niewiele.

– Dobrze jak chcesz, a co z firmą?

– No, właśnie, chcę ją przepisać na Roberta. On jest w prowadzeniu firmy świetny, gdybyś widział jak sobie radzi, byłbyś bardzo dumny z niego.

– Już jestem, Ale firmę podarowałem tobie – jest twoja i możesz z nią robić co chcesz.

– To mogę ją podarować, prawda?

– Możesz, ale możesz też sprzedać i mieć kupę pieniędzy, dzięki tobie jest dużo warta!

– Nie potrzebuję pieniędzy Ulli, a poza tym gdybym sprzedała obcym, twoi przodkowie, przewrócili by się w grobie i może przyszliby mnie w nocy straszyć? A jak ją dam Robertowi to zostanie w rodzinie, nie? Będzie się nazywała Von Walden – i syn.

– Ok, jak chcesz kochana, ty jesteś jednak złota dziewczyna, odkąd cię poznałem nie nudziłem się – nigdy. Moje życie nabrało kolorów.

Gdy pożegnała się z Ulrichem zadzwoniła do notariusza i poprosiła go, by mimo niedzieli przyszedł do niej. Przyjechał zaraz i zamknęła się z nim w gabinecie.

Omówiła z nim warunki darowizny na Roberta. Podatek jak od każdej darowizny był nie mały, ale czyż miało to teraz jakiekolwiek znaczenie?

Następnym posunięciem była rozmowa z adwokatem firmy. Z nim zamknęła się w gabinecie w poniedziałek rano. Omówili sposób rozmowy z mediami, aby nie zaszkodzić firmie głupimi plotkami. Postanowili podać do wiadomości, że sytuacja rodzinna zmusza ją do wycofania się z czynnego życia zawodowego i udania się do kraju urodzenia.

Od rana już w firmie wrzało. Normalnie gdy zbliżał się ważny pokaz mody – wszystko było temu podporządkowane. żadnych zebrań, lub innych nieproduktywnych poczynań.

Każda minuta była na wagę złota. A tu zwołują zebranie. I do tego mieli się stawić wszyscy pracownicy. Co to może być? Chodziły różne spekulacje i zawierano zakłady. Spęd przewidziany był w foyer, a Emily stała na pierwszym piętrze (Schody z których praktycznie nikt nie korzystał, biegły wewnątrz całego budynku tworząc, jakby balkony na każdym piętrze. Wszyscy pracownicy jeździli windami).

Gdy Emilka w towarzystwie Roberta i adwokata firmy pojawiła się, na sali zapadła grobowa cisza. Wszyscy oczekiwali z zapartym tchem, na to co powie.

Szefowa podziękowała załodze za dotychczasową wspaniałą pracę. Obiecała wszystkim pożegnalną premię i przedstawiła Roberta jako nowego właściciela i dyrektora firmy. Po sali przeszedł szum. Roberta zatkało, nie mógł wymówić słowa, gdy wręczała mu akt darowizny na oczach całej załogi. Ale robił dobrą minę do dobrej gry.

Szmery zamieniły się w głośne pytania, dlaczego? Co się stało? I tu do wyjaśnień przystąpił adwokat, tłumacząc w duchu w jakim ustalili i jaki miały otrzymać media do wiadomości.

Robert porwany przez najbliższych współpracowników – przyjmował gratulacje, a po godzinie wysłał ludzi do roboty, a sam pognał do gabinetu Emily. Ale jej tam nie było. Zapłakana Elwira, poinformowała go, że szefowa (i tu szloch) wyszła przed chwilą i już nie wróci, nigdy nie wróci!

Emilka w tym czasie, pobiegła do miasta, kupiła kilka prezentów, potem pojechała na lotnisko, wsiadła w samolot i poleciała do Krakowa.

Zawiedziony Robert zastał zamiast Emily – kartkę – jestem w Polsce. Próbował złapać ją na komórkę, ale miała cały czas wyłączoną. Nie potrafił cieszyć się z darowizny. po prostu nic nie rozumiał. Kochał ją na swój sposób i nie umiał sobie wyobrazić życia i firmy bez niej.

Na lotnisku w Krakowie czekali na nią wszyscy. Staruszeczka Stenia, ruchliwa i gadatliwa jak zawsze. Sarah mimo siedemdziesiątki z hakiem – nadal piękna i przystojny starszy pan – Marek. Tym razem powitanie było bardzo serdeczne.

Przy kolacji, doskonałej, polskiej, Emilka opowiedziała o swych zamiarach. Tylko im przyznała się, że chodzi o Clarka, że wcześniej był on dla niej nieosiągalny przez wzgląd na Lorelay, a teraz gdy Lola jest szczęśliwa i nie wie, że Clark żyje, to ona chce z nim spędzić resztę życia. On tylko był jedyną miłością jej życia. Sarah wysłuchała opowieści, uśmiechnęła się smutno i rzekła:

– I ty dziecko, masz prawo do szczęścia. Pożegnajmy się i jedź. Jedź. Tylko co zrobię z majątkiem, tego jest jeszcze sporo – Emilka weszła jej w słowo:

– Mnie nie potrzeba nic.

– Nie mów tak dziecko, nigdy nie wiadomo. Zapiszę ci wszystko w testamencie z klauzulą, że gdy się nie zgłosisz po to, do powiedzmy 40 lat to...

– 40 lat – mamo nie przesadzasz? Przecież ja już mam prawie pięćdziesiątkę!

– Nie przerywaj, a więc do 40 – lat, to przechodzi to na jakiś cel, jeszcze nie wiem jaki, ale pomyślę. Może jakaś fundacja...

– Pewnie, tyle nieszczęścia na świecie! – powiedziała Emilka – na pewno coś się znajdzie, dom dziecka, czy coś podobnego, oni zawsze mają za mało pieniędzy i dzieje się to kosztem biednych dzieci.

– Właśnie, dobry pomysł!

W Krakowie Emilka została jeszcze trzy dni, potem pożegnaniom nie było końca i wyjechała.

W domu czekał na nią Robert, cały roztrzęsiony i zażądał wyjaśnień.

– Daj spokój, nie mogę i nic nie chcę ci powiedzieć i zarzuć proszę te szczeniackie zdolności detektywistyczne i zostaw mnie w spokoju. Byliśmy razem, było pięknie, ale wszystko się kończy i to się skończyło. Poznasz jakąś pasującą do ciebie wiekiem panienkę...

– Ale ja nie chcę nikogo, ja chcę ciebie!

– Uspokój się, zachowujesz się jak małe dziecko, ja chcę czekolady, nie cukierka – przedrzeźniała go. To nie ma nic wspólnego z tobą, po prostu mam dość i znikam na bezludną wyspę. Jeśli będzie ci z tym łatwiej to przyjmij, że umarłam.

– Ale dlaczego Emily, dlaczego, czy zrobiłem coś nie tak? Powiedz.

– Przecież już ci wyjaśniałam, że to z tobą nie ma nic wspólnego.

– To dlaczego, przecież cię kocham, a ty mnie już nie?

– Och Bobbi cóż to za pytanie, oczywiście, że cię nie kocham, bo nigdy cię nie kochałam. Zastanów się i pomyśl, czy kiedykolwiek wcześniej, lub teraz powiedziałam ci że cię kocham, czy usłyszałeś coś takiego z mych ust?

– No nie, ale –

– Zresztą to teraz nie ma znaczenia – przerwała mu – znikam i niepotrzebnie się nad tym zastanawiasz, bo to nie ma w najmniejszym stopniu z tobą do czynienia. Zawsze marzyłeś o tym, by przejąć firmę, to teraz ją masz. Twoje marzenia się spełniły to ciesz się człowieku, napij się ze mną, a nie smęć i zarzucaj mnie pytaniami, na które nie mogę i nie chcę odpowiedzieć.

– Ale ja marzyłem o firmie z tobą – upierał się dalej jak dziecko.

– Ależ ty jesteś jeszcze szczeniak, w życiu nie można mieć wszystkiego, zawsze, musisz wybierać.

– To ja wybieram ciebie.

– Bardzo rycersko, ale tym razem nie ma wyboru. I koniec dyskusji o niczym. Dom też jest twój. Twój ojciec go wybudował, więc jestem szczęśliwa że oddaję wszystko co otrzymałam za nic – w dobre ręce.

Robert chciał jeszcze coś powiedzieć, już otworzył usta, ale Emilka zatrzymała go ruchem ręki i powiedziała:

– Stop, wszystko już zostało powiedziane, i wyjaśnione.

I wyszła.

Zadzwoniła do faceta, że chce się z nim spotkać.

– Jak mam się do ciebie zwracać?

– Mitch, mów do mnie Mitch, a mogę mówić Emily?

– Oczywiście, to za pół godziny i w tym samym miejscu co poprzednio.

– Ok.

Spotkali się jak poprzednio w barze.

– No jaka jest twoja decyzja Emily? – zapytał.

– Jestem gotowa – możemy jechać!

– Naprawdę? – nie mógł uwierzyć.

– A cóż ciebie tak dziwi Mitch?

– Po prostu trudno mi uwierzyć, że jest ktoś na świecie co rzuca...

– Zostawmy to, uwierz po prostu – przerwała mu Emily – to kiedy jedziemy i gdzie?

– Gdzie dowiesz się na lotnisku, a jechać możemy kiedy zaktualizuję bilety, mam nadzieję że nie będzie z tym trudności. Ale w razie czego, zostaw mi numer swojej komórki żebym mógł cię złapać, gdyby coś się zmieniło.

– A co mogę ze sobą zabrać?

– No trochę rzeczy, nie dużo, żeby nie wyglądało na przeprowadzkę.

– A ciepłych, czy na ciepłą pogodę?

Mitch zaśmiał się:

– Przebiegła jesteś, weź po prostu swoje ulubione rzeczy, a resztę sobie kupisz na miejscu. Nie bierz też żadnych kart kredytowych, czeków itp. 50 000 euro to wszystko co możesz wziąć.

– A biżuteria?

– Możesz wziąć Emily, ile tego masz, byle nie kilka kilogramów – zaśmiał się – ok?

– Ok.

Na drugi dzień, a był to piątek spotkali się na lotnisku. Emily wzięła ze sobą całą bieliznę, parę ulubionych ciuszków i butów. W sumie miała jedną dużą walizkę i kuferek z kosmetykami, wyładowany po brzegi biżuterią.

Na każdym palcu miała po dwa pierścionki. W uszach brylantowe kolczyki te od Clarka, a na szyi brylantowy wisiorek pożegnalny prezent od Roberta.

W domu po czułym pożegnaniu – Gówniarz zapewnił ją solennie, że nie będzie jej śledził i zostawi ją już w spokoju.

Liczyła na to, że musi być na pokazie mody, że ma zadanie przed sobą i wyzwanie – prowadzenia tej dobrze prosperującej firmy w pojedynkę – że to wszystko zajmie go na tyle, że szybko o niej zapomni.

W torebce miała tylko paszport i te 50 000 euro, na które miała pozwolenie Mitcha.

Polecieli do Frankfurtu nad Menem, było to nadal największe lotnisko niemieckie. Stąd odlatywały we wszystkie świata strony samoloty lufthansy. Na lotnisku zjedli obiad, bo mieli dwie godziny do odlotu. W samolocie do Frankfurtu, Emily nie pytała o nic, prawie nie rozmawiali. Ona czekała, czekała aż przyjdzie czas, że on jej powie gdzie lecą.

Jednak gdy tak rozmawiali o niczym Emily nie wytrzymała i spytała:

– Daleko lecimy?

– Daleko – odparł krótko.

– Turystyczna, czy biznes?

– Niestety turystyczna, rząd nie uznaje luksusów.

– A cóż to za luksus, na dalekiej trasie to konieczność, pozwolisz, że dopłacę za biznes, jeśli będzie taka możliwość?

– Dla siebie, czy dla nas?

– Oczywiście że dla nas, przecież muszę z tobą porozmawiać!

Emilka dała mu pieniądze – wrócił za dłuższą chwilę.

– Udało się, mamy nawet w luxus klasie na górze samolotu i podał jej bilet.

– Emilka z niecierpliwością oglądała bilet szukając celu podróży – znalazła.

– A więc Nowa Zelandia! – zawołała.

– Tak, Nowa Zelandia.

– Kraj gdzie ziemia się buntuje od wewnątrz i wyrzuca w złości gorące fontanny wody.

– Myślisz o gejzerach?

– Właśnie, albo piękny kawałek lądu, gdzie lodowce całują dżunglę – jak ktoś to powiedział, już nie pamiętam kto, a zieleń jest soczysta jak, jak, jak oczy Clarka...

– Stajemy się poetyczni – zakpił Mitsch.

– A tak, bo wreszcie świat nabrał kolorów!

W samolocie weszli po schodkach na pierwsze piętro, gdzie były duże rozkładane do spania fotele i wiele miejsca. Gdy już siedzieli wygodnie w fotelach i samolot był już ponad chmurami Emily powiedziała:

– Teraz gdy już lecimy możesz mi spokojnie wszystko opowiedzieć, mamy dużo czasu.

– Tak masz rację więc posłuchaj.

Rozdział trzynasty
Clark

– Jak wiesz, Clark leciał z Los Angeles do Nowego Jorku na spotkanie z tobą. Obok niego w samolocie siedział skośnooki mały człowiek. Nie zwracał specjalnie uwagi na niego, był pochłonięty spotkaniem, na które się udawał. Ale ten skośnooki, wiercił się, kręcił, cały czas był dziwnie zdenerwowany. Siedział przy oknie i ciągle przechodził koło Clarka, gdzieś wychodził, wracał by znów wyjść. Gdy byli już jakieś pół godziny w powietrzu, nagle wyjął dziwny przedmiot, czy narzędzie zbrodni i krzyknął do wszystkich, że to jest porwanie samolotu i żeby nikt się do niego nie zbliżał, bo jest cały obwieszony granatami i wysadzi się w powietrze razem z samolotem – jeśli tylko ktoś spróbuje wykonać jakiś niebezpieczny ruch. Podniósł koszulę i na ułamek sekundy, pokazał co ma pod nią ukryte. Wszyscy w samolocie byli przerażeni. Mówił, że powtórzy, to co stało się 11 września w Nowym Jorku, tylko tym razem ma to być Chicago. Najwyższy tak zwany czarny wieżowiec. Załoga ma w tej chwili wziąć kierunek na Chicago. Pilot w między czasie próbował nawiązać kontakt z Los Angeles – udało mu się i otrzymał instrukcją co ma robić. W tym rzędzie co Clark, ale po drugiej stronie, siedział facet bardzo do Clarka podobny, a raczej w jego typie. Facet był okropnie zdenerwowany, trząsł się cały, ale z wściekłości i robił uwagi do tego, co skośnooki wykrzykiwał. Terrorysta stał do niego tyłem i darł się, że tylko taliban ma rację, że niewiernych należy wszystkich pozabijać, za wiarę zginąć to rzecz wspaniała, a zapłata za ten czyn czeka ich na tamtym świecie i takie tam podobne rzeczy w tym stylu. Ten facet z tyłu nie wytrzymał i rzucił się na skośnookiego. Tajlandczyk, bo taka była narodowość terrorysty, później ustalona, rąbnął go tym dziwnym przedmiotem w głowę i rozbił ją. Clarkowi zrobiło się słabo na ten widok. Zobaczył, że portfel faceta wypadł mu i leży we krwi, schylił się i chciał go podnieść, gdy go miał już w rękach terrorysta zrozumiał jego ruch opatrznie i też zdzielił Clarka tym przedmiotem w głowę, ale na szczęście tępą stroną. Clark stracił przytomność, a do Tajlandczyka podbiegł facet z ochrony samolotu i go obezwładnił. Samolot wrócił do Los Angeles, na miejscu pojawiła się zaraz FBI. Sprawę chciano zaraz zatuszować, aby nie dotarła do prasy i do publicznej wiadomości. Chodziło o to, że w tym czasie Ameryka szczyciła się na całym świecie, niezawodnym sposobem kontroli. Czyli najbezpieczniejsze linie, najbezpieczniejsze samoloty. Ponieważ ludzie ze strachu przestawali latać, upadała jedna linia za drugą – trzeba było coś robić, aby tę sytuację zmienić. Zrobiono więc całą kampanię reklamową, przekonywującą potencjalnych pasażerów, o absolutnym bezpieczeństwie latania liniami amerykańskimi.

A taka wpadka byłaby rozdmuchana na cały świat. Podanie do wiadomości światu, że jeden podobno psychopata, ale jednak, przeniósł na pokład samolotu narzędzie zbrodni? Granaty okazały się atrapami, ale też je przemycił. Jak? Gdzie jest w systemie luka?

Gdyby to prasa rozdmuchała, otwarło by to drogę groźniejszym od tego terrorystom. Jak sama widzisz, sprawa była poważna i coś trzeba było z tym zrobić. Mieli przecież zwłoki i rannego i cały samolot świadków. Pasażerowie pod karą więzienia na szkodę Państwa zostali zmuszeni do milczenia. Na szczęście samolot nie był duży i nie był pełny, ale trzydziestu paru świadków – to o trzydziestu za dużo. Wyjaśniono im, że każdy z nich będzie pod obserwacją i jeżeli pisną chociaż słowo, to będą wiedzieć kto się wygadał, a sprawa ta podlega wojskowemu prawu, a ono się nie patyczkuje i wydaje natychmiastowe wyroki. Publiczka była mocno przerażona i jak do dzisiaj widać zastraszenie było skuteczne, nic do prasy nie przeciekło. Sprawdzono czy wśród pasażerów nie było czasem dziennikarzy. Nie było, oprócz tego jednego, którym według nich był Clark. Tak naprawdę to wydano zwłoki dziennikarza – jako Clarka. W tej całej sprawie chodziło o czas. I śpiesząc się popełniono dużo błędów.

Nie sprawdzono dokładnie kto jest naprawdę nieboszczykiem. Ponieważ nieprzytomny Clark miał dokumenty dziennikarza przy ręce, wzięto go za Mr. Jeremy'go Mc Loben. Zaś laptop Clarka w torbie wraz z dokumentami, leżał przy Jeremym. Zatem wzięto go za Clarka. Clark upadając strącił torbę z laptopem i spadła na zabitego. Nieboszczyk miał rozbitą głowę, trudno było porównywać ze zdjęciem. Na sprawdzenie dentystyczne, czy linii papilarnych nie było czasu. Przywieziono trumnę i aby nikt, a szczególnie rodzina nie mogła zobaczyć zwłok – trumnę zaplombowano. Był to lipiec panowały upały i rodzinie wytłumaczono, że była to konieczność (Emily przypomniała sobie skargi Loli, że nie mogła Clarka zobaczyć, ani się z nim pożegnać). Zadzwoniono do rodziny, że Clark miał atak serca w samolocie i dlatego zawrócono do Los Angeles. Wersja taka została podana do gazet i była przyjęta bez jakichkolwiek wątpliwości, szczególnie, że wiedziano, iż Clark już raz takowy przeszedł. Nieprzytomnego i teraz dla nich ogromnie niebezpiecznego „dziennikarza" przewieziono do szpitala wojskowego i od tego dnia miał przy sobie „Anioła stróża" z FBI, którym byłem ja. Do moich obowiązków należało stale przy nim być i każdy przypływ świadomości meldować. Zostałem wybrany, bo jestem kawalerem i mogłem być praktycznie z nim dzień i noc. Po pewnym czasie, gdy Clark odzyskał przytomność, próbowałem wyciągnąć z niego co pamięta. Muszę ci jeszcze dodać, że z wykształcenia jestem psychologiem i zawsze jestem odsyłany do „delikatnych zadań". Clark gdy odzyskał przytomność nie pamiętał nic, jak się nazywa, kim jest – miał kompletną amnezję. To było oczywiście na rękę moim władzom. Nie pomagano mu, a raczej robiono wszystko, aby ten stan trwał jak najdłużej. Zrobili rozeznanie w jego otoczeniu. Był kawalerem, nie miał dziewczyny, był pełnej krwi dziennikarzem, który oprócz zawodu nie ma prywatnego życia. Jako korespondent jednego z dużych dzienników, udawał się zawsze w niebezpieczne rejony świata, gdzie coś się działo. Aby nie było niepotrzebnych obaw i poszukiwań, FBI sfingowała pismo do redakcji dziennika o jego śmierci w trakcie wykonywania niebezpiecznej misji. Zrobiono piękną notatkę w piśmie typu „zginął na placu boju", zrobiono piękny pogrzeb, odznaczono pośmiertnie – trudno zdarza się – komentarz naczelnego – i posłano następnego dziennikarza na jego miejsce. Czyli sprawę wyczyszczono i mogli go teraz trzymać w domu dla psychicznie chorych do jego śmierci, pompując go lekarstwami. Ale sprawa skomplikowała się, gdy Clark odzyskał mimo prochów świadomość kim jest. Wtedy już byliśmy zaprzyjaźnieni. Musiałem zrobić meldunek o tym, że nastąpiła pomyłka – pochowano dziennikarza Jeremy'ego Mc Loben, a trzymano jako psychicznie chorego Clarka Dinemana. Czekałem na instrukcje, a Clark chciał swoje życie z powrotem. Instrukcja przyszła szybko i była dla niego niebezpieczna. Nie zmieniać taktyki. Byliśmy już z Clarkiem w wojskowej klinice psychiatrycznej i nie wróżyło to nic dobrego dla niego. Już od dawna nie zażywał tych prochów, którymi go szpikowali, tylko spuszczał je w ubikacji. Wiedziałem o tym, ale myślałem jak mu pomóc, po prostu polubiłem go. I wtedy razem wymyśliliśmy ten sposób na przeżycie. To samo co robi się ze świadkami koronnymi. Zmiana nazwiska, otoczenia, zawodu. Z nim było to o tyle skomplikowane, że w Ameryce był dość znany i trudno było nawet w tak dużym kraju się ukryć, aby nie natknąć się na kogoś znajomego. Oczywiście władze nie tak prędko przystały na naszą propozycję. Clark miał atut w ręku do którego ja go namówiłem, znając instytucję w której pracuję. Wiedziałem, że dla racji stanu jej urzędnicy gotowi są do wielu przykrych rzeczy. Gdy Clark odzyskał pamięć, spisał wszystkie wydarzenia, łącznie z przypuszczeniami co chcą z nim zrobić. Gdy był przewożony do szpitala psychiatrycznego, dał mi te papiery i ja oddałem je pewnemu adwokatowi. Oczywiście w oficjalnej wersji, to nie ja byłem wykonawcą, tylko sam Clark, który przedstawił tę sprawę w następujący sposób urzędnikowi badającemu naszą propozycję na drugie życie Clarka. Powiedział, że nie zażywał tabletek i był w pełnej świadomości, gdy go przenoszono. W czasie gdy strażnicy mieli go zabrać powiedział, że idzie do toalety, a w rzeczywistości zadzwonił do adwokata z komórki, którą ukradł siostrze. Adwokat czekał na pewnym odcinku drogi od szpitala do miejsca gdzie się udawali, czyli kliniki psychiatrycznej i Clark wyrzucił papiery przez okno. Oczywiście wszystko sprawdzono i się zgadzało, o to już zadbałem. Adwokat potwierdził posiadanie papierów Clarka i to, że może je wydać tylko jemu. W tej sytuacji zgodzili się na naszą wersję. Clark już ode mnie wiedział wszystko o tobie i o żonie i upatrzył coś dobrego w tej sytuacji. Powiedział mi, że teraz wreszcie może z tobą być do końca swoich dni, bez wyrzutów sumienia. Ja znając twoją sytuację nie wierzyłem, że się zgodzisz. Było to ryzyko, informować cię że on żyje, ale Clark ręczył za ciebie, szczerze mówiąc nie wiedziałem, że aż tak można wierzyć drugiej osobie. Ja z doświadczeń w mojej pracy miałem zupełnie inne pojęcie o rzetelności ludzi, o zaufaniu do drugiego człowieka, czy pełnej wiary, że zrobią tak nie inaczej. A Clark wiedział. I był pewny. Zazdrościłem mu tej wiary w ciebie, ale do końca nie wierzyłem. Nie wierzyłem, że taka babka jak ty, z takim majątkiem, zdecyduje się wszystko rzucić i pojechać w nieznane za niemłodym już gościem. Założyłem się z nim nawet o 100 dolarów, tak byłem pewny, że się nie zgodzisz. Ale Clark był pewny swego – i miał rację.

– Mitch, kochałeś kiedy– kogo? Tak naprawdę, prawdziwie, gorąco?

– Tak, ale widocznie nie wystarczająco.

– I tak po zgodzie FBI – kontynuował dalej Mitch – zajęto się wyszukiwaniem bezpiecznego schronienia. I wybrano Nową Zelandię. Kupiono tam dla was farmę. Clark może tam pisać książki, ale pod nowym nazwiskiem.

– A jak się teraz nazywamy?

– Jesteście małżeństwem i nazywacie się Dornowen.

– A imiona?

– Ty Mary (och, jak niezmiernie oryginalnie, pomyślała – a na głos powiedziała):

– A Clark, na pewno John?

– Nie, nie – ze śmiechem odpowiedział Mitch – Clark będzie Richard – Richie.

– Mary i Richie Dornowen, Mary Dornowen bardzo mi przyjemnie – i podała Mitchowi rękę ze śmiechem.

Mimo tak długiego lotu podróż przeszła im szybko. Najpierw Mitch opowiadał całą tę historię, a Emily słuchała z zapartym tchem. A potem musiała to wszystko sobie przemyśleć, „przetrawić".

Tyle wiadomości na raz. Boże, co ten biedny Clark musiał przejść przez te kilka lat. Ale ja mu to wszystko wynagrodzę i sobie też – te lata rozłąki.

Teraz jadę do celu. Do celu – którym jest reszta życia, jaka nam została, życia z ukochanym.

Wylądowali w Wallington. Mitch wziął samochód na lotnisku i pojechali. Podróż trwała chyba z trzy godziny, oboje byli już bardzo zmęczeni. Mijali miasteczka, aż wyjechali na zupełne odludzie z zielonymi wzgórzami na których pasły się owieczki. Podjechali do pięknie wymurowanego ogrodzenia z bramą wjazdową, gdzie ozdobnymi literami zrobionymi z drzewa wypisane było „Dornowen – Farm". Jechali drogą wśród pięknych starych drzew, aby wreszcie zajechać pod śliczny domek w stylu kolonialnym, pomalowany na niebiesko-biało. Wokół domu – biegła weranda a na niej stała ławka – huśtawka, na której siedział szpakowaty, przystojny, starszy mężczyzna – jej mężczyzna.

Na widok zbliżającego się samochodu, starszy pan podniósł się i wyszedł im na spotkanie. Samochód jeszcze się nie zatrzymał, a Emilka już z niego wyskoczyła i biegła w otwarte ramiona mężczyzny. Gdy w nich utonęła, w tych ciepłych bezpiecznych ramionach – teraz Richiego, on wyszeptał jej w ucho:

– Witaj w domu Mary Dornowen – jesteś, nareszcie jesteś ze mną mój Kwiatuszku.

A Emilka – Mary, patrząc w najpiękniejsze zielone oczy świata, pomyślała: Trwaj chwilo i wiedziała już że ta chwila trwać będzie wiecznie!

Spis treści